btb

Jan Jepsen & Kester Schlenz

DER BOJENMANN

Kriminalroman

btb

»Wie dauerhaft ist, was für Dich getan wird!
Anubis, der Erste des Gotteszeltes, hat befohlen!«

Ägyptisches Totenbuch

··· — — — ···

Ein kalter Wind rüttelte an den Fensterläden des kleinen denkmalgeschützten Hauses unten in Övelgönne. Oke Andersen saß in seinem Lieblingssessel in der Dunkelheit und sah hinaus auf die Elbe. Ein großes Containerschiff schob sich gerade von rechts in sein Blickfeld. Die *Colombo Express* von der Reederei *Hapag Lloyd* auf ihrem Weg in den Hamburger Hafen. Größter und gierigster Leistungsträger der Globalisierung. Beladen mit knapp zehntausend Containern, angetrieben von rund neunzigtausend PS. Dreimal so viel wie die Titanic. Fuhr im Laufe ihres Lebens ca. fünfzehn Mal zum Mond und zurück. Verbrauchte ca. dreihundert Tonnen Schweröl – pro Tag. Einmal volltanken derzeit 5,4 Millionen Euro, wusste Andersen. Natürlich.

Schiffe und Philosophie waren seine Leidenschaft. Als Lotse a.D. kannte Oke Andersen die Elbe und all ihre Untiefen wie kein Zweiter. Jetzt, im Ruhestand, hatte der Junggeselle endlich Zeit für seine zweite Leidenschaft, das Lesen. Vor allem die Philosophie hatte es ihm angetan. Den Unsinn des Lebens mit Sinn füllen. Weil Oke Andersen gern Kant, Plato, Schopenhauer und andere Philosophen zitierte, hatten ihm seine Kollegen vor Jahren den Spitznamen *La Lotse* gegeben. Passte. Er mochte Laotse, den alten, chinesischen Weisen, der stets nach dem rechten Weg und einem tugendhaften Leben suchte. So wie Andersen ein Berufsleben lang Fahrwasser für die Ozeanriesen gesucht hatte.

Erst als Kapitän bei der Reederei *Horn*, später, etwas sesshafter geworden, von Finkenwerder aus die letzten Seemeilen die Elbe hoch – als Hafenlotse. Als derjenige, der die Schlepper von der Brücke aus dirigierte, der dafür sorgte, dass auf den letzten Metern nichts schieflief und die dicken Pötte sicher an der Pier festmachten.

Andersen sah mit seinem Fernglas der *Colombo Express* hinterher. Er wusste: Oben auf der Brücke stand ein revierkundiger Nautiker, Kollege Schömel wahrscheinlich, einer wie er, Mitglied in der Lotsenbrüderschaft. Er schwenkte das Fernglas weiter Richtung Ufer. Sein Blick streifte den »Bojenmann«, eine hölzerne Menschenfigur aus Eiche. Ein frei schwimmendes Kunstwerk, erschaffen vom Bildhauer Stephan Balkenhol, montiert auf einer Boje mit einem steinernen Anker. Zwar außerhalb des Fahrwassers, trotzdem ein unnötiges Hindernis aus seemännischer Sicht. Außerdem fröstelte Andersen immer leicht, wenn er die Gestalt sah, die sieben Monate im Jahr reglos im Wasser auf die andere Seite der Elbe starrte, bevor sie Ende Oktober wieder in ihr Winterquartier kam. Er legte das Fernglas auf das Fensterbrett, knipste die Stehlampe neben seinem Sessel an und griff zu Friedrich Nietzsches *Jenseits von Gut und Böse*. Nicht wissend, dass das Böse ganz in seiner Nähe war.

Unten am Fluss. Keine einhundertfünfzig Meter von seinem Fenster entfernt.

* * *

Wie viele Tage mochte der Tod wohl schon so dagestanden haben? Mit leicht abgewinkelten Armen wie kurz vor einem Duell: schwarze Hose, weißes Hemd, etwa einen Meter siebzig groß, dunkle Haare, Seitenscheitel. Auf den ersten Blick sah er aus wie der echte Bojenmann. Bis man ihm ins Gesicht sah, dachte Kommissar Thies Knudsen.

Er hatte schon viele Tote gesehen. Mehr als genug. Weiß Gott. Junge, alte, hübsche, hässliche, bös entstellte, zerstückelte, aber so was? Eine Leiche, wie schockgefroren. Hart und trocken wie eine moderne Mumie. Das hatte er noch nie gesehen. Es war bizarr.

Da stand einer kerzengerade in der Elbe, fast dynamisch, mit guter Körperspannung, wie für die Ewigkeit gemacht. Fast wie das Original aus witterungsbeständigem Eichenholz. Und niemand hatte etwas bemerkt. Bis schließlich ein Paddler mit seinem Kajak ganz dicht am Bojenmann vorbeigefahren war, um ein schnelles Selfie zu machen, bevor ihn die Strömung vorbeitreiben ließ. Doch auch der hatte erst hinterher, Stunden später, zu Hause beim Betrachten gemerkt, dass da etwas nicht stimmte. Und zwar ganz entschieden nicht. Der Bojenmann hatte beim Reinzoomen auf einmal ganz anders ausgesehen. So echt irgendwie. Wie aus einem Horrorfilm. Grotesk. Der Mann hatte die Polizei angerufen. Eine Streife war ans Elbufer gefahren, und kurz darauf waren auch die Feuerwehr und ein Boot der Wasserschutzpolizei vor Ort.

Die Kollegen hatten den Bojenmann inspiziert und schnell erkannt, dass der wohl ein Fall für das Landeskriminalamt war. Und jetzt stand Thies Knudsen, leitender Ermittler des LKA 12, Region Altona, an der Elbe und wunderte sich. Wie vielleicht noch nie zuvor in seinem Leben.

Wer machte sich so viel Mühe, einen Toten auf diese Weise zu präparieren und aufzubahren? Und warum? Ausgerechnet am Elbuferwanderweg. Im Herbst. Keine fünfzig Meter vom Strand entfernt. In Övelgönne. Mitten im Fluss. Eine makabre Clownerie? Allein der Fundort! Straftat hin oder her. Da hatte sich einer echt Mühe gegeben. Das hier erinnerte eher an eine perverse Performance als an einen gewöhnlichen Mord. Wasserstraßenkunst vielleicht. Fehlte nur noch, dass der Täter einen Hut vor sein Opfer auf den Sockel der Boje gestellt hätte.

An einem sonnigen Tag kamen hier Hunderte, ja Tausende von Passanten vorbei. Nicht wenige davon kehrten in der *Strandperle* oder im *Ahoi* mit Blick auf den Bojenmann ein und bestellten Lachsbrötchen oder Pizza. Im Sommer schwammen neuerdings immer welche zu ihm herüber. Benutzten die Tonne als Badeplattform. Sonnten sich auf dem Sockel. Das führte zwangsläufig zu der Frage: Warum hatte niemand etwas gemerkt? Wahrscheinlich lag es daran, dass der Tote den Spaziergängern verächtlich den Rücken zugewandt hatte. Bis dann eben dieser Selfie-Sportler trotz herbstlicher Temperaturen die Elbe hochgepaddelt war.

Knudsens Kollegin, die Forensikerin Susi Diercks, Rufname »Spusi«, war zusammen mit ein paar Kollegen gerade dabei, sich den Toten schon mal vor Ort auf der schwankenden Boje anzusehen und Spuren zu sichern. Knudsen wusste, dass Spusi schnell seekrank wurde. Schon beim Anblick von Wasser wurde ihr schlecht, hatte sie mal gemeint. Aber die Elbe absperren lassen, das Tor zur Welt also einen Tag lang für die Leiterin der Kriminaltechnik dichtzumachen und den Hamburger Hafen lahmzulegen, nur damit der Bojenmann stillhielt? Wunschdenken. Das bekam nicht einmal die Kripo hin – die halbe Weltwirtschaft für einen Tag lahmzulegen. Und die Containerschiffe stattdessen in Bremerhaven löschen zu lassen. Vergiss es, dachte Knudsen.

»Ich glaub, ich kleb mir gleich eines von diesen Pflastern hinters Ohr...«, hatte Spusi gemurmelt und sich dann von der Wasserschutzpolizei zum toten Bojenmann bringen lassen.

Eine Frau, die Maden aus fauligstem Fleisch pulte, die uralte Mageninhalte ohne Gasmaske untersuchen konnte, die die unerträglichsten Gerüche und Anblicke ertrug, lief Gefahr, ein erstes Mal sozusagen dienstlich zu kotzen. Heimlich freute sich Knudsen schon auf ihren Bericht, der Abwechslung im Alltag eines Kommissars versprach.

Mit leicht blassem Teint kam sie gut eine Stunde später auf Knudsen zu, der immer noch beobachtend am Ufer stand, stellte den Koffer ab, zog die Handschuhe aus und sagte:

»Thies, frag nicht, so was hab ich noch nie gesehen, gelesen schon, ja, aber gesehen noch nie.«

»Geht's auch klarer?«

»Na, unser Bojenmann – die Leiche«, sagte Spusi, »ich glaube, dass sie plastiniert wurde.«

»Plastiniert? Warte mal ...«, fragte Knudsen entgeistert. »Du meinst, wie bei diesem schrägen Frankenstein-Typ. Mit Beuys-Hut. Wie hieß er noch gleich? Gunther von Hagens, oder?«

Spusi nickte.

»Ja, unser Toter, der Bojenmann, wurde plastiniert. Und zwar ziemlich gut ... soweit ich das beurteilen kann. Unter der Kleidung wird es makaber. Der sieht aus wie ein Studienobjekt für die Medizinerausbildung. Die Haut fehlt größtenteils. Außer im Gesicht. Da sieht sie allerdings irgendwie seltsam aus. Wie gespannt. Und noch etwas ist komisch. Ein Auge des Toten steht offen und das andere ist geschlossen.«

»Was?«

»Als würde der zwinkern. Ziemlich makaber.«

Hm, dachte Knudsen, aber irgendwie auch originell, was immer das zu bedeuten hatte. Ein Auge zu, ein Auge offen. Wie ein toter Till Eulenspiegel. War das ein Versehen? Oder ein Mörder mit Humor? Motto: Mit dem Zweiten sieht man besser?

»Was ist mit dem echten Bojenmann?«, fragte er dann. »Dem Original aus Holz?«

»Abgesägt.«

»Und weg oder wie? Geklaut?«

Spusi zuckte mit den Schultern.

»Wir fangen nachher an zu suchen. Der Täter muss mit einem Boot oder Schiff zu der Boje gefahren sein. Entweder hat er die Figur dann mitgenommen oder ins Wasser geschmissen.«

Knudsen nickte. Die Taucher waren nicht zu beneiden. Bei null Sicht und ordentlich Strömung den Grund der Elbe abzutasten, ob da vielleicht der Bojenmann oder wenigstens die Säge oder sonst irgendwas zu finden war, was Aufschluss darüber gegeben hätte, wie die hölzerne Figur gegen eine aus Fleisch und Blut ausgetauscht worden war.

Was für ein seltsamer Fall! Wenn einer seine Opfer weder versteckte oder zerstückelte noch in Säure auflöste, sondern sie zur Schau stellte und auch noch zwinkern ließ, wollte man natürlich wissen, warum. Und bekam zusätzlich Druck von oben. Er konnte sich die Gespräche mit Staatsanwalt Arnold Rolfing und dem politischen Apparat schon jetzt gut vorstellen. So was wie diesen Bojenmann wollte keiner in seiner Stadt haben.

War es eine Botschaft? Ein Mahnmal? Eine Warnung? So wie man früher die gehängten Piraten zur Abschreckung baumeln ließ? Oder ein religiöses Motiv? Ein postmoderner Jesus mit Blick auf den Hafen, der niemals schlief? Machte das Sinn? Oder war es womöglich eine neue Mafia-Masche?

Erst einmal hieß es, keine voreiligen Schlüsse zu ziehen. Nichts war schlimmer, als sich zu früh auf irgendeine These zu fixieren, die sich dann als Sackgasse herausstellte. Wenn Knudsen eines im Laufe seiner Ermittlungstätigkeit gelernt hatte, dann das. Erst mal bei den simplen Fragen anfangen:

1. Wer war der Tote?
2. Warum genau war er tot?
3. Und wer war in der Lage gewesen, ihn so kunstvoll und aufwändig zu plastinieren?

* * *

Stunden später gingen Knudsen und sein Team im Kommissariat durch, was sie bereits hatten. Der tote Bojenmann war ein einziges Rätsel. Es gab keinerlei Hinweise auf seine Identität, seine DNA fand sich in keiner Datei, und seine Fingerabdrücke waren durch die Plastination nicht mehr darstellbar. Die Fotos seines starren, irgendwie vergilbten Gesichts halfen bisher auch nicht weiter.

Gunther von Hagens war nicht erreichbar. Knudsen kam wohl nicht umhin, dem Papst der Plastination persönlich ein paar Fragen zu stellen. Wie der es fand, dass er plötzlich Konkurrenz bekommen hatte, zum Beispiel. Oder ob ihm eine seiner ... Figuren fehlte.

Ein tiefes Seufzen unterbrach seine Gedanken. Es kam von Günther, einem Mops, der unter einem Schreibtisch in seinem Körbchen lag. Das Tier gehörte Knudsens Kollegin Dörte Eichhorn, die gerade kopfschüttelnd auf das Foto des Bojenmanns starrte. Sie war mit einem anderen Fall beschäftigt gewesen und erst jetzt zu den anderen gestoßen. Mancher hielt sie für unnahbar, doch hinter der rauen Schale verbarg sich eine loyale Kollegin und exzellente Polizistin, auf die man sich absolut verlassen konnte.

Man hatte ihr in zwanzig Berufsjahren als Frau in diesem Job nichts geschenkt. Anfangs hatte man sie als junge Kollegin belächelt, später widerwillig respektiert und schließlich, mit jetzt neununddreißig, gelernt, sich besser nicht mit ihr anzulegen. Thies Knudsen allerdings war immer fair zu ihr gewesen. Wenn es so etwas wie einen Freund in den Reihen ihrer Kollegen gab, dann war es Thies. Ihre freundschaftlichen Gefühle gegenüber Knudsen verbarg Dörte Eichhorn allerdings recht gut unter einem Panzer aus Angriffslust, Sarkasmus und kleinen Sticheleien. Sichtbare Zuneigung erhielt einzig Günther, ihr Hund, den sie gegen alle Vorschriften und zum Leidwesen ihrer Kolleginnen und Kollegen sehr oft mit ins Kommissariat brachte.

Mops Günther lag stets ausdünstend und schnaufend unter ihrem Schreibtisch, bis Dörte mit ihm Gassi ging oder ihn auf dem Flur mit Pansen verwöhnte. Diese Fütterung durfte nach Protesten des gesammelten Kommissariats irgendwann nur noch am Ende des Flurs stattfinden. Selbst Spusi Diercks, die einiges gewohnt war, hatte sich nach ein paar Mops-Mahlzeiten auf die Seite der Pansen-Verbanner gestellt.

Günther fiepte.

»Na, Dicker«, flötete Eichhorn, »warst du auch brav, während ich weg war?«

»Er hat bestimmt, wie immer, brav weitergestunken«, sagte Knudsen. »Du erinnerst dich? Wir hatten abgemacht, dass Günther nur noch ein, zwei Tage die Woche hier bei uns rumliegt.«

Eichhorn ignorierte die Bemerkung und streichelte ihren Mops.

Die Tür flog auf. Spusi Diercks wedelte mit einer Beweismitteltasche.

»Tadaaa!«, sagte sie. »Ich hab was!«

Sie ließ sich in einen Sessel fallen.

»Aber erst mal einen Kaffee!«

Eichhorn rollte mit den Augen.

»Herrje, Spusi, komm zur Sache«, bat Knudsen. Er hätte der Presse gern ein bisschen mehr angeboten als Frankensteins Monster ohne Namen. Konnte man sich ja vorstellen, dass die sonst wie die Hyänen über ihn herfallen würden. Eine plastinierte Leiche. Das war ein gefundenes Fressen für die. Die *Morgenpost* hatte bereits mit dem Toten getitelt. Das Foto zeigte den toten Bojenmann. Von hinten kaum vom Original zu unterscheiden.

Aber Knudsen hatte so ein Gefühl, dass sie auch noch ihr Bild von vorne bekommen würden. Paddler und Ruderer hatten auch Smartphones mit guten Kameras.

»Also«, referierte Spusi, während Knudsen ihr kommentarlos einen Kaffee reichte, »wir haben doch in der Hosentasche des Toten diese verwaschene Karte gefunden, auf der nichts mehr richtig zu entziffern war. Ich glaube, es war so eine Art Visitenkarte.«

»Sag bloß!«

Eichhorn wurde zusehends mürrischer. Ein Zettel, auf dem nichts stand ... großartig. Sie hasste Spusis kleine Auftritte.

»Ich hab es geschafft, drauf doch noch was lesbar zu machen. Und zwar, indem ...«

»Spusi«, meinte Knudsen mit sanfter Stimme. »Wir wissen, dass du gut bist in dem, was du tust. Sag einfach, was draufsteht. Danke.«

»*DUCK…!*«

»Was?«, fragten Eichhorn und Knudsen wie aus einem Mund.

»Auf der Karte stand *DUCK*. In Großbuchstaben. Man kann aber noch erkennen, dass ein weiterer Buchstabe folgt, aber nicht, welcher.«

»*DUCK*, was soll denn das heißen?«, fragte Eichhorn, »Donald Duck, oder was?«

»Unser Toter war also Comic-Fan«, ergänzte Knudsen.

»Großartig, dann ist der Fall ja fast schon gelöst«, unkte Eichhorn.

* * *

Auf der Fahrt nach Hause ging Knudsen alle Wörter mit *DUCK* durch, die ihm einfielen. Viele waren es nicht. Zu Hause angekommen, setzte er sich gleich an den Rechner und befragte das große Google-Orakel, was auch nicht viel ergiebiger war. Qualitativ. Quantitativ schon. Bei sechshunderttausend Ergebnissen (in nullkommasieben Sekunden), wie der Suchanfrage angeberisch in Klammern hinzugefügt war, bezogen sich fast alle Treffer allein auf Donald oder Dagobert Duck. Und Knudsen war sich sicher, dass diese Verbindung wohl eher an den Haaren herbeigezogen war.

Was dann? *Duck Entertainment* gab es noch. *Pizzeria La Duck. Duck & Curry* – ein thailändisches Restaurant in Nürnberg. *Monaco Duck* – exklusive handgefertigte Schuhe aus bayerischen Hoden. Knudsen blieb kurz hängen, war dann aber doch froh, dass es sich um Loden handelte. So schnell, wie er las, konnte das passieren. In der Modewelt wusste man ja nie. Durchaus denkbar, dass *Gaultier* oder *McQueen* … aber es handelte sich um Schuhe aus Loden, nicht Hoden. Herrgott! Vielleicht sollte er besser Schluss machen für heute.

Vielleicht hier, *Rent a Duck,* das gefiel Knudsen auf Anhieb am besten. Ein Autoverleiher, der ausschließlich Enten verlieh: »Erfahren Sie bei uns die Faszination Ente, und genießen Sie das einmalige Fahren mit einer charmanten Französin, die mehr Aufsehen erregen kann als ein Ferrari.«

Na ja, dachte Knudsen. Faszination Ente. Ich weiß ja nicht. Ein Autoverleiher am Arsch der Welt. Wohl kaum eine brauchbare Spur, auch wenn man natürlich nie wusste.

Auf *DUCK* reimt sich *Fuck*, dachte Knudsen. Er war frustriert. Mit Hilfe von Google kam er nicht weiter. Da konnte er genauso gut seinen Freund Oke Andersen anrufen. Der ehemalige Lotse hatte ihm schon oft den ein oder anderen Denkanstoß gegeben. Oder hatte mit überraschenden Weisheiten aufgewartet. Wenn Knudsen einmal bei Jauch auf dem Stuhl landen würde, würde er ihn unbedingt als Joker nennen. In Sachen China und christlicher Seefahrt wusste er jedenfalls alles. Und über Philosophie eine ganze Menge. Im Grunde ging es ja auch bei der Polizeiarbeit immer um die vier berühmten Kant'schen Fragen:

Was kann ich wissen?

Was soll ich tun?

Was darf ich hoffen?

Was ist der Mensch?

Na, vielleicht noch: Wer ist der Täter?

* * *

Andersen war früher selber zur See gefahren. Auf einem dieser schönen weißen Bananendampfer – dem Liniendienst in die

Karibik für die Hamburger *Horn-Linie*. Als Schiffe noch Schiffe waren. Und nicht diese Kolosse von heute – wie Lego für Riesen. Eine seiner eher schlichten Weisheiten. Der Container sei für die Handelsschifffahrt, was heute das Smartphone für die Familie ist.

»Komm vorbei«, hatte *La Lotse* Andersen nur gemurmelt, als Knudsen ihn angerufen hatte. »Ich hab Essen auf dem Herd.« Zehn Minuten später saßen die beiden Freunde vor einem Teller Pasta mit Kräuterseitlingen in Andersens kleiner Küche. Das war eines von Knudsens Lieblingsgerichten. Sein Kumpel war ein guter Koch. Dazu gab es ein kaltes Pils.

Andersen hörte sich konzentriert an, was der Kommissar über den toten Bojenmann zu erzählen hatte.

»Zwei Fragen«, brummte Andersen. »Wo ist der wirkliche Bojenmann aus Holz abgeblieben, und wie hat der Mörder ihn da überhaupt abbekommen?«

»Gesägt hat er«, antwortete Knudsen und schob sich noch eine Gabel Nudeln in den Mund.

»Präzise an den Schuhen durchtrennt. Wir suchen morgen die Elbe weiter ab, ob der Holzmann da irgendwo auf dem Grund liegt.«

»Im Ernst. Denk mal nach!«

»Worüber?«

»Die Eigenschaften von Holz sind …!«

»Okay, okay, hast recht, es schwimmt.«

»Geht doch, Herr Kommissar!«

La Lotse führte kurz aus, dass – je nach auf- oder ablaufendem Wasser – die Figur Cuxhaven längst passiert haben müsse und irgendwo in der Nordsee schwimme. Und wahrscheinlich in Helgoland an Land gegangen sei und sich ein paar Taschenkrebse bestellt habe. Oder in der anderen Richtung, irgendwo elbaufwärts hinter Hamburg, angespült worden sei. Spätestens bei Geesthacht. Er tippte auf Ersteres und wollte wissen:

»Und wie hat der Mörder die Leiche eigentlich fixiert?«

»Mit Gurten an einer Stange. Die war aber unter der Kleidung verborgen.«

»Und die Stange?«

»In einer Vertiefung verankert. Hat er anscheinend vorab da reingebohrt.«

»Ohne, dass irgendwer was gesehen oder gehört hat? Hmm … watt für'n Aufwand«, brummte *La Lotse*. »Da hat ja einer mal ein großes Mitteilungsbedürfnis.«

»So isses.«

»Hmm. Sachen gibt's. Und erzähl mir mal mehr über diesen sonderbaren Zustand der Leiche. Wie ist der Mann denn überhaupt gestorben?«

»Er wird in Kürze obduziert.«

La Lotse grinste.

»Wie denn? Mit Hammer und Meißel?«

»Schuss- oder Stichwunden hatte er nach der ersten Begutachtung jedenfalls nicht, sagt Spusi.«

»Vielleicht war es gar kein Mord?«

»Sondern?«

»Sterbehilfe de luxe … ein letzter großer Auftritt.«

»Pfff …«, machte Knudsen.

»Weißt du doch nicht … kommt alles vor.«

»Lass gut sein, das ist alles schon abstrus genug, ich brauch keine kryptischen Thesen.«

Knudsen seufzte und referierte, was er über das Plastinieren wusste. Nämlich, dass es sich um ein ziemlich aufwändiges Verfahren der Konservierung handelte, bei dem man sämtliche Körperflüssigkeiten toter Tiere oder Menschen durch Kunststoffe wie etwa Polyesterharze ersetzte. Oberfläche und Struktur der toten Körper blieben so weitgehend erhalten. Sie verlören aber sämtliche Farbe, die wiederhergestellt werden müsse, wenn man die Präparate ausstellen wolle, ohne die Menschen zu irritieren. In einer normalen Umgebung seien Plastinate geruchsfrei und ziemlich lange haltbar.

Knudsen verstummte.

»Normale Umgebung«, wiederholte Andersen. »Die normale Umgebung für einen Toten ist für mich ein Sarg oder eine Urne. Das muss ein hoch spezialisierter Täter sein. Die Szene dürfte nicht allzu groß sein.«

»Das ist auch unsere Hoffnung.«

»Sonst noch was?«, fragte Andersen.

Knudsen kramte in seiner Tasche.

»Und das haben wir in der Hosentasche des Toten gefunden«, sagte er und schob seinem Freund ein Foto der verwaschenen Karte rüber.

»Sagt dir das was?«

»DUCK«, las Andersen laut.

»Genau, DUCK. Und der Beginn eines weiteren Buchstabens. Das Wort ist also länger. Irgendeine Ahnung, was das heißen könnte?«

Andersen schwieg, schüttelte den Kopf und begann, den Tisch abzuräumen. Draußen wurde es langsam dunkel. Eine Möwe kreischte. Andersen stellte die Teller in die Spüle, stutzte und murmelte:

»Duck dich.«

»Was?«

»Nix.«

»*Dukaten* oder ein Eigenname vielleicht. *Ducknikowsky* ...«

»Oder *Dukannstmichmal*!«, sagte Knudsen. Aber sein Freund schien den schönen Scherz gar nicht mitzubekommen.

»Ich sagte, *Dukannstmichmal*.«

La Lotse lachte immer noch nicht, kam aber plötzlich mit einem brauchbaren Wort um die Ecke:

»Was ist mit *Duckdalben*?!«

»*Duckdalben*«, wiederholte Knudsen, »fängt mit Duck an, stimmt. Von diesen Pfählen gibt's viele.«

Er konnte sich nicht vorstellen, inwiefern ihn hölzerne Pfähle im Wasser in irgendeiner Form weiterbringen sollten.

»Einerseits, ja, es gibt viele. Aber es gibt auch einen Seemannsclub im Freihafen in Harburg, ganz in der Nähe der Köhlbrandbrücke, der so heißt.«

Knudsen runzelte die Stirn.

»Wovon redest du?«

»Der heißt so, *Duckdalben*!«

»Wirklich wahr? Nie gehört«, sagte Knudsen.

Im ersten Moment flammte kurz etwas Aufregung in ihm auf, wie in einem Huhn, das lange kein Futter bekommen hat und dem man ein Maiskorn hinwarf. Dann war das Gefühl verschwunden.

»Das Wort ist gut, aber ...«

Er holte ein Foto des Toten aus der Tasche: »Der hier ist wohl schon länger nicht in einem Seemannsclub gewesen, oder?«

La Lotse riss die Augen auf und meinte:

»Moment ... ich glaube, den kenne ich.«

Knudsen war müde, ihm war nicht nach Scherzen zumute. Er sah schon die Pressekonferenz vor sich, in der er würde sagen müssen: »Bitte haben Sie Verständnis. Aus ermittlungstechnischen Gründen können wir Ihnen zum jetzigen Zeitpunkt leider keine ...«

Wenn die Presse eins nicht hatte, dann war es Geduld und Verständnis. Mit Verständnis verkaufte man keine Zeitung. Schrieb keine Titelgeschichten. Verständnis war für Teile der Presse ein Persilschein, sich selbst die schönsten Geschichten und Zeugen auszudenken, was die Ermittlungen nicht leichter machte. Plötzlich musste man sich neben fehlenden Spuren noch um die falschen kümmern, sodass man sich manchmal wie bei der Hotline von *Aktenzeichen XY ungelöst* vorkam.

»Im Ernst«, sagte *La Lotse* und sah sich eindringlich das Foto des plastinierten Toten an. »Ich kann mir nicht helfen, aber irgendwie kommt mir der Typ wirklich bekannt vor, auch wenn er aussieht wie gegerbt.«

»Du sollst auch nicht dir helfen, sondern mir. Weißt du, wie oft ich den Satz schon gehört habe und wie wir solche Menschen in Ermittlerkreisen nennen?«

Andersen hörte nur halb zu und schüttelte auch nur halb den Kopf.

Knudsen war eigentlich zu müde, um es zu erklären, tat es dann aber trotzdem: »Knallzeugen nennen wir die. So bezeichnet man einen Zeugen, der sich erst nach einem Schuss umdreht, hinterher aber der Meinung ist, er habe den Tathergang ganz genau gesehen, nur weil er aufgrund einer akustischen Wahrnehmung auf bestimmte Tatsachen schließt. Mit dem Hergang des Überfalls hat das dann oft nicht viel zu tun.«

Andersen nickte.

»Verstehe. Und daher auch die Redewendung: ›Du hast wohl den Schuss nicht gehört.‹«

Knudsen schmunzelte.

»Genau, daher kommt das wahrscheinlich. La Lotse, wie er leibt und lebt.«

»Knallzeuge hin oder her, kann ja sein, dass es die gibt. Aber hab ich gesagt, wie und wo und von wem der ermordet wurde? Hab ich nicht. Ich sag lediglich, dass mir der Typ bekannt vorkommt.«

»Kenne ich, Alzheimer light«, meinte Knudsen.

»Kannst du mir das Bild trotzdem dalassen?«

Knudsen schüttelte den Kopf.

»Ich zeig's auch nicht rum. Oder verkaufe es an die Presse.«

»Die kriegen das Bild schon noch früh genug, aber nur, wenn wir in drei Tagen nicht weiter sind.«

»Wenn du mir das Bild dalässt, hab ich morgen einen brauchbaren Hinweis für dich. Deal?«

»Ohne rumzeigen?«

»Ohne rumzeigen, nur nachdenken.«

Und wenn Oke – *La Lotse* – Andersen eines konnte, dann das: nachdenken.

* * *

Das Gesicht. Irgendetwas löste es in ihm aus. Auch wenn es sonderbar aussah, so starr und gelblich. Aber die Gesichtszüge waren noch ganz gut erkennbar. Er hätte schwören können, dass er dieses Gesicht mit der markanten Höckernase irgendwo schon mal gesehen hatte. Aber in über sechzig Jahren hatte man eine Menge Gesichter schon mal gesehen. So viele, dass man langsam überall gewisse Ähnlichkeiten erkannte. Als sei das Reservoir der menschlichen DNA doch nicht so unerschöpflich, wie immer getan wurde. Von wegen jeder sei einzigartig und unersetzlich.

So oder so, für einen Schulkameraden war der zu jung, dachte Andersen. Irgendjemand vom Tischtennis vielleicht? Von den gegnerischen Mannschaften? Schon eher. Das Problem: Beim Spielen konzentrierte man sich eher auf den Ball und nicht auf die Gesichter der anderen. Vor einem Match blieb man besser bei sich und seiner Nervosität. Sich bloß nicht in vermeintlich freundliche Gespräche verwickeln lassen und jemand nett finden, den man hinterher rücksichtslos rundmachte. An der Platte hörte jede Freundschaft auf. Zumindest bei Männern. Da war jedes Lächeln plötzlich von Adrenalin und Testosteron vergiftet.

Es war schon halb zwei in der Nacht. Andersen machte noch einen letzten Spaziergang durch Övelgönne. Immer wieder verwunderlich, bei wem noch Licht brannte. Am hellsten aber brannte es immer auf der gegenüberliegenden Elbseite. Am Athabaskakai. Nachts hob sich die Silhouette des Bojenmanns sonst sehr deutlich vor dem bernsteinfarbenem Licht ab. Inzwischen war nur noch die Tonne zu sehen, der Sockel, der wie ein Eisberg ungefähr zu einem Siebtel aus dem Wasser ragte. Und Andersen hatte plötzlich so ein vages Gefühl, dass er am liebsten Knudsen aus dem Bett geholt hätte. Ob es nicht vielleicht ratsam sei, die anderen drei Bojenmänner, die es in der Stadt gab, vorsichtshalber unter Polizeischutz zu stellen. Allemal den auf der Alster. Die auf der Süderelbe und in Hamburg-Bergedorf konnte man vielleicht vernachlässigen. Aber den prominenten auf der Außenalster am Ostufer, den würde er zumindest observieren lassen. Wer weiß, dachte Andersen, wenn der Täter einen Hang zur Selbstdarstellung hat. Für große Auftritte. Körperwelten für den kleinen Mann ohne Eintritt? Wenn er sozusagen auf den

Geschmack kam, weil sein mörderisches Machen und Schaffen so viel mediale Aufmerksamkeit erregte?

Wieder zurück in seiner Wohnung, blickte er ein letztes Mal aufs Bild. Und siehe da, die frische Luft hatte seinem Gehirn auf die Sprünge geholfen. Der Kerl, so glaubte er sich zu erinnern, hatte ihm einmal einen Kaffee gebracht. Und sogar einen relativ guten. Nie hatte er mehr Kaffee serviert bekommen als zu seiner Zeit als Lotse. Man war kaum die Lotsenleiter hoch, betrat die Brücke, grüßte den Käpt'n und zack: »Coffee!?«

»Yes, please!«

»Milk, sugar?«

So schwarz wie meine Seele, pflegte Andersen dann immer zu sagen. *As black as my soul.*

Wenig später kam dann der Steward. Jedenfalls war das früher so gewesen, als sich die Reedereien noch Stewards hatten leisten können. Heute hatten die Kapitäne Thermoskannen auf der Brücke. Oder der dicke Koch kam persönlich angewackelt. War es auf einem Kreuzfahrtschiff gewesen? Die *Europa 2* vielleicht. Oder die *Queen Mary 2*. Er wusste es nicht mehr. Aber er erinnerte sich, dass dieser Mann, der jetzige Tote, ihm einen sehr guten Kaffee auf die Brücke gebracht und ihn dann sehr freundlich und kultiviert in ein Gespräch verwickelt hatte. Sie hatten auf Englisch über Religion geredet. Er stammte von den Philippinen und war Christ. Konnte das wirklich der Mann auf dem Foto sein?

* * *

Am frühen Morgen des nächsten Tages joggte die 42-jährige Bankkauffrau Stefanie Bauer wie immer um die Alster.

Es nieselte etwas. Noch war sie ganz allein unterwegs auf diesem Parcours der Frühsportler. Nur die Enten waren schon wach und zogen in der Dämmerung ihre Kreise auf Hamburgs malerischem Binnensee. Fast zwei Quadratkilometer Wasser mitten in der Stadt. Es war still. Die Alsterschifffahrt ruhte noch. Segel- oder Ruderboote waren noch nicht unterwegs. Auch die berühmte Alster-Fontäne schlief und würde erst in ein paar Stunden ihren Wasserstrahl in Richtung des wolkenverhangenen Himmels schicken. Hamburg wachte gerade erst auf.

Der Weg war 7,4 Kilometer lang, führte fast durchgehend am Ufer der Alster entlang und war bei Joggern sehr beliebt: eine ideale Laufstrecke. Stefanie Bauer lief in gleichmäßigem, ruhigem Tempo. Sie warf einen Blick hinüber zur *Schönen Aussicht*. Der Name der Wohngegend war Programm: Dort in Uhlenhorst, direkt am Wasser, lag eine der begehrtesten Gegenden der Hansestadt. Bauer stellte sich immer gern vor, dass eine bisher unbekannte, sehr reiche Tante ihr als einziger Erbin eine Villa mit Bootssteg vermachen würde. Sie lächelte. Tagträume. Besser noch Morgenträume. In Kürze würde sie sich wieder in ihrer Bankfiliale mit Kreditanträgen, überzogenen Konten und Sparplänen befassen. Sie wusste sehr gut, wie prekär die Situation in vielen Haushalten war. Das Leben wurde immer teurer. Was sie nicht wusste, war, dass dieser Morgen so ganz anders als die vorangegangenen werden würde.

Stefanie Bauer erreichte die östliche Uferpromenade auf der Höhe der Hohenfelder Brücke und blieb stehen. Es war ein Ritual. Hier konnte sie den im Wasser stehenden Bojenmann sehen. Ihren stets stillen und stummen Partner am frühen Morgen, der ungerührt auf das andere Ufer blickte. Wie ein Zinnsoldat. Den Bojenmann zu sehen, war das Zeichen, die Werte auf ihrer Fitness-Uhr zu checken.

»Ganz okay«, dachte sie zufrieden, dehnte sich etwas und sah dabei hinaus auf die Alster. Irgendetwas irritierte sie. War es der Schwan, der sich gerade aus dem Uferdickicht löste und langsam hinaus aufs offene Wasser schwamm? Nein, irgendetwas war anders als sonst. Ja, da! Die Skulptur, der Bojenmann, das war es! Der sah heute morgen so anders aus. Die Haltung! Da stimmte doch was nicht. Normalerweise stemmte er beide Arme in die Hüften. Aber auf einmal hielt er einen seiner Arme mit gestrecktem Daumen nach oben. Wie konnte das sein? Diese bizarre Siegergeste?

Moment?

Hatte sie nicht gestern gelesen, dass an der Elbe …?

Sie sah genauer hin.

Und griff zum Telefon.

Wenig später ruderte Polizeihauptmeister Hannes Leifermann in einem eilig herbeigeschafften Ruderboot vom Alsterufer die paar Meter hinaus aufs Wasser zum Bojenmann. Sein Kollege Polizeiobermeister Henri Posche stand mit Stefanie Bauer am Ufer und wartete.

»Siehst du was?«, rief Posche.

»Moment«, antwortete Leifermann. »Noch ein kleines Stück.«

Bisher drehte ihm der Bojenmann nur den Rücken zu. Dann hatte Leifermann die Skulptur erreicht.

Sie starrte ihn aus toten Augen an.

Ihr weißes Hemd flatterte im Wind und ließ den Blick auf den Körper darunter frei. Leifermann sah Muskelstränge und ein menschliches Herz.

»Was ist denn nun?«, rief Posche ungeduldig.
»Ruf das LKA an«, antwortete Leifermann.

* * *

Kommissar Knudsen wachte, wie immer, gegen vier Uhr morgens auf. Vor zwanzig Jahren hatte es nichts Wichtigeres gegeben als die Arbeit. Das hatte ihn seine Ehe gekostet. Aber nach über dreißig Jahren im Job war man ruhiger geworden. Auch wenn das Leben und Sterben um einen herum immer wilder wurde. Egal. Man war eben nicht mehr so ambitioniert mit über fünfzig. Man stumpfte ab. Verschliss.

Mit die traurigste Erkenntnis seiner Arbeit als Kommissar: die ganze Vergeblichkeit. Kaum dass man ein Schwein überführt und dingfest gemacht hatte, gab es schon wieder zwei neue Leichen irgendwo. Das störte ihn zunehmend. Dieser Sisyphos-Aspekt, also dass man es immer nur mit den Wirkungen und nie mit den Ursachen zu tun bekam. So manches Mal hatte er schon überlegt, hinzuschmeißen und eher etwas in Sachen Prävention zu machen.

»Du fährst ja auch lieber ein Schiff durchs Fahrwasser, als dass du jedes Mal ein Wrack bergen müsstest«, hatte er zu Andersen einmal gesagt. Auf einen dingfest Gemachten wuchsen irgendwo zwei Mörder nach.

Vielleicht nicht der weltbeste Vergleich, aber deutlich genug, um zu kapieren, um was es hier ging. Das Morbide im Menschen im Vorfeld zu bekämpfen. Und nicht immer hinterher erst die Leichenteile zusammenzutragen und außerdem den Todesengel bei den Angehörigen zu machen. Das Schlimmste überhaupt.

Knudsens Handy klingelte, als er sich gerade sein Müsli zubereitete.

»So früh?«, dachte er. »Kein gutes Zeichen.«

* * *

Eine halbe Stunde später saß Knudsen im Kommissariat. Es war 7 Uhr 30, als er zum dritten Kaffee und dann zum gefühlt hundertsten Mal zum Telefon griff.

»Ach du, *La Lotse* …, kann ich dich zurückrufen … neuer bzw. nächster Fall.«

»Ich dachte, das interessiert dich: Ich weiß jetzt, wer der Tote ist. Also vermutlich.«

»Wie? Was weißt du?«

»Der Bojenmann. Ich hab doch gesagt, dass ich den schon mal gesehen hab. Auf einem großen Pott. Vielleicht ein Kreuzfahrtschiff. Der war ein Kellner oder Steward, der mir Kaffee auf die Brücke gebracht hat.«

»Im Ernst? Mach jetzt keine Witze, Oke.«

»Mach ich nicht.«

»Das gibt's doch nicht. Du kennst den wirklich? Hier überschlagen sich gerade die Ereignisse. Wir haben nämlich ein zweites Opfer. Bojenmann Nummer 2 …«

Andersen schwieg kurz.

»Wo?«, fragte er dann.

»Alster. Ich melde mich gleich, Oke, ja?«

Knudsen stöhnte. Was für ein Morgen. Er sah kurz auf die News-Seite auf seinem Rechner. Titel der Meldung: »Der Kunststoff-Killer – sein zweites Opfer.« Jetzt hatte der schon seinen Spitznamen weg, bevor man wusste, ob überhaupt gekillt worden war. Oder ob sich die Opfer freiwillig mit Kunststoff hatten abfüllen lassen und folglich gar keine Opfer waren.

Staatsanwalt Rolfing stürmte auf seinen Schreibtisch zu.

Schöne Scheiße, dachte Knudsen.

Jetzt auch noch der.

* * *

Dörte Eichhorn betrat ihre kleine Wohnung im Kleinen Schäferkamp nahe des Hamburger Schanzenparks. Günther tippelte sofort zu seinem Körbchen in der Ecke des Wohnzimmers, ließ sich erschöpft hineinfallen und sah sein Frauchen erwartungsvoll an.

»Frauchen«, wie Eichhorn dieses Wort hasste. Seufzend ging sie in die Küche, öffnete die Tür des Hängeschranks und holte für Günther aus einer Dose ein »Leckerli«. Auch ein Wort, das sie hasste. »Frauchen«, »Leckerli«, »Häufchen« – warum musste alles im Zusammenhang mit Hunden immer in die Verniedlichungsform gebracht werden? Sie ging zu Günthers – natürlich – »Körbchen«, hockte sich mit dem kleinen Hundekeks vor ihn und fragte übertrieben freundlich:

»Na, Hundilein – harten Tag gehabt heute, willst du zur Belohnung dein Leckerli? Ja, fein, wo ist es denn?«

Günther wedelte aufgeregt mit seinem Stummelschwanz, stand so senkrecht im Korb, wie es bei seiner Größe ging, und nahm sein Leckerli dankbar sabbernd entgegen. Kaum dass es sein Maul erreicht hatte, war es auch schon verschluckt, regelrecht inhaliert. Ob das gesund war? Fressen ohne kauen?

Dörte betrachtete ihr Tier. Diese menschengemachte Mutation. Objektiv gesehen kein hübsches Wesen. Deshalb auch Günther und nicht Giacomo oder Gianluca. Aber sie liebte ihn nun mal, diesen kleinen dicken Kerl mit der platten Schnauze. Seine größte Problemzone – die fehlende Nase – war ihr damals nicht so bewusst gewesen, als sie ihn gekauft hatte. Angeblich gab es bei Möpsen und französischen Doggen derart überzüchtete Exemplare, dass ihnen schon beim Sprung vom Sofa die Augen herausfallen konnten. Schreckliche Vorstellung. In jeder Hinsicht. Der bloße Gedanke daran ließ Dörte fast hysterisch werden. Zumal sich die Redewendung »Das letzte Kind hat Fell« bei Dörte Eichhorn problemlos in »das erste und einzige« abwandeln ließ.

Na und? Wusste sie selbst am besten. Günther half ihr gegen die Einsamkeit. Musste man ihr nicht ständig aufs Brot schmieren. Was konnte sie dafür, dass Menschen, sprich Männer, so unendlich viel komplizierter, neurotischer und narzisstischer waren? Und mindestens so viel Aufmerksamkeit einforderten wie ihr Mops.

Günther war nie eingeschnappt. Beziehungsweise nie länger als fünf Minuten.

Sie strich ihrem Mops zärtlich über den Kopf und sah aus dem Fenster. Draußen dämmerte es bereits. Eigentlich hatte sie sich vorgenommen, zu Hause nicht mehr über die Arbeit nachzudenken. Im Fall der Bojenmänner war das gar nicht so einfach. So etwas Bizarres hatte sie in ihrer ganzen Laufbahn noch nicht erlebt: erstarrte, unheimliche Leichen, die aufs Wasser blickten. Hier war einer am Werk, der sich richtig Mühe gab mit seinen Opfern. Morgen in der Gerichtsmedizin würden sie mehr erfahren. Der Tag war hektisch gewesen. Der zweite Tote – auch er eine Art Mumie – musste geborgen, der Tatort gesichert werden.

Spusi Diercks und ihr Team hatten jede Menge zu tun. Knudsen war genau wie sie vor Ort gewesen und hatte nach Überwachungskameras Ausschau gehalten. Fehlanzeige. Es gab Reifenspuren eines Autos am Ufer, aber die hatte der nächtliche Regen verwischt. Der Mörder musste den Bojenmann in der Nacht beseitigt und durch die plastinierte Leiche ersetzt haben. Am Ende lief das Ganze vielleicht auf Totenschändung hinaus. Oder Beihilfe zum Selbstmord. Oder oder oder… Vielleicht hatte der Täter jemand, der Zugang zu einem Leichenschauhaus hatte? Ein Professor der Anatomie. Vielleicht hatten sich Studenten der Medizin einen makabren Scherz erlaubt. Schien Dörte Eichhorn gar nicht so unplausibel, wenn sie da an eine Folge von Lars von Triers TV-Serie *Geister* dachte. Die spielte in einem Krankenhaus in Kopenhagen, und genau da hatten sich ein paar Protagonisten einen Scherz mit einem Kopf erlaubt. Je länger Eichhorn darüber nachdachte, desto plausibler erschien ihr das.

Äußere Gewaltanwendung war jedenfalls auf den ersten Blick keine erkennbar. Außerdem bildete sich Eichhorn ein, dass sie inzwischen am Gesichtsausdruck erkennen konnte, ob jemand eines natürlichen oder gewaltsamen Todes gestorben war. Mordopfer sahen jedenfalls nie wirklich friedlich aus. Nie!

Konnte natürlich sein, dass die Plastination so eine Art Lifting für Leichen war. Dass der Gesichtsausdruck, den der Täter seinem Mordopfer post mortem angedeihen ließ, über sein etwaiges Leiden vor seinem Ableben hinwegtäuschte. Die Bojenmänner standen – zumindest, wenn man nicht unter ihre Kleidung sah – wie aus dem Ei gepellt auf ihren Bojen, der eine zwinkernd, der andere mit Fußballergeste, Daumen hoch, oder wie ein römischer Imperator, der sein Gutheißen zum Ausdruck brachte.

Was – zum Kuckuck – sollte das bedeuten?

Oder war es die makabre PR-Aktion eines Leichenpräparators? Moderne Mumien? Irgendwo hatte Eichhorn mal gelesen, dass man sich in Amerika – wo sonst? – in seinen Lieblingsposen von einem Präparator auf spezielle Weise zurechtmachen lassen konnte, bevor man verbrannt wurde. Ein Rentnerrocker auf der Harley, ein Unternehmerboss mit den Füßen hoch am Schreibtisch, ein Sänger in Elvis-Pose mit Mikrofon in der Hand. Prominente taten das gern, damit die Fans und Angehörigen angemessen Abschied nehmen konnten und den Verstorbenen in guter Erinnerung behielten.

Eins war jetzt schon klar: Egal, wer wie was, die beiden Bojenmänner würde man in ganz Hamburg und Schleswig-Holstein, wahrscheinlich im ganzen Land in Erinnerung behalten. Eichhorn konnte sich nicht erinnern, dass es überhaupt jemals in der Bundesrepublik einen Fall gegeben hätte, in dem die Opfer so exponiert aufgebahrt worden waren. Das war natürlich kein Zufall. Das war mehr als Absicht, da musste man das Motiv suchen. Die Opfer, da war sich Eichhorn irgendwie sicher, hatten nichts getan, um Opfer zu werden. Oder doch?

Das alles musste sie dringend morgen mit Thies Knudsen besprechen.

»Wir haben Feierabend, stimmt's, Gün'sen!?« Sein Spitzname. Ein Wortspiel aus Vorname und Leibgericht: Pansen. Als Reaktion kam von Günther ein leichtes Schrägstellen des Kopfes, das man weder als »Ja« noch als »Nein« hätte deuten können. Es sah eher so aus, als wollte der Mops sagen: »Wie, bitte!? Könntest du die Frage noch mal wiederholen, ich hab gerade nicht zugehört.«

»Fei-er-abend!« Aber so ganz stimmte das nicht. »Fast Feierabend, Gün'sen.«

Sie erhob sich und beschloss, noch eine Runde zu joggen. Das Minimalprogramm. Das würde ihr helfen runterzukommen. Danach vielleicht noch eine Viertelstunde Training am Boxsack, der in ihrem Flur hing. Und den Günther jedes Mal anknurrte, sobald sie auf ihn einschlug. Als müsse auch er sie vor dem Angreifer beschützen. Dann duschen und ab ins Bett. Und hoffen, dass Güni Günsen endlich lernte, draußen im Flur zu schlafen. In seinem Körbchen, und nicht wie bevorzugt, aber verboten, auf ihren Klamotten, die auf einem Stuhl in der Ecke ihres Schlafzimmers lagen. Offenbar wusste Günther genau, wann Frauchen eingeschlafen war. Einerseits zu verpennt, andererseits zu gerührt, um wirklich sauer zu sein, hielt sich Eichhorns Geschimpfe mit Günther jeweils in Grenzen. Eins musste man ihm lassen: Der Kerl, der sich so nach ihr verzehrt hätte, dass er sich jedes Mal auf ein Kleidungsstück von ihr legte, wenn sie ihn allein ließ ... und sei es bloß im Schlaf, der musste erst noch erfunden werden. Und wenn es ihn gäbe: Typ Klammeraffe, wie obernervig! Dörte Eichhorn hätte ihn schneller vor die Tür gesetzt, als er gucken konnte.

Gut zehn Minuten später hatte sich Eichhorn umgezogen und joggte in der beginnenden Dunkelheit durch den Schanzenpark. Furchtlos wie immer. Die Grünanlage hatte nicht gerade den besten Ruf in der Stadt. Die Drogenszene nutzte den Park für ihre Geschäfte, und ab und an kam es auch zu nächtlichen Übergriffen gegen Spaziergänger. Nicht jede Frau würde zu diesem Zeitpunkt im Park joggen. Dörte Eichhorn schon. Zehn Jahre Karatetraining hatten sie ziemlich selbstbewusst gemacht.

Eichhorn hatte sich gerade warm gelaufen, als sie plötzlich in der Ferne einen Schrei hörte. Sie blieb stehen und lauschte. Da! Was war das? Jemand war offenbar in Not. Eine Frau. Auch Männerstimmen waren zu hören. Eichhorn lief ein Stück weiter. Dann sah sie es. Etwa zwanzig Meter vor ihr standen zwei Männer und hielten eine Jugendliche fest. Junge Typen. Mitte zwanzig. Einer groß, etwa eins achtzig, der andere untersetzt, höchstens eins fünfundsechzig, aber kräftig. Kapuzenpullis, Jeans, weiße und blaue Sneakers. Sie prägte sich – ganz Bulle – im fahlen Licht einer Straßenlampe Statur, Kleidung und Gesichter der beiden ein.

Einer hielt die junge Frau fest, die völlig verängstigt war.

»Was ist hier los!«, fragte Eichhorn. Ihre Stimme war fest und laut. Jetzt war Autorität gefragt.

»Verpiss dich«, antwortete einer der beiden Männer, der Große, und sah sie herausfordernd an. Er steckte ein Handy in seine Jackentasche. Offenbar das der jungen Frau.

Eichhorn trat einen Schritt vor.

»Lassen Sie die Frau los. Sofort!«

»Ich hab gesagt: Verpiss dich, Tante!«

Der Große stürmte auf sie zu, holte zum Schlag aus.

Dann ging alles blitzschnell.

Eichhorn schob die linke Körperhälfte vor, hob die linke Hand auf Gesichtshöhe und ging mit beiden Beinen etwas in die Knie.

Fester Stand.

Die erste Regel.

Sie sah die Faust des Angreifers auf ihr Gesicht zukommen, wich aus, drehte ihren Körper einmal um die eigene Achse nach rechts und drosch dem Kerl mit voller Wucht die Handkante an den Kopf. Er sackte mit einem dumpfen Laut zusammen und blieb auf dem Boden liegen.

»Scheiße«, hörte sie den anderen rufen. Den Kleinen, Kräftigen. Er ließ die junge Frau los, griff in seine Jacke und hatte auf einmal ein Messer in der Hand.

Dörte Eichhorn hatte nicht viel Zeit zum Überlegen.

Ihr Herz klopfte.

Ein Messer war nicht gut. Gar nicht gut.

Der Typ stand erst einmal nur da. Drei Meter vor ihr, hinter ihm sein verängstigtes Opfer.

»Laufen Sie weg«, rief Eichhorn der Frau zu.

Die Frau rannte.

Eichhorn stürmte los.

Der Mann hob sein Messer.

Eichhorn hatte sich für einen sogenannten Jumping Sidekick entschieden. Einen Fußtritt nach einem eingesprungenen Schritt, mit dem man eine größere Distanz zum Gegner überbrücken kann.

Als sie nah genug an dem Typen dran war, drehte sie ihren Körper seitlich ein, zog das Knie des hinteren Beins hoch und trat dem Kerl kraftvoll mitten ins Sonnengeflecht. Er gab einen dumpfen Laut von sich, ließ das Messer fallen, stolperte nach hinten, fing sich aber wieder und blieb stehen.

Dörte machte zwei Schritte und schlug erneut zu. Ein lupenreiner *Tettsui-Uchi* – ein sogenannter Hammerfaustschlag, der den Angreifer am Kopf traf. Der Kerl fiel um und blieb liegen.

Die junge Frau hatte sich das Ganze aus einiger Entfernung angesehen und kam nun langsam näher. Eichhorn atmete schwer. Ihr Herz wummerte.

»Haben Sie ein Handy dabei?«, rief sie der Frau zu.

»Das hat der da.« Sie zeigte auf den Großen, der immer noch stöhnend am Boden lag.

Dörte ging zu ihm und zog ihm mit einer schnellen Bewegung das Handy aus der Jackentasche.

»Ich bin Polizistin und rufe jetzt meine Kollegen und einen Rettungswagen für die Herren hier«, sagte sie zu der Frau. »Gehen Sie dort hinten zu der Bank und warten Sie.«

Wenige Minuten später hörten sie die Sirenen.

Am nächsten Morgen war Dörtes Heldentat natürlich das Thema Nummer eins im Kommissariat und schaffte es sogar, die Bojenmänner für ein paar Minuten zu überstrahlen. Thies Knudsen, Spusi Diercks und vier weitere Kollegen standen um Dörte herum und ließen sich die ganze Geschichte noch einmal haarklein von ihr erzählen, was sie vordergründig widerwillig, aber mit heimlichem Stolz tat.

»Wow«, sagte Knudsen, als seine Kollegin fertig war. »Was für ein Einsatz. Zwei Typen umgehauen. Wie einst Clint Eastwood als Dirty Harry.«

Tja, und nach diesem Satz hatte Dörte ihren neuen Spitznamen weg: *Dörte Harry!*

Aber ihr den offen ins Gesicht zu sagen – das wagte keiner.

* * *

Wenig später waren die Ermittler unterwegs in das Hamburger Institut für Forensische Pathologie und betraten mit gemischten Gefühlen den Seziersaal. Thies Knudsen und Dörte Eichhorn hielten sich etwas im Hintergrund. Spusi Diercks stand direkt am ersten Tisch und musterte den Leiter der Abteilung, Prof. Dr. Klaus Prange mit eisigem Blick. Die beiden Wissenschaftler verband eine herzliche Abneigung. Prange, Professor für Rechtsmedizin, hielt Diercks – »Die Diercks«, wie er sie nannte – für arrogant. Und sie, die einen Doktortitel in Forensischer Analytik und Kriminaltechnik hatte, dachte das Gleiche – mal mehr, mal weniger offensichtlich, je nach Tagesform – über ihn.

Professor Prange hatte sich ausgiebig den beiden plastinierten Leichen gewidmet und nun die Polizisten – und notgedrungen auch Diercks – zur Leichenschau eingeladen.

Die beiden Toten lagen auf je einem Seziertisch. Unheimliche, fahlgelbe Gestalten. Erstarrte Körper, die an Menschen erinnerten und doch wie Wesen aus einer anderen Welt wirkten. Keiner schönen Welt. Jemand hatte sie mit viel Mühe zu seinen makabren Boten aus dem Totenreich geformt. Verwesung, Verfall – all das war gestoppt worden. Eine perverse Verbeugung vor der Ewigkeit. Die beiden Toten waren nackt. Der Bauch des einen war offen. Wie auf einer anatomischen Zeichnung konnte man direkt auf die Organe blicken, die leuchtend rot eingefärbt waren. Bei den Körpern handelte es sich – bei dem einen mehr, bei dem anderen weniger eindeutig – um Männer. Die Gesichtszüge der Leichen wirkten teilnahmslos. Als ob sie mit all dem, was mit ihren Körpern passiert war, nichts zu tun hätten. Als flatterten ihre Seelen tatsächlich in anderen, friedlicheren Gefilden.

»So etwas«, begann Prange, »hatte ich bisher noch nicht auf dem Tisch. Die Vermutung der Kollegin Diercks ...«

Spusi Diercks versteifte sich.

»... trifft zu«, fuhr Prange fort.

War das etwa ein Kompliment? Oder ein Affront, dass sie sonst danebenlag, wenn man sich, so wie Spusi es gerade tat, das Wort »ausnahmsweise« dazudachte.

»Diese Körper wurden tatsächlich einer professionellen Plastination unterzogen«, referierte Prange. »Ich fand noch Spuren von Azeton und Formalin. Beides wird bei diesem Verfahren typischerweise eingesetzt. Vor allem aber ist sämtliches Gewebe vollgesogen mit Silikonkautschuk, der dann später gehärtet wurde.«

»Gehärtet?«, fragte Knudsen. Ihn irritierte, dass sein Kopf genau auf Penishöhe des ersten Bojenmanns war, was Eichhorn nicht im Geringsten zu stören schien.

»Ja, kann man fast so sagen, das wird meines Wissens mit einem speziellen Gas in einer luftdichten Kammer gemacht.«

»Ganz schön aufwändig«, murmelte Dörte.

»In der Tat«, erwiderte Prange. »Wir haben es hier – das kann man sicher sagen – mit einem Profi zu tun, der über die entsprechenden Gerätschaften und Räumlichkeiten verfügen muss. So eine Plastination kann man nicht eben mal in der Garage oder einem kleinen Kellerraum machen. Und noch etwas: Beide Toten stammen laut Genanalyse aus dem südostasiatischen Raum. Genauer lässt sich das leider nicht eingrenzen.«

»Kann man schon etwas über die Todesursache sagen?«, fragte Knudsen.

»Beinahe unmöglich«, antwortete Prange. »Magen- und Darminhalt, Blut, Fehlanzeige. Körpersäfte sind nicht mehr vorhanden. Und die Skelette sind so weit unversehrt, wie die Röntgenaufnahmen zeigen. Wir haben keinerlei Anhaltspunkte für äußere Gewalteinwirkung. Und Einstichstellen in der Haut sind nach der Plastination nicht mehr feststellbar. Unser Täter hat die Haut und das Unterhautfettgewebe professionell abpräpariert und teilweise wieder aufgebracht oder durch elastische Kunststoffe ersetzt. Die Gesichtshaut ist bei beiden Leichen entfernt und nach der Plastination wieder festgenäht worden. Ziemlich straff, wie man sieht.«

»Klingt ein bisschen nach Schönheits-OP«, warf Eichhorn

ein. Ihre Bemerkung lief ins Leere. »Also wissen wir nicht, ob bzw. wie die beiden ermordet wurden, richtig?«

»Ja, korrekt, das wissen wir nicht«, antwortete Prange. »Aber soweit ich das noch erkennen kann, sind die lebenswichtigen Organe beider Männer intakt gewesen. Ich muss da aber noch weitere Untersuchungen vornehmen.«

»Wir suchen also einen Mann oder eine Frau mit sehr guten anatomischen Kenntnissen, der oder die die Technik der Plastination beherrscht und über eine Art Labor mit diversen Gerätschaften verfügt«, fasste Knudsen zusammen.

Prange nickte professoral.

»Und wir wissen nicht, ob wir hier einen Killer oder nur einen durchgeknallten Leichenschänder vor uns haben«, ergänzte Dörte Eichhorn. »Jemand mit Neigung zur Nekrophilie vielleicht?«

»Die DNA-Abgleiche haben ja nichts ergeben«, meldete sich nun auch Spusi Diercks zu Wort, als hätte sie sich ausnahmsweise mal vorgenommen, Prange nicht in die Parade zu fahren. »Ich suche weiter an der Kleidung der Toten und an den Tatorten nach Spuren.«

»Machen Sie das«, sagte Prange und zog ein Tuch über die Leiche vor ihm. »Die beiden hier werden uns vermutlich nichts mehr sagen können.«

* * *

Nach gut fünfundvierzig Minuten verließen die Ermittler das Institut. Draußen war es nasskalt. Die Wolken hingen tief. »Wir müssen uns unbedingt diesen Seemannsclub, diesen *Duckdalben*, näher ansehen, von dem mein Freund Andersen mir erzählt hat«, sagte Knudsen.

Eichhorn nickte.

»Oke behauptet außerdem«, fuhr Knudsen fort, »den ersten Toten erkannt zu haben.«

»Wie bitte?«, hakte Eichhorn nach. »Und das erfährt man hier so nebenbei?«

»Sorry, ich weiß immer noch nicht, wie ernst ich das nehmen soll. Er behauptet, dass der erste Bojenmann ein Seemann sein könnte, ein Steward von einem Kreuzfahrtschiff oder so. Er weiß es nicht genau. Aber er erinnert sich an das Gesicht. Ich schlage vor, wir zeigen sein Foto in diesem *Duckdalben* herum. Vielleicht kennt ihn dort jemand.«

»Bin dabei«, sagte Eichhorn.

Sie und Diercks fuhren ins Kommissariat. Knudsen sagte, er komme in Kürze nach. Die beiden Frauen kannten das schon. Ihr Chef wollte mal wieder in Ruhe nachdenken, und das konnte er am besten beim Autofahren.

Er war längst ab davon, alles allein lösen zu müssen bzw. zu wollen, und favorisierte die Schwarmintelligenz. Jede Hilfe war willkommen, noch dazu bei einem der kuriosesten Fälle seiner Karriere. Außerdem hatte Knudsen festgestellt, dass sein Freund Oke als Hobbykriminologe und »Hilfssheriff« anders assoziierte. Oft unvoreingenommener und unbefangener. Und weil er ihn beim Tischtennis schon des Öfteren durch ein schwieriges Match gecoacht bzw. gelotst hatte. Im Laufe der Jahre hatte sich daraus ein Mentor-Schüler-Verhältnis entwickelt und sich auf alle Lebenslagen – und vor allem Lebensschieflagen – übertragen. Beruflich wie privat.

Natürlich war das formal nicht korrekt, den Stand der Ermittlungen nach außen zu tragen, das wusste Knudsen selbst. Scheiß drauf. Erstens, als Kommissar war man auch bloß ein Mensch und sozialbegabtes Wesen. Zweitens wurde die Verschwiegenheit bei vertrackteren Fällen jedes Mal von der Polizei hochoffiziell selbst ad absurdum geführt, wenn ein Fall im nebulösen Nichts bzw. Nirwana verendete. Dann traten plötzlich mehr oder weniger unbeholfene Kommissarkollegen bei *Aktenzeichen XY ungelöst* auf, oft hölzern wie Kasperlefiguren, die ein ganzes Berufsbild diskreditierten, und sprachen im Beamten- und Ermittlerdeutsch. (»Über Hinweise zum Tathergang ... die Polizei fordert hiermit alle Augenzeugen auf, wer kennt diese grüne Tasche, chinesischer Machart aus Knautschlackleder und hat in dem Zeitraum ... von 1982 bis 1984 auffällige Beobachtungen bezüglich eines orangefarbenen Opel Kadetts gemacht? ... Für sachdienliche Hinweise, die zur Aufklärung des Mordes an Birgit H. führen, hat die Kriminalpolizei eine Belohnung von dreitausend Euro plus eine Schachtel Pralinen ausgelobt.«)

Gruselig bisweilen.

Wenn es passte, machten sich die beiden Freunde einen Spaß draus. Sie trafen sich, wie andere sich zum Fußballgucken trafen, um gemeinsam *Aktenzeichen XY* zu schauen. Wobei *La Lotse* wesentlich milder und nachsichtiger mit den Ermittlerkollegen von Knudsen umging, der oft zwischen Fremdscham und Schreikrampf eine Art Übersprunghandlung an den Tag legte und wie manisch mit dem Kopf schüttelte. Minutenlang manchmal.

»Jetzt tu mal nicht so«, maßregelte ihn dann *La Lotse*. »Es gibt gute Gründe, warum es deine Kollegen nicht in die erste Riege der TV-Prominenz geschafft haben. Ich freue mich auf den Tag, an dem du da stehst, Thies!«

»Vergiss es, Oke! Nie wirst du mich sagen hören, dass Hinweise, die zur Überführung des Täters oder der Täterin führen, mit dreitausend Euro ausgelobt werden. Das kostet heute ein

Parkticket. Ich meine, wie peinlich ist das denn … dreitausend Euro … das kann man als Belohnung für einen Wellensittich ausrufen, aber … eine vergewaltigte Frau mit zwanzig Messerstichen von irgendeinem Psychopathen getötet … Hallo!? Dreitausend Euro?«

Knudsen bekam sich kaum wieder ein bei dem Thema.

»Da würde sich nicht mal der Bund der Steuerzahler aufregen, wenn die eine Null dranhängen oder nach oben aufrunden würden. Weißt du noch, was damals für Hinweise gezahlt wurde, die seinerzeit zur Verhaftung von RAF-Mitgliedern führten …«

Wie gesagt, bei dem Thema gab es kein Halten für Knudsen.

* * *

Die Verbindung war aufgebaut. Es klingelte zweimal, und Andersen nahm ab.

»Thies, Tachchen, na endlich, erzähl, wie war's?«

»Grauenhaft! Madame Tussauds der Toten.«

»Komm vorbei, ich hol uns eine Pizza …«

»Ne, danke, ich kann jetzt nicht essen.«

»So schlimm?«

»Ja. Ich musste die ganze Zeit an die Wachen vor dem Buckingham Palast denken. Dass die sich doch jeden Moment regen … als hätte die jemand mit einem Taser nach einem schweren Sonnenbrand schockgefroren.«

»Kann doch sein …«, meinte *La Lotse*.

»Was?«

»Tod durch Erfrieren. Erstens soll das eine der schönsten Todesarten sein, zweitens, weil man keine äußeren Gewaltanwendungen sieht. Oder habt ihr was gefunden?«

»Nichts, Prange meint, dass die top in Schuss sind. Innerlich. Äußerlich etwas mitgenommen zwar, aber die Knochen und die verbliebenen Organe scheinen intakt zu sein. Soweit man das alles nach dieser Plastination beurteilen kann.«

»Könnte es sein, dass die am Ende eines natürlichen Todes gestorben sind?«

»Alles kann sein, Oke. Vielleicht wurden sie auch vergiftet.«

»Die große Sterbehilfe-Show vielleicht? Zwei Todessehnsüchtige, die sich den Weg in die Schweiz sparen wollten und zufällig bei einem Praktikanten oder Jünger von Gunther von Hagens gelandet sind. Oder einem seiner Schüler ... ist der nicht Anatomieprofessor? Möglicherweise etwas weit hergeholt. Ich weiß.«

»Nein«, sagte Knudsen, als er an einer Ampel von hinten angehupt wurde, weil er nicht gleich bei Grün losfuhr. »Aber ich glaube nicht, dass der was damit zu tun hat. Er ist fünfundsiebzig, lebt in Heidelberg, leidet an Parkinson, hat außerdem seine Bühne ... und nimmt sogar Eintritt dafür.«

»Na dann ...«

»So, Oke, und jetzt noch mal zu deinem angeblichen Seemann, den du im ersten Bojenmann erkannt haben willst. Wann hast du den gesehen? Und wo? Und ein Name wäre natürlich ein Traum.«

»Das ist ein Seemann, glaub mir. Ein Steward. Ich denke, auf einem Kreuzfahrer.«

»Bisschen dünn, Oke.«

»Wir sollten mal zu diesem *Duckdalben* fahren, trinken einfach einen Kaffee oder spielen Billard und hören uns um. Ist lustig da, sagen wir, skurril. Oder habt ihr eine andere Spur?«

»Nee.«

»Ich glaube, im *Duckdalben* steht sogar eine Tischtennisplatte.

Und vielleicht schlägst du mich mal wieder, wenn du dabei ein Bier in der Hand halten kannst ...«

»Sehr komisch. Gibt nur ein Problem.«

»Welches?«, fragte *La Lotse*.

Knudsen schüttelte den Kopf.

»Ich muss das mit Dörte, Kollegin Eichhorn, durchziehen. Die nennt mich eh schon Plaudertasche und sieht dich als Konkurrenz ...«

»Was? Nicht dein Ernst, Thies.«

»Doch, der ›Hilfssheriff‹ kam von ihr. Hübsch war auch ›Lebenslotse in allen Lagen‹.«

»Blöde Kuh. Mensch, ich bin Zeuge ...«

»Umso schlimmer. Man nimmt keine Zeugen zu Ermittlungen mit ... auch keine Freunde. Oder was meinst du, wie deine Kapitäne geguckt hätten, wenn du mich bei deinem Job als Überraschungsgast mit auf die Brücke gebracht hättest? Hier, mein Kumpel, darf der auch mal den Tanker auf Schweinesand steuern?«

»Kein Problem ... hättest nur was sagen müssen.«

»Oke, im Ernst, wenn es dich da hinzieht, geh da bitte allein hin, aber lass mich aus dem Spiel. Ich krieg vom Chef eins auf den Deckel ... Stell dir mal vor, an der Sache ist irgendwas dran. Angenommen, der Täter ist, was weiß ich, die Klofrau, der Hausmeister ... irgendwer, der weiß, dass du derjenige bist, welcher. Plötzlich bist du der nächste Bojenmann und ich meinen Job los.«

Hamburg 1972, Rissen, Falkensteiner Ufer

AN EINEM MITTWOCHMORGEN gegen 9 Uhr 30, in den Sommerferien, trat der Tod das erste Mal in sein Leben. Und es war kein schöner Auftritt.

Eher ein Überfall. Ein Anschlag auf die Nase. Bevor es dann ähnlich widerwärtig die Augen traf.

Beim Angeln trug er immer Gummistiefel. Belastet von den ungefilterten Abwässern der Tschechoslowakei und der DDR, riskierte man sonst Ausschläge an den Füßen der schlimmsten Art. Fast schon Verätzungen. Zu dreckig, so die lapidare Begründung für den Zehnjährigen. Nicht selten waren die Tiere, die er fing, von Deformationen und offenen Geschwüren am Kopf gezeichnet. Aale vor allem, die den Grund nach Aas absuchten, traf es am schlimmsten. Sie mutierten mitunter zu Klingonenfischen, die selbst die Katze verschmähte, dass man gar nicht erst in Versuchung kam, sie mit nach Hause zu nehmen und zu braten, weil sie angeblich in der Pfanne explodierten, wie einer der Matrosen, die für seinen Vater arbeiteten, mal so glaubhaft und eindringlich geschertzt hatte.

Wie so oft stand er allein in seinen Gummistiefeln auf seinem Lieblingsstack unterhalb des Leuchtturms am Falkensteiner Ufer. Er kannte die Stellen. Und Zeiten. Vorne an der Spitze kamen bei auflaufendem Wasser die meisten Fische vorbei: Rotaugen, Brassen, Barsche, Alande, Kaulbarsche, Karauschen, hin und wieder ein Hecht. Und wenn man mit Grundblei angelte, jede Menge Aale. Aber Aale waren, wie gesagt, so eine Sache. Die Viecher waren irgendwie widerlich. Das fand er immer schon. An die Geschwüre am Kopf hatte er sich bald gewöhnt, an den ekelhaften Schleim der Tiere nie.

Bei den ersten Fängen hatte er noch fest hinter dem Kopf zugedrückt, als hätte er es mit hochgiftigen Seeschlangen zu tun, wenn er versuchte, sie mal mehr, mal weniger geschickt bzw. geduldig vom tief verschluckten Haken zu befreien. Der längere, hintere Teil des Körpers wand sich wie blöde um sein Handgelenk. Wie ein einziger schleimiger Muskelstrang. Es war, als wolle das Tier im Todeskampf kraftvoll zurückwürgen. Eine Nachwuchs-Anakonda, die sich um sein Handgelenk wickelte und regelmäßig die ersten Härchen am Unterarm mit ihrem Schleim verklebte oder ihm das Blut abzuschnüren versuchte, auf dass er die Hand öffne. Mit jeder Windung des Aals schnitt sich die Sehne tiefer in den gräulich-grünen Leib. Unmöglich, das hinterher zu entknoten. Angelsehne, Handgelenk, der Ärmel seines Anoraks, wurden oft hoffnungslos verklebt und verknotet. Ohne Angelmesser war das nicht klarzukriegen.

Schade um die schöne Sehne, dachte er wütend.

Warum mussten die Aale den Wurm samt Haken auch immer gleich gierig »bis zum Arsch verschlucken«!?, wie man damals sagte. Wenn die Viecher wenigstens stillgehalten und sich ihrem Schicksal ergeben hätten. Wie man selbst beim Zahnarzt. Wie sollte man sich da konzentrieren bzw. geduldig operieren, um das gebogene Stück Metall samt Widerhaken aus dem engen Schlund zu bekommen? Stillhalten hätte alles so viel einfacher gemacht. Er liebte es, wenn die Tiere stillhielten. Egal, wie geschickt und chirurgisch er anfangs mit Stöckchen, Angelzange oder Hakenlöser operierte – tief im Rachen des Tiers ließ sich der Haken ums Verrecken nicht lösen – buchstäblich.

Man wurde ungeduldig bis ungehalten. Regelrecht wütend. Selbst ein energischer Schlag auf den Kopf betäubte den Aal nur bedingt. Die Tiere waren einfach nicht totzukriegen. Oder waren das Aliens?

Anfänglich feinfühlige Versuche wurden gröber und rabiater, fast wütend, bis man am Ende tief im Rachen rücksichtslos im schaumigen Blut des sich windenden Tieres rumstocherte und schließlich – als letztes Mittel der Wahl – brutal an der Sehne rupfte und zerrte, bis sie riss oder der Haken nach einem finalen Ruck samt Fetzen von Kiemen zum Vorschein kam. Endlich. Oder er blieb auf Nimmerwiedersehen gleich ganz im Aal.

Das Sonderbare daran: Der Fisch wand sich danach lediglich umso doller, was seine zusätzliche Wut auslöste. Wenn man das Tier nicht rechtzeitig kompromisslos im Sand wälzte oder brutal mit dem Fuß fixierte, flutschten sie einem zwischen den Stacks davon und kamen oft erst viel später, nach Kentern der Tide, bäuchlings nach oben zurück zum Tatort getrieben. Mit weißen Möwen wie kreisende Engel im Schlepp. Die fehlten diesmal, wie ihm erst später auffiel. An jenem Mittwochmorgen, der sein Leben so prägend beeinflussen sollte.

∙∙∙ — — — ∙∙∙

Der Seemannsclub *Duckdalben* lag in *Walters Hof* am Eurogate Containerterminal und hatte erst kürzlich ein Jubiläum vermelden können: Der einmillionste Matrose war zu Besuch gewesen. Der rote Backsteinbau wirke wie ein Außenposten der Menschlichkeit inmitten des vibrierenden Hafengeländes, hatte es in einem Artikel geheißen. Nur hier hatten die Matrosen überhaupt eine Chance, ein paar kostbare Stunden für sich und ihre Bedürfnisse zu ergattern – falls der Käpt'n ihnen für maximal drei, vier Stunden frei gab und die Liste der Landgänger rechtzeitig an die Wasserschutzpolizei weiterreichte, sofern es sich bei den Seeleuten um keine EU-Bürger handelte. Was bei den meisten der Fall war. Mehrheitlich handelte es sich bei den Seeleuten um junge Filipinos, die in Manila auf der Straße von Agenturen gekobert, fast schon shanghait wurden. Für eine Handvoll Dollar, pflegte *La Lotse* zu sagen.

»Und weißt du, wie man diese Männer heute abschätzig nennt?«

Knudsen hatte keine Ahnung.

Oke Andersen redete sich in seiner Wohnung gerade ein wenig in Rage, während sich ein babyblaues Containerschiff der Reederei *Maersk* an seinem Fenster Richtung Burchardkai schob und die gegenüberliegende Elbseite auf einer Länge von vierhundert Metern komplett verdeckte. Wenn er schon selber nicht mit in den *Duckdalben* kommen dürfe, wolle er seinen Freund

Knudsen wenigstens etwas »briefen«, wie er meinte. Als Käpt'n und Lotse a.D. fühlte sich Oke Andersen mit den Seeleuten besonders solidarisch. Heute, erklärte er seinem Freund Knudsen also weiter, würden die Reeder von »ABs« sprechen (Äybees) – für *able bodies*.

»Fähige Körper, Thies, das ist in etwa so menschenverachtend, wie wenn Männer von jungen Frauen als *Frischfleisch* sprechen. Das sind moderne Galeeren- und Lohnsklaven, beinahe wieder wie im Absolutismus beherrscht und ihrer unveräußerlichen Menschenrechte beraubt. Und weißt du, was das Grundübel ist?«

Knudsen schüttelte sanft den Kopf.

»Der Container. Die Box des Bösen!«

Bei einem weiteren Bier erfuhr der Kommissar, dass es der Amerikaner Malcom McLean war, der 1956 als erster Reeder achtundfünfzig Container verschiffte und damit den Grundstein für die Globalisierung legte. Gewinner waren die Reeder, Verlierer die einfachen Hafenarbeiter, die die ersten Containerschiffe noch abschätzig als Schachtelschiffe bezeichneten und deren einzige Qualifikation für ihre Arbeit bis dahin Muskeln und ein stabiler Rücken gewesen waren.

»*Able bodies*«, warf Knudsen ein, um zu signalisieren, dass er aufpasste.

»Genau. Wenn früher achtzig Muskelmänner die Ladung eines Stückgut-Frachters, wie meinetwegen der *Cap San Diego*, in einer Woche löschten«, referierte *La Lotse*, »werden die Vierhundert-Meter-Pötte heute mehr oder weniger vollautomatisch in wenigen Stunden gelöscht. Überall auf der Welt werden die gleichen zwei Größen genutzt, die Zwanzig- oder Vierzig-Fuß-Standardcontainer, die Bausteine der Globalisierung schlechthin. Weißt du, Thies, wie viele davon weltweit im Umlauf sind?«

Knudsen schüttelte erneut den Kopf.

»Gut fünfunddreißig Millionen, in denen mittlerweile jährlich Waren im Wert von vier Billionen Dollar transportiert werden. In vierhundert Meter langen Stahlkolossen, früher mal romantisch Schiffe genannt. Die Drogentransporte habe ich hier natürlich nicht mitgerechnet. Das ist ja euer Job.«

»Gott, Gigantomanie vom Feinsten«, sagte Knudsen. Er war schon beeindruckt, aber auch etwas ermattet. *Too much information.* Aber *La Lotse* war noch nicht fertig. In seiner spontanen Verwandlung in eine Art Senior-Chef von Attac, dem größten Globalisierungsgegner-Verein schlechthin.

»Würdest du alle Container einer einzigen Ladung aneinanderreihen und darauf spazieren gehen, Thies, was meinst du … wie weit würdest du kommen?«

Knudsen hatte keine Ahnung. Im Schätzen war er ganz schlecht.

»Du kommst von hier locker bis nach Lübeck.«

»Krass«, sagte Knudsen, sich im selben Moment darüber klarwerdend, wie bescheuert es klang, wenn erwachsene Menschen das Idiom der Jugend annahmen.

»Und die Matrosen, Thies, die bleiben dabei auf der Strecke. Buchstäblich. Shanghai-Hamburg und retour in elf Wochen.«

»Hum …«, sagte Knudsen.

»Des Seemanns Braut ist die See, heißt es ja immer«, fuhr *La Lotse* fort. »Nur, dass Braut und Bräutigam heutzutage oft durch eine Art Zwangsehe zustande kommen. Mehr als anderswo gilt heute in der Schifffahrt: Zeit ist Geld. Ein fahrender Kahn verdient welches, ein Containerschiff, das im Hafen liegt, nicht gelöscht wird oder keine Ladung hat, kostet täglich Abertausende von Dollar.«

Kurzum, fasste *La Lotse* zusammen, der Container habe der Seefahrt jegliche Romantik geraubt und jede Menge Sachlichkeit gebracht. Quadratisch, praktisch, tot.

Ein gutes Schlusswort, dachte Knudsen. Sehr anschaulich.

»Und warum?«, echauffierte sich *La Lotse* dennoch weiter, »nur damit du deine Kiwis bei Aldi für neunzehn Cent und bei KiK eine Kinderjeans aus Bangladesch für fünf Euro neunzig kaufen kannst. Die Matrosen zahlen mit den höchsten Preis für unsere Geiz-ist-geil-Mentalität. Ein Hohn, wenn ich in der Werbung lese: ›Der Preis spricht für sich!‹ Ich kann dir genau sagen, was der spricht: Ausbeutung, Umweltverschmutzung, Sklaventum, Kinderarbeit spricht der Preis. Sonst nichts.«

Knudsen beschlich allmählich das Gefühl, er allein sei am Elend der Welt schuld. Er kaufte ja auch mal günstig ein.

La Lotse war nun bereits bei der »unchristlichen Seefahrt«, die auf ausgeflaggten Schiffen, Panama, Monrovia, Malta, Liberia, ohne Gewerkschaft und Arbeitsrechte praktiziert wurde. An Bord herrschten heute fast frühkapitalistische Verhältnisse: einbehaltener Lohn, unbezahlte Überstunden, kein Urlaub. Und der Landgang der Seeleute sei im Zuge dessen längst zu einem Landgängchen verkümmert. Gerade mal dreieinhalb Stunden zwischen den Touren. Die Matrosen könnten heute nicht mal mehr die Reeperbahn besuchen, Geschenke kaufen für Frau und Kinder daheim oder ihre schmale Heuer sonst wie auf den Kopf hauen, erklärte *La Lotse*. Wenn überhaupt, schafften es die Männer während ihres Landganges mit dem Tagespass vom Containerterminal nur in die Einrichtungen der Seemannsmission.

»Und damit wären wir beim *Duckdalben*«, schloss *La Lotse*.

* * *

Knudsen und Eichhorn parkten direkt vor der Tür des *Duckdalben International Seamen's Club*. Ein Name, der genauso gut oder fast besser zu einem Puff als zu einer diakonischen Einrichtung gepasst hätte, dachte Knudsen. Das Gebäude befand sich inmitten eines eher schmucklosen Backsteinbaus – immerhin mit Wintergarten. Ein Außenposten der Zivilisation im Hafengebiet.

Es roch angenehm ehrlich nach Kaffee, Bockwurst, Pizza, Zigaretten, Suppe. Im Foyer führte eine Wendeltreppe nach oben zu dem Gebetsraum, rechter Hand lagen drei Telefonzellen, der heiß begehrte Draht in die Heimat. Auf den Türen klebte ein Sticker: »Free calls home – wherever it is«. Schon auf den ersten Metern bekam man das Gefühl, ein privates Maritim-Museum zu betreten. An der Wand hingen Schiffsprofile verschiedener Frachter, alte Schiffsruder, Seekarten, ein Schwertfisch aus Plastik.

Das mit Abstand am meisten vertretene Ausstellungs- bzw. Dekorationsstück waren Rettungsringe in unterschiedlichen Orangetönen, wie bei einem Schiffsausrüster. Lauter Gastgeschenke der Seeleute. Die Rettungsringe hingen an der Wand, am Geländer, an der Decke. Insgesamt mochten es an die hundert sein. Vielleicht für jede gerettete Seele einen, dachte Knudsen. Im *Duckdalben* fanden sich genug für die nächsten zwanzig Olympiaden der Mitmenschlichkeit.

Dörte Eichhorn erinnerte das sofort an die Kunstaktion von Ai Weiwei. Der chinesische Künstler hatte während der Berlinale die Säulen des Konzerthauses am Gendarmenmarkt mit Schwimmwesten verkleidet, die angeblich allesamt von Flüchtlingen stammten. Fast noch symbolträchtiger als Rettungswesten kamen ihr die Rettungsringe hier vor. Kein Wunder, dass der Diakon des *Duckdalbens*, Sönke Jürgens, auch bloß *Herr der Ringe* genannt wurde.

»Ich gehe erst mal für kleine Mädchen«, sagte Eichhorn. Eine Formulierung, die überhaupt nicht zu ihr passte, dachte Knudsen.

»Okay, ich mach so lange den Touristen.«

Überrascht, wie zwanglos es in der Seemannsmission zuging, sah sich Knudsen unbehelligt um. Das hier, so merkte man sofort, war ein offenes Haus. Offenbar war man in diesem außergewöhnlichen Außenposten der Stadt an viele Gäste gewöhnt. An einer Pinnwand hingen die Porträts der Menschen, die hier ehrenamtlich wirkten. Ein Stück weiter prangte eine Collage mit der Aufschrift: »*Seafarers of the world visit the Duckdalben.*« Fast nur Asiaten in weißen Hemden mit Epauletten. Handschriftlich waren die Namen und Schiffsnamen mit Präfix *M/V* für *Motor Vessel* vermerkt: Mr Allal Cruz von der *M/V Santa Teresa*; Jireh S. Bartolata fährt auf *M/V Madrid Bridge*; Caesar Felipe – *M/V Europa 2* usw. Kaum einer lächelte. Fast alle guckten ernst in die Kamera, sodass Knudsen unweigerlich an die vorbestraften Männer in den verschiedenen Verbrecherkarteien denken musste, die er oft genug durchsehen musste. Nur, dass es sich hier um potenzielle Opfer handelte, wie Knudsen nach und nach aufging. Und wenn nur die Hälfte von dem stimmte, was *La Lotse* ihm über die »unchristliche Seefahrt« im dritten Jahrtausend erzählt hatte, dann war es eigentlich kein Wunder, dass den Männern nicht gerade die Sonne aus dem Hintern schien.

In einem Nebenraum, groß wie ein Kirchenschiff, standen drei Billardtische, zwei Tischtennisplatten und ein Kickertisch. Bei den Tischtennisplatten fing Knudsen innerlich an zu jubeln. Homo ludens – der spielende Mensch, der, wie es Schiller formuliert hatte, nur im Spiel ganz bei sich sei. Sofort juckte es Knudsen in den Fingern. Vielleicht sollte ich mal privat mit *La Lotse* herkommen und im Doppel ein paar Seeleute abziehen, dachte er. Mit Glück stießen sie auf zwei Chinesen ... da war Tischtennis Volkssport Nummer eins.

Völlig unbehelligt schlenderte Knudsen weiter, er sah sich gerade im Karaoke-Zimmer um, als Dörte Eichhorn ihn einholte.

»Und? Was sagt dein Bauch?«

»Der knurrt und hat Hunger«, meinte Knudsen. »Sogar ziemlich deutlich.«

»Meine Oma meinte immer: Voller Bauch studiert nicht gern.« Sie lächelte spöttisch. »Aber die haben doch hier eine Cafeteria, oder nicht? Von mir aus nehmen wir einen kleinen Imbiss.«

Sie schlenderten Richtung Gastronomie.

»Ja, doch, nett hier, die Deko ist nicht ganz mein Fall, ein Hauch von Jugendzentrum. Schade, dass du kein Tischtennis spielst.«

»Wir sind hier nicht zum Vergnügen, Thies.«

»Das sind richtig gute Platten von *Butterfly*.«

»*Butterfly*?«

»Der Hersteller meine ich. Erste Adresse.«

»Warst du schon oben im Gebetssaal?«

»Nö, das überlass ich dir. Religion ist nicht so meins ... lass uns erst mal einen Kaffee trinken. Den gibt's heute sogar gratis. Steht da.«

In der Cafeteria saß ein einziger Matrose über sein Handy gebeugt mit Wollmütze auf dem Kopf. Er war wild am Nachrichtentippen. Das freie Internet, der kostenlose WLAN-Zugriff, war neben der Gastfreundschaft wohl das Wichtigste, was der *Duckdalben* den Seeleuten zu bieten hatte. Die Nabelschnur in die

Heimat. Denn was vermissten die Matrosen wohl am meisten in der Ferne auf einem seelenlosen Hafengelände? Die Familie, die Freunde, die Heimat. Sozusagen die Trinität menschlichen Wohlergehens. Die drei Komponenten, auf die die Männer oft neun Monate im Jahr verzichten mussten. An Bord der Schiffe gab es zwar Satellitentelefon und Internet, aber das war viel zu teuer für die Seeleute. Sprich unbezahlbar. Also wurde die Zeit im *Duckdalben* in erster Linie mit Kommunikation und Videochats verbracht. Der ferne Vater, der sah, wie sein Jüngster inzwischen laufen gelernt hatte. Die Frau oder Freundin, die unter Tränen bat, der Seemann möge möglichst bald nach Hause kommen. Oder wenigstens das versprochene Geld anweisen.

* * *

Sönke Jürgens, der Diakon des *Duckdalbens*, saß in seinem Büro und erwartete die Herrschaften von der Kripo bereits. Er stand auf und reichte Knudsen und Eichhorn mit einem saftigen »Moin« die Hand.

»Endlich mal echte Polizisten«, sagte er zur Begrüßung, was Eichhorn kurz irritierte.

»Wer sind denn die falschen? Guten Tag, Eichhorn mein Name, Kripo Altona.«

»Ach, diese Drehbuchautoren, neulich waren welche von einer Vorabend-Krimiserie hier und wollten wissen, was passiert, wenn ein Seemann Drogen schmuggelt ...«

»Nein, wie spannend«, sagte Knudsen gekonnt gelangweilt, der regelrecht allergisch auf alle Formen verfilmter Krimis reagierte. Nur, dass die Dialoge im wahren Leben nicht halb so geschliffen daherkamen. Er reichte dem Diakon die Hand.

Ein in die Jahre gekommener Schlaks mit blonden Bartstoppeln, schulterlangem Haar und offenem, freundlichem Lachen. Typ Streetworker, Ex-Hippie, Ex-Kommunarde, Ex-Brokdorf-Demonstrant, Ex-Sozialarbeiter. Ein Mann, dessen Bodenhaftung einen gleich einnahm. Wenn doch alle Gottesdiener so ehrlich und geerdet aussehen würden wie Sönke Jürgens, dachte Knudsen, dann würde ich auch mal wieder in die Kirche gehen.

»Willkommen im *Duckdalben*. Was kann ich für Sie tun?«

Mich religiös machen, dachte Knudsen und sah den Zweimetermann hanseatischer Herkunft vor ihm an.

»Schön wäre, wenn Sie uns behilflich sein würden, unseren Fall zu lösen!«, sagte Knudsen stattdessen. Mal gucken, ob der hippieeske Diakon in seinem Kutterhemd auch Humor hatte.

»Gern ... ich tippe auf den Gärtner. Leider haben wir hier keinen. Was soll der denn überhaupt gemacht haben?«

»Sie haben doch sicher von den toten Bojenmännern gehört«, sagte Dörte Eichhorn.

»Klar, die Ausgestopften ... wer hat das nicht?«

»Nun, ausgestopft ist formal nicht ganz korrekt. Die Opfer wurden plastiniert.«

»Stimmt, stand in der Zeitung. Plastiniert. Na, dann ... wäre der Gärtner wohl überfordert. Ich schlage vor, wir gehen nach drüben und setzen uns in die Sofaecke, da plaudert es sich besser, und ein paar Kekse stehen auch schon bereit ...«

»Kekse oder Oblaten?«, murmelte Knudsen Dörte ins Ohr, was ihm einen angedeuteten Ellenbogencheck seiner Kollegin einbrachte. Botschaft: Benimm dich! Eigentlich schätzte sie Knudsens kleine Spitzen, aber wenn man ihn nicht so gut kannte, wenn man nicht wusste, dass seine Komik ein Kampf gegen die ewige Ernsthaftigkeit und Härte ihrer Arbeit war, der

Tatsache geschuldet, dass man es ausschließlich mit Gewaltverbrechen zu tun hatte, und der Erkenntnis, dass der Mensch dem Menschen wirklich ganz oft ein Wolf war – und schlimmer: ein bösartiger Wolf, *homo homini lupus* … Wenn man also all das nicht wusste, dann grenzten seine Bemerkungen gerade in letzter Zeit an Entgleisungen, die über sein sonstiges, leichtes Gag-Tourette hinausgingen.

»Aber lieber ein anständiges Gag-Tourette, als dass ich eines Tages mal wie dieser TV-Profiler Maier mit der chronischen Betroffenheit eines Bestattungsunternehmers in die Kamera nuschele«, hatte Knudsen zur Selbstverteidigung gemeint.

Zu den Keksen wurde Kaffee gereicht. Eichhorn und Knudsen nahmen auf den beiden Sesseln Platz, der *Duckdalben*-Diakon ließ sich ins Sofa fallen.

Vor ihm ein Beutel Tabak und eine Packung Blättchen. Sönke Jürgens fing sofort an, sich eine zu kurbeln. Fast reflexartig. Weniger, weil er nervös wirkte, sondern weil er sich offensichtlich auf einen Plausch mit der Polizei freute. Weil er freundlich war, nichts zu verbergen hatte, gern Auskunft gab und Menschen half, wo er konnte. Ob Seeleuten oder Kriminalpolizei. Egal. Der Mann machte keinen Unterschied. Man merkte sofort, er war authentisch. Bis ins Mark seiner langen Knochen. Das gefiel Knudsen. Diese direkte, unprätentiöse, hanseatische Art des Herrn Diakon. Einer, der mit Gottes Rückendeckung ganz bei sich war, dachte Knudsen. *La Lotse* hatte ihm mal erklärt, was einen Diakon im Kern ausmachte. Er verkünde Gott nicht durch das Wort, sondern durch die Tat. Das hatte Knudsen gefallen.

»Ich bin ganz Ohr«, sagte Jürgens. »Was genau führt Sie denn ausgerechnet zu uns?«

Knudsen machte eine Handbewegung in Dörtes Richtung,

griff nach einem Keks und lehnte sich zurück. Er überließ Kollegin Eichhorn das Reden. Sie schaffte es, in der Hälfte der Zeit die doppelte Menge Inhalt auf den Punkt zu bringen. Außerdem mochte sie keine Kekse, die nach älterer Pferdeergänzungsnahrung aussahen.

Eichhorn erzählte von der verwaschenen Karte mit den Buchstaben und zeigte Jürgens ein Foto davon auf ihrem Handy.

»Kommt Ihnen das bekannt vor?«

»Duck ... ja, klar, das sieht wie eine unserer Visitenkarten aus. Die geben wir den Lotsen mit, die sie an Bord verteilen, damit die Seeleute auch zu uns finden.«

»Ihr Angebot richtet sich ausschließlich an Seeleute?«, fragte Knudsen zwischen den Krümeln hindurch.

»Schon. Im Prinzip kann hier jeder vorbeischauen, aber in erster Linie sind wir für die Seeleute da. Hier kriegen sie ein Bier, Schokolade, Zigaretten, 'ne Wurst, einen Gebetsraum, wonach ihnen auch immer der Sinn steht. Die meisten allerdings nutzen unser Internet oder telefonieren gratis in die Heimat. Unter den Seeleuten werden wir deshalb auch« – der Diakon baute eine kleine Kunstpause ein, zog an seiner Selbstgedrehten, atmete aus und vollendete seinen Satz wie in Weihrauchqualm gehüllt – »... werden wir deshalb auch *Godspot* genannt.«

»Hübsch«, sagte Knudsen, »sehr hübsch. Vielleicht sollte das Teil der Reformation der Kirche sein, sich heutzutage in *Godspots* umzubenennen.«

»Stimmt. Wenn man die Jugend erreichen will, da ist was dran.«

Die beiden schienen sich blind zu verstehen.

»Wie kommen die Männer denn zu ihnen?«, fragte Dörte Eichhorn, die für Knudsens Geschmack oft viel zu ziel- und zweckgerichtet war, was nicht selten genau das Gegenteil bewirkte. Wollte man von Menschen was erfahren, galt es, sie abzuholen, Nähe zu schaffen, ihre Sympathie zu gewinnen, eine Vertrautheit zu kreieren – statt mit stakkatoartigen Fragen eine Verhörsituation zu schaffen. Für solche Zwecke war der Humor erfunden worden. Humor war laut Knudsen Tür- und Hosenöffner und überhaupt das Göttlichste am Menschen. Seine höchste Gabe. Es hieß immer: »Böse Menschen haben keine Lieder«, aber das stimmte nicht, wenn man da an die Wehrmachtsgesänge dachte. Richtig war: »Böse Menschen haben keinen Humor.«

»Wir holen die Männer an den Schiffen ab. Manche wollen auch für einen kurzen Ausflug in die Stadt, falls die Zeit reicht. Öffentliche Verkehrsmittel dauern zu lange. Taxi ist viel zu teuer. Also organisieren wir Shuttles, meist ins *Mercado* in Altona. Die Seeleute mögen das da und sprechen von der ›*cozy mall*‹, dem gemütlichen Einkaufszentrum. Dort geht es mehr multikulti zu als in der Innenstadt. Aber warum fragen Sie?«

»Kann es sein, dass bei diesen Touren mal jemand verschwindet, also sich absetzt?«, fragte Eichhorn.

»Ganz selten. Kommt so gut wie nie vor! Fünfzig Prozent der Seeleute hier sind Filipinos, die wollen nur zurück zu ihren Familien. Indonesier haben sich hin und wieder mal in die Niederlande abgesetzt. Dort gibt es ja eine große Community. Für den Fall sind die Tümpelbullen zuständig.«

»Wer?«

»Verzeihung, die Waschpo, eure Kollegen von der Wasserschutzpolizei.«

Der Diakon wechselte zum Du, weil das in seinem Haus, dieser Arche Noah in den rauen Gewässern der Weltwirtschaft, so üblich war.

Knudsen nahm die Einladung an und sagte:

»Wir würden dir gern zwei Fotos der Opfer zeigen, zumal wir noch völlig im Dunkeln tappen, wer die Männer sind. Vielleicht erkennst du zufällig einen wieder.«

»Gern, ich hole nur schnell meine Brille aus dem Büro. Sonst kann ich Donald Trump nicht von meiner Tante unterscheiden.«

Der Diakon drückte seine Zigarette aus und erhob sich.

»Tante Trump«, dachte Knudsen, »passt irgendwie.«

Der Diakon kam mit Brille auf der Nase zurück und nahm sich Zeit bei der Betrachtung der Bilder. Nach einer Weile meinte er:

»Das klingt jetzt richtig blöd, was ich sage, ich tue mich schon nach zwölf Wochen schwer, einen unserer lebenden asiatischen Seeleute wiederzuerkennen. Nicht, weil die etwa alle gleich aussehen. Das nicht oder nicht nur. Sondern weil die nur so kurz da sind und ich mit den wenigsten längeren Kontakt habe. Ich bin mehr für das Personal und die ganzen ehrenamtlichen Helfer zuständig.«

»Seeleute«, fasste Eichhorn nach, »wer oder was sagt Ihnen, dass es sich um Seeleute handelt?«

Der Diakon richtete sich verwundert auf.

»Äh, deswegen sind Sie doch hier … oder nicht? Sie vermuten, dass die Toten Seeleute sind. Auch wegen unserer Karte.«

Dörte Eichhorn nickte und reichte dem Diakon das Bild vom zweiten Bojenmann.

»Sie haben diesen Mann also noch nie gesehen. Und den hier auch nicht?«

»Hm, bedaure, schon die beiden sehen sich für mich verdammt ähnlich. Zumindest könnte man meinen, dass die beim selben Schönheitschirurgen waren. So straff wie bei denen die Haut sitzt, das sieht ja grotesk aus, schrecklich.«

»Das waren sie gewissermaßen auch. Hältst du es denn für möglich, dass das Seeleute sind?«

»Klar, das käme hin. Vielleicht lasst ihr die Bilder da, und ich zeige sie meinen Leuten, die sind jünger, haben ein besseres Gedächtnis und sind dichter an den Leuten dran. Spielen hin und wieder auch mal eine Runde Tischtennis mit ihnen, begleiten sie auf die Schiffe oder durch den Elbtunnel in die Stadt ...«

Knudsen räsonierte laut.

»Also können sich die Seeleute während ihres Landganges theoretisch frei bewegen.«

»Das ist richtig. In den drei oder vier Stunden, die ihnen in der Regel dafür bleiben.«

»Und theoretisch könnten sie auch freiwillig oder unfreiwillig wegbleiben!«

»Klar, auch denkbar. Wenn einer es an Bord nicht mehr aushält, Probleme mit dem Käpt'n oder der Mannschaft hat, sich spontan verliebt, in den Armen einer Prostituierten einschläft ...«

»Und dann?«, fragte Eichhorn.

»Dann wird das der Wasserschutzpolizei gemeldet. Die haben ja vorher alle Personalien gecheckt und mit der Datenbank abgeglichen. Wer ohne Einträge ist, kann im Stadtgebiet theoretisch machen, was er will. Außer wegbleiben. Wenn einer nicht rechtzeitig an Bord zurückkehrt, wird das gleich der Waschpo gemeldet. Die klären dann erst mal, ob der einfach verpennt oder vielleicht Asyl beantragt hat. Ist das nicht der Fall und der Seemann taucht nicht wieder auf, wird sein Fernbleiben dann als illegale Einreise gewertet. Dann kommt der auf die Fahndungsliste. Kommt selten vor, dass einer achteraus segelt, aber es passiert«, sagte der Diakon.

»Achteraus segeln?«

»So heißt das, wenn einer nicht an Bord zurückkehrt.«

»Verstehe«, sagte Eichhorn, »kanntest du das Wort, Thies?« Der schüttelte den Kopf. Dachte aber, dass er auch gern kurz achteraus segeln und im Gebetsraum ein Nickerchen einlegen würde.

»Wir haben auch schon Leute nach Kiel oder Rotterdam gefahren, damit sie noch an Bord kommen, bevor das Schiff nach Übersee geht. Aber vielleicht sprecht ihr da besser mit unserem Bünabe, dem bürgernahen Beamten von den Tümpelbullen, der kennt sich da besser aus. Der schaut hier regelmäßig rein, um den Seeleuten die Angst vor den Behörden zu nehmen. In vielen Häfen Lateinamerikas trauen die sich erst gar nicht von Bord. Da machen die oft weniger gute Erfahrungen mit der Polizei.«

»Verstehe«, sagte Knudsen, »aber warum kommen die meisten der Seeleute heute eigentlich von den Philippinen?«

»Ganz einfach, pragmatische Gründe. Nicht etwa, weil die besonders dicke Seebeine hätten. Die sind katholisch, also leidensfähig und pflegeleicht, die beklagen sich wenig. Sie können alles essen, und sie sind die einzigen Asiaten, die unsere Schriftzeichen verwenden.«

Der Diakon war bei seiner vierten Zigarette angekommen. Und Eichhorn war vom Passivrauchen ganz stumm geworden. Als versuchte sie das Sprechen zu vermeiden, um nicht unnötig den Qualm einzuatmen. Was auch ihren etwas verkniffenen Blick erklärte. Offenbar war ihr der Hippie-Diakon nicht ganz so sympathisch wie Knudsen. Frauen waren oft viel kritischer und gnadenloser mit der Beurteilung von Männern als Männer untereinander. Das konnte ein Kutterhemd sein, ein fehlender Haarschnitt, die falschen Schuhe, zu lange Fingernägel, Selbstgedrehte ... die Zeiten, als Frauen sich weniger an Äußerlichkeiten störten, waren längst passé. Leider war das vorerst die wesentlichste Erkenntnis, mit der Knudsen an der Seite seiner Kollegin den *Godspot* verließ – und unmittelbar beschloss, noch heute zum Frisör zu gehen.

* * *

Am Abend drehte Dörte Eichhorn noch ihre übliche Runde mit Günther. Eigentlich hatte sie keine Lust, aber ein schlechtes Gewissen. Es war mal wieder spät geworden. Sie hatte den Rest des Tages weiter in Sachen Plastination recherchiert. Es gab weltweit vierhundert Labore in vierzig Ländern, die solche Präparate anfertigten, meist für wissenschaftliche Anwendungen, die studentische Ausbildung und für diese Körperwelten-Ausstellung. Theoretisch konnten die Leichen also aus der ganzen Welt hierhergebracht worden sein. Der Hamburger Hafen war ja ein gigantisches Einfallstor für Illegales aller Art.

»Na prima«, hatte Knudsen geantwortet und mit dem Kopf geschüttelt, »Hamburg, das Leichen-Tor zur Welt!« Aber Dörte hatte noch mehr herausgefunden. Sie hatte gecheckt, wo sich das nächstgelegene dieser vierhundert Labore befand. Und – voilà – eines lag ganz in der Nähe, in Vierlanden, das »Elb-Zentrum für Plastination«. Schön im Grünen gelegen. An der Elbe unweit von Zollenspieker. Dörte hatte sofort dort angerufen und erfahren, dass alle wichtigen Mitarbeiter auf einem Kongress waren und in zwei Tagen wieder zurück sein würden. Sie kündigte den Besuch der Ermittler an und bat nachdrücklich, die Verantwortlichen zu informieren.

Günther hechelte erschöpft. Sie zwang sich, nicht zu schnell zu gehen, weil der Hund sonst kaum hinterherkam. Unterwegs fragte sie sich, ob Günther, wenn er die Wahl gehabt hätte, sie wohl als Frauchen wiedergewählt hätte. Obwohl er eher auf die Bedürfnisse von Menschen als auf die eigenen gezüchtet worden war, konnte sie sich vorstellen, dass er sich doch für eine andere Existenz entschieden hätte, als oft Stunden allein zu Hause oder im Kommissariat unterm Schreibtisch zu liegen. Von den Kollegen mehr geduldet als geliebt. Sie fragte sich weiter, ob Günther, wenn schon überzüchtet, nicht viel lieber in München von einer prominenten Influencerin verhätschelt und kultisch verehrt worden wäre. Mit eigener Facebook-Seite und zwölftausend Fans, drei Mops-Büchern, Hundechips und limitierten Günther-Anhängern aus Meissner Porzellan. Und wenn er starb, würde die Boulevardpresse groß darüber berichten, und hinterher gäbe es eine Sonderedition: den Feinkost-Fruchtgummi-Mops-Käfer für ein Euro zehn die Tüte. Und an seinem Todestag eine Ausstellung im Bayerischen Nationalmuseum.

Bestimmt würde er das wollen. So anders waren Mops und Mensch auch nicht in ihren Bedürfnissen. Günther würde nicht so viel Zeit allein zu Hause verbringen müssen und bei der neuen Leitwölfin im Bett schlafen. Alleinsein, vom Rudel getrennt zu sein, war für jeden Hund die Hölle. Isolationshaft. Dafür waren sie nicht geboren worden. Das war Folter. Jedes Mal deutlich daran zu erkennen, dass Günther ein aberwitziges Tänzchen aufführte, wenn Dörte Eichhorn nach Hause kam. Dann war es, als würde er aus Abu Ghraib befreit oder hätte eine Haftstrafe von fünfzehn Jahren wegen Mordes abgesessen.

Natürlich freute sie sich, vor allem, wenn einen ansonsten niemand so freudig begrüßte. Es schmeichelte, dieses Gefühl, gebraucht und womöglich geliebt zu werden. Und sei es von einem

Tier, dessen Körper vor Erregung zitterte. Fast egal, ob man nur eine oder in Ausnahmen auch mal acht Stunden weg war. Sofort wechselte man in eine Art Babysprech, nahm das hüpfende Tier auf den Arm, wo es auch hinwollte und gar nicht wusste, was es alles zuerst ablecken sollte. Egal, wie oft man Nein gesagt hatte. Aber wer konnte bei so viel Leidenschaft schon auf Dauer widerstehen.

Für gewöhnlich wehrte sich Dörte Eichhorn gegen sentimentale Anwandlungen und Gedanken dieser Art bzw. Unart. Selbstmitleid nervt, pflegte sie immer dann zu sagen, wenn etwa Kollege Knudsen in einem selbstgefälligen Smog von Weltschmerz und Midlifecrisis versank. Sie ließ das in seinem Fall nur durchgehen, weil sie es mochte, wenn er ihr gegenüber nicht nur souverän war, sondern auch Schwächen zuließ, statt einen auf hartgesottenen Cop zu machen, wie manchmal an besonders grausamen Tatorten, wenn er sich seinen Schutzschild aus Sarkasmus zulegte. Sie mochte keine Männer, die Emotionen wie Ausscheidungen der etwas anderen Art betrachteten und sich dafür schämten. Als sei es eine Schwäche, Gefühle zu haben, und nicht das Menschlichste überhaupt. Schlimm genug, dass sie ihre Gefühle irgendwo unter Verschluss hielt, dummerweise den Schlüssel über die Jahre dafür verlegt hatte und heimlich hoffte – wie wohl jede Frau ihrer Generation, die mit Prinzessinnen-Lektüre groß geworden war –, dass irgendwer einen Ersatzschlüssel hatte, und sei es zur Not der Schlosser statt des Prinzen.

Für sie gebe es nur noch ihren Job und Günther, hatte ihr mal eine Freundin vorgeworfen. Und zwar in der Reihenfolge. »Statt sich um die eigenen Leichen im Keller zu kümmern, guckst du dir lieber reale Mordopfer an«, hatte die Freundin noch etwas polemisch bzw. frustriert hinzugefügt. Statt einzulenken, hatte Eichhorn reagiert wie bei einem Zahnarzt, der vorsätzlich einen Nerv angebohrt hatte. Manche Wahrheiten wollte man lieber verkapselt wissen. Wie einen verwachsenen Splitter, der nur bei manchen Bewegungen wehtat, die man über die Jahre zu vermeiden gelernt hatte. Die restliche Flasche Wein hatte Dörte Eichhorn dann allein ausgetrunken und sich anschließend noch eine zweite aufgemacht. Die Freundin hatte sich dann irgendwann nicht mehr gemeldet.

Am Ende kam sie zu der reuigen Erkenntnis, dass es manchmal einfach wichtiger war, eine gute Freundin zu sein als eine gute Polizistin. Dass man auch privat funktionierte und nicht nur mit Dienstmarke. Eigentlich eine ganz simple Glücksformel, dachte Dörte Eichhorn: Der Beruf sollte höchstens ein Drittel der Existenz ausmachen, das andere Drittel sollte seinen Nächsten und Liebsten gehören, das letzte Drittel einem selbst. Bloß: Theorie und Praxis. Wenn sie ihren Alltag bilanzierte, nahm ihr Job mindestens fünfzig bis sechzig Prozent ein, fünfzehn Prozent gingen an Günther, fünfzehn Prozent an Mutter und Freunde, maximal zehn bis zwanzig Prozent las man mal ein Buch, ging schwimmen, ließ sich massieren, machte Sport, hatte Sex, streamte eine Serie, hing seinen Gedanken nach, die, wie Dörte Eichhorn festgestellt hatte, gar nicht mehr Raum brauchten, weil sie sonst schnell zu Monstern mutierten und nervige Fragen stellten: Ob sie eigentlich zufrieden war mit ihrem Leben!?

Wenn sie darüber nachdachte, lief ihr Leben auf folgende Gleichung bzw. Ungleichung hinaus: beruflich erfolgreich, ja, doch, einigermaßen, dafür ohne Kind und mit Mops statt Mann. Hin und wieder ein Date, das schon, Tendenz stark abnehmend, weil es auf Dauer frustrierte, jedes Mal feststellen zu müssen, dass die meisten Männer am Ende des Tages sich selbst am meisten liebten.

Mit einer zu selbstbewussten und selbstbestimmten Frau kamen die wenigsten auf Dauer klar.

Dann doch lieber einen Mops. Nicht, dass der keine Ansprüche erhob und nicht umsorgt werden wollte. Aber die Ansprüche waren überschaubar. Wenn man in seine erwartungsvollen Glubschaugen starrte, kannten die nur zwei Fragen: Wann gehen wir Gassi, und wann gibt's das nächste Leckerli? Hin und wieder ließ er allerdings einen fahren und guckte anschließend so unschuldig, dass er jeden Lügendetektor hintergangen hätte. Null Scham seinerseits. Da gab es noch Nachholbedarf.

Eichhorn fand Scham, sofern sie nicht krankhaft wurde, ein durchaus geeignetes Instrumentarium im Umgang miteinander. Männer, die öffentlich auf dem Weg ins St.-Pauli-Stadion noch in irgendwelche Ecken pissten, mochte sie jedenfalls nicht. Genauso wenig wie andere, die ihren Reichtum öffentlich zur Schau stellten. Und insgeheim verlangte sie von ihrem Mops, was sie auch von jedem Lebensgefährten erwartet hätte: gute Manieren und keine schäbige *farting-term*-Beziehung, wie die Briten das nannten. Aber die Hundeschule, die ihm das abgewöhnte, suchte man sicher vergeblich.

* * *

Nachdem sie ihren Gassi-Gang mit Günther beendet hatte, ließ Dörte noch mal den Tag Revue passieren. Ihr Kopf-Tagebuch. Das meiste in Steno. Der Herr der Ringe heute, dachte Dörte Eichhorn. Irgendwas störte sie an ihm. Vielleicht, weil der Mann so demonstrativ gut gelaunt gewesen war. Und dauerhaft gut gelaunte Menschen waren ihr fast immer suspekt. Gute Laune war aus ihrer Sicht nichts anderes als Ignoranz gegenüber dem Weltgeschehen. Und letztlich ihrer Arbeit. Gut gelaunte Menschen mussten entweder geborene oder gewordene Ignoranten sein. Selbst in Hamburg, der reichsten Stadt Europas, gab es genug Elend für ein Heer von Sozialarbeitern.

Einer davon war der Diakon des *Duckdalben*. Kollege Knudsen hatte sich von seiner gewinnenden Art sofort anstecken lassen, weil man sich über jede nordische Frohnatur freut, wenn man selbst eher aus der Abteilung »Muffel« und »maulfaul« stammte.

Was die Bojenmänner betraf, tappten sie immer noch vollkommen im Dunkeln. Und Eichhorn hatte das Gefühl, dass der Diakon daran nichts ändern würde. Nur ob mit oder ohne Absicht, konnte sie durch die ganze gute Laune nicht erkennen. Hinterher im Auto hatten sie sich deswegen fast in die Wolle gekriegt.

»Wieso muss dir denn alles und jeder immer gleich suspekt sein?«, hatte Knudsen gefragt.

»Weil ich dann genauer hingucke und gründlicher frage, Thies! Ich mag diese anbiedernde Duzerei einfach nicht, okay?«

Nicht okay, denn plötzlich sah sich Knudsen in der Situation, sich für seine Sympathie rechtfertigen zu müssen. Im Elbtunnel wagte er einen Versuch:

»Für mich war der Diakon ein gutes Beispiel dafür, dass sinnvolle Arbeit, also wenn man den Menschen helfen kann, erfüllend ist, Dörte!«

»Na und!? Leisten wir doch auch, oder nicht? Unsere Aufklärungsquote von zweiundneunzig Prozent … deswegen duzen wir doch auch nicht gleich drauflos.«

»Zumindest könnte ich mir vorstellen, dass er dem ein oder anderen Seemann eine Portion Würde zurückgibt und Leben einhaucht, und sei es, weil die Filipinos im *Duckdalben* als Menschen und nicht als ABs bezeichnet werden. *Able bodies* ...«

Beide hatten geschwiegen.

Manchmal fragte sich Dörte Eichhorn, ob Knudsen wirklich an Weltschmerz litt oder nur ihretwegen so tat. Sozusagen aus Solidarität. Oder sonstigen Absichten. Und sie fragte sich auch nicht zum ersten Mal, ob sie das gut oder eher abstoßend gefunden hätte. Seine Absichten. Und damit war die Frage eigentlich schon beantwortet. Sie glaubte zu wissen, wie Knudsen sie als Kollegin fand, hingegen konnte sie unmöglich sagen, wie er sie eigentlich als Mensch und vor allem als Frau sah. Jenseits der Kollegin. Ob sich ihr Selbstbild mit seinem deckte. Wie bei einer dieser russischen Matrjoschka-Puppen, bei der man die ersten beiden und größten Figuren abmachte. Hatte sie ihn überhaupt jemals bis zur dritten oder sogar vierten Schicht schauen lassen? Und kam dann schon die fünfte Dörte als fester Kern? Zu hart, rüde bisweilen, unzugänglich, zu gepanzert. Zu selbstkritisch und unlocker mit allem.

»Ich freue mich schon auf den Besuch beim bürgernahen Beamten, Bünabe Schwacke oder wie der hieß«, hatte sie schließlich versöhnlich gesagt. »Vielleicht kommen wir da endlich weiter.«

»Ach ja, der Tümpelbulle«, hatte Knudsen geantwortet. Und sogar ein Lächeln geschafft.

* * *

La Lotse war überhaupt nicht zufrieden mit dem, was Freund Thies ihm von seinem Besuch im *Duckdalben* erzählt hatte. Nämlich so gut wie gar nichts. Sie saßen an einem für diese Jahreszeit ungewöhnlich warmen Tag in der *Strandperle*. Vor ihnen die Petroleumlampe, ein Bier, ein Rotwein. Die Füße im Sand. Ein bisschen hanseatisches Bacardi-Feeling. Und die Menschen um sie herum sahen größtenteils auch aus wie aus einem Werbespot geklaut, dachte Knudsen.

Am Strand elbabwärts wurde Beachvolleyball gespielt. Die großen Steine, die Findlinge, die die Hamburger Hafen- und Logistik AG dort verteilt hatte, um die genervten Anwohner von Övelgönne vom ewigen Gepritsche, Gebagger, Geblocke und Abgeklatsche zu schützen, hatten die Freizeit-Athleten mühelos beiseitegerollt, als sei das eine Warm-up-Übung.

Wenigstens war es zu kalt zum Baden. Für *La Lotse* war das immer wieder ein sehr gewöhnungsbedürftiger Anblick. Seemännisch, technisch und rein hygienisch gesehen. »Ganz ehrlich – baden! Die sind total meschugge. In einer der am meisten befahrenen Seeschifffahrtsstraßen der Welt.«

»Wo ist das Problem?«, fragte Knudsen. »Lass den Menschen doch ihren Spaß.«

»Pfff, das Problem? Die Leute spielen ja auch nicht mit ihren Kindern Fang-mich-doch-du-Eierloch auf der Autobahn.«

»Dann mach doch du ehrenamtlich den Strandsheriff und Bademeister«, sagte Knudsen. »Du weißt doch eh nicht wohin mit deiner ganzen Freizeit.«

»Gott bewahre, dann muss ich am Ende noch selbst in die Brühe. Kann ja sein, dass das Wasser nicht mehr so ist wie in den sechziger und siebziger Jahren, trotzdem. Erst kürzlich war das Technische Hilfswerk da und hat den Strand wegen undefinierbarer Fettklümpchen abgesperrt. Die Hunde haben sich wie die Hyänen darauf gestürzt.«

»Dann kann es ja nicht schlimm gewesen sein. Was war's?«

»Fettabscheideklümpchen aus der Gastronomie oder so. Nach stärkeren Regengüssen laufen wohl die Gullys über ...«

»Ich hab aber gehört, der Stör und der Elblachs kommen zurück.«

»Hier kommt erst mal das Matjesbrötchen«, sagte eine Bedienung.

Die Herren bedankten sich fast demütig.

»Mein Gott, wie soll man den Trumm denn essen?«

»Mit Händen und Füßen«, meinte Andersen und packte zu, als würde der Fisch noch leben.

Beide mampften und schwiegen. Und nicht etwa aus Etikette, weil man mit vollem Mund nicht sprechen darf. Beide schwiegen, weil sie es zusammen aushielten, nichts zu sagen. Weil sie im Zweifelsfalle auch so wussten, woran der andere dachte. Daran erkannte man eine gute Freundschaft. Nicht an den guten Gesprächen, die man führte, sondern an den schlechten, die man unterließ, und an dem einvernehmlichen Schweigen, das damit einherging. Ohne dass es peinlich wurde. Weil ohnehin schon alles etliche Male besprochen worden war. Und weil *La Lotse* genau wusste, dass er Knudsen nach Feierabend keine Löcher in den Bauch fragen durfte, bevor das größte nicht durch eine anständige Mahlzeit gefüllt war.

Hungrig war der Mann nämlich kaum auszuhalten.

Eine Frage aber wollte Andersen schon lange mal loswerden. Und jetzt war die Gelegenheit da. Er aß den Rest seines Fischbrötchens, wischte sich den Mund ab und fragte: »Was ist denn mit dieser Dings, deiner Kollegin, dem Eichhörnchen ...?«

»Vorsicht, lass sie ja nicht hören, dass du sie Eichhörnchen nennst… Was soll mit der sein?«

»Frage ich dich, Thies!«

»Ihr größter Makel ist, dass sie meine Kollegin ist!«

»Na und?«

»Komm, lass gut sein, Oke. Selber keine funktionierende Beziehung, aber schlechte Tipps geben. Schon mal den Spruch gehört: *Don't fuck in the office*. Und damit ist nicht der Schreibtisch oder Kopierraum gemeint.«

»Na und? Ich hab meine Frau auch bei der Arbeit kennengelernt.«

»Du Spinner, du bist als Käpt'n mit einem Schiff nach Venezuela gefahren.«

»Das war meine Arbeit.«

Knudsen schüttelte vehement den Kopf, als versuchte er, den Gedanken abzuschütteln.

»*Dörte Harry*, ausgerechnet. Was glaubst du, wie lange das gut geht? Und außerdem, manchmal glaube ich fast, Dörte steht auf Damen. Also Frauen.«

»Glauben!? Finde es raus …«

»Was soll denn das, machst du jetzt einen auf Liebeslotse, oder wie?«

»Komm, du bist so unentspannt in letzter Zeit. Gereizt. Und außerdem langt ein allein lebender Zausel und Eigenbrötler in unserer Beziehung.«

Knudsen musste schmunzeln, immer wieder erstaunlich, wie schnell sein Freund Andersen es schaffte, einen aufkeimenden Groll gegen ihn abzuschmettern. Fast wie ein gelungener Block beim Tischtennis als Antwort auf einen gut gesetzten Schmetterball.

»Wenn du keine Lust hast, über Frauen zu reden, erzähl mir wenigstens, wie es im *Duckdalben* war.«

»Gemütlich«, sagte Knudsen. »Gab gratis Kaffee und Kekse und eine Nachhilfestunde in Sachen Seefahrt.«

»Seefahrt, wenn ich das schon höre, das hat doch heute nichts mehr mit Seefahrt zu tun. Habt ihr denn was rausgefunden?«

»Nix, wir haben morgen aber einen Termin bei den Tümpelbullen.«

La Lotse musste schmunzeln ...

»Stimmt, Tümpelbullen, so haben wir die früher auch genannt. Eigentlich hättest du bei denen anfangen sollen. Weißt du das!? Die tuckern den ganzen Tag rum, trinken Kaffee, lassen sich hin und wieder einen Sportbootführerschein zeigen, wenn irgend so ein Freizeitschipper die Verkehrsordnung im Hamburger Hafen nicht kennt. Alles ganz easy bei denen. Und was hältst du von Sönke Jürgens, diesem Diakon vom *Duckdalben*?«

»Ach, du kennst den?«

»Klar kenne ich den. Deswegen wollte ich doch mit.«

»Oke, das geht nicht, Strandsheriff ja, meinetwegen, Hilfssheriff nein, jedenfalls nicht meiner.«

»Dann gehe ich da eben allein hin!«

»Und dann? Das bringt gar nichts, der Diakon weiß auch nichts.«

»Doch«, sagte *La Lotse* fast trotzig. »Welcher karitative Verein wird schon gern mit Mordopfern in Verbindung gebracht? Ich sag ja gar nicht, dass der es war ...«

Knudsen verdrehte die Augen.

»Bin ich aber beruhigt.«

»Frag mich nicht, wieso, aber wenn ihr was über die Opfer

rausfinden wollt, dann müsst ihr den *Duckdalben* auf den Kopf stellen.«

»Wieso bist du dir da so sicher?«, hakte Knudsen nach.

»Weil das im Hamburger Hafen die Institution ist für die Seeleute! Irgendwas sagt mir, dass es sich bei den Opfern um ABs handelt, die irgendein Irrer in *Unable Bodies* verwandelt hatte.«

La Lotse war sich sicher, dass das Ganze eine Botschaft sein musste. Bestimmt. Eine Botschaft, die an Fanatismus grenzte bzw. weit darüber hinaus ging, wenn jemand erstens dafür mordete und zweitens sich die monatelange Mühe machte, die Opfer zu plastinieren und in aller Öffentlichkeit auszustellen, und somit ein nicht unbeträchtliches Risiko einging, spätestens dabei erwischt zu werden. Der Täter musste entweder total bescheuert oder total abgebrüht sein.

»Und wie geht's jetzt weiter mit den Bojenmännern?«, fragte Andersen.

»Wir fragen morgen erst mal bei der Wasserschutzpolizei nach, ob die irgendwas in der Kartei haben. Irgendwo müssen die Typen ja fehlen.«

»Ja, ich fürchte, ich weiß auch, wo und bei wem ...«

»Sprich!«

»Logischerweise bei den Familien, und zwar auf den Philippinen!«, meinte *La Lotse*. »Stell dir mal vor, als wären sie im Krieg zurückgeblieben. Gefallen in der Globalisierung. Und Frau, Kinder, Eltern haben keine Ahnung. Und wundern sich, warum keine Überweisungen mehr kommen. Warum fragt ihr nicht bei den Reedereien nach? Die müssen doch am ehesten wissen, ob plötzlich einer ihrer Seeleute achteraus segelt.«

»Lustig«, meinte Knudsen.

»Was ist denn daran lustig?«

»Na, dass du das auch sagst. Erst hört man die Formulierung sein ganzes Leben nicht und heute gleich zweimal: achteraus segeln. Genauso hat der Diakon das auch genannt. Klingt irgendwie schön, so frei. Ich würde auch gern mal achteraus segeln.«

»Schon klar. Aber freiwillig und lebendig. Nicht so wie die Bojenmänner!«

Hamburg 1972, Rissen, Falkensteiner Ufer

DER GESTANK SCHIEN DIREKT aus dem Wasser zu kommen. Wollten die Fische deshalb an diesem Tag nicht beißen? Konnten Fische überhaupt riechen? Diesen süßlich-faulen Geruch, den ihm ein leichter Nordwestwind schon lange vor Ankunft der Ursache am Angelplatz in Schüben bescherte. Da er die Angel mit beiden Händen hielt, hatte er sich nicht gleich die Nase zuhalten können. Doch sobald er durch den Mund einzuatmen begann, wurde der Geruch zum Geschmack und hinterließ einen pelzigen, fast moderigen Belag auf der Zunge.

Irgendwann war es so schlimm, dass er sein T-Shirt über Mund und Nase zog und versuchte, das Atmen ganz einzustellen, bis ihm schwindelig wurde. Er versuchte, sich auf den kleinen Leuchtschwimmer am Ende des Stacks zu konzentrieren. Seine Pose, der Schwimmkörper, genau da platziert, wo die Fische bei auflaufendem Wasser am besten bissen. Normalerweise. Aber irgendwas stimmte nicht. Nicht mal ein blöder, stacheliger Barsch ließ sich verlocken. Obwohl er den dicken Köder, eine fette Rotmette, extra nur zur Hälfte über den Haken gezogen hatte. Alter Anglertrick. Denn Regenwürmer waren genau wie kleine Aale, sie wanden sich wie verrückt, sobald das spitze Metall in sie drang. Statt sich tot zu stellen, taten sie alles, um die Fische mit ihren wilden Windungen herbeizuwinken. Manchmal minutenlang. Und trotzdem biss heute kein Fisch an, was nur daran liegen konnte, dass zehn

Meter entfernt ein ungleich größerer Köder im Wasser trieb. Der alles andere als frisch war.

Am deutlichsten erinnerte er diesen bestialischen, überfallartigen Gestank. Infernalisch, süßlich. Der Geruch schrie ihn förmlich an: Bleib weg. Er sah etwas herantreiben. Einen alten Reifen vielleicht, eine verlorene Schwimmweste, die sich voll Wasser gesogen hatte? Die Neugier war größer als der Ekel. Er ging näher ans Wasser. Für einen toten Fischbauch war das zu groß, dachte er. Eine tote Robbe vielleicht? Aber trieben die oben? Ein großes Stück Plastik? Weiter kam er nicht mit seinen Überlegungen, denn jetzt sah er das Ding. Von den Wellen zu minimalen Zuckungen animiert. Wie unter leichten »Stromstößen«, was in gewisser Weise auch zutraf, schließlich war es der Strom der Elbe, die Strömung, die ihm den Leichnam von rechts in sein Blickfeld, flussaufwärts träge treibend direkt vor die Füße spülte. Keine Angellänge entfernt.

Es dauerte eine Weile, bis sein kindliches Gehirn begriff, dass es sich um etwas Organisches, ehemals Lebendiges handelte, was da im Wasser trieb. Etwas, das da nicht hingehörte. Zu amorph und aufgedunsen sah es aus. Der Rücken bemoost. Die Gliedmaßen hingen nach unten, und in Ufernähe schleiften und bremsten die Beine am Grund der Elbe. Die Arme versuchten sich auf groteske Weise festzukrallen, um nicht zurück ins Fahrwasser zu treiben und von den Schiffsschrauben ein zweites Mal getötet oder zumindest malträtiert zu werden. Oder warum fehlte die Haut am Hinterkopf? Oder war das bloß aufgeplatzt? Vielleicht weggefressen? Sein erster Schock wich augenblicklich einer brennenden Neugierde. Er wollte sichergehen, dass es sich nicht um eine Puppe handelte, ein Crashtest-Dummy vielleicht. Aber dafür waren die Bewegungen zu elastisch.

Als eine Serie kleinerer Wellen eines Schleppers auf die Leiche trafen, konnte er kurz das Gesicht des Toten erkennen. Der Anblick traf ihn wie ein Schlag. Das war das Schlimmste überhaupt. Was er im ersten Moment als übertrieben lange und dicke Zunge wähnte, stellte sich als das Ende eines Aals heraus, der sich mit schlängelnden Bewegungen durch den Rachen tiefer in den Toten vorzubohren suchte. Erst da zuckte er angewidert zurück. Zu eindeutig, wer hier wen gerade fraß, obwohl das Tier nur bis zur Hälfte im Rachen des Toten steckte, was gleichsam erklärte, warum Aale nicht wie Karpfen oder Kugelfische gebaut und so schlank und wendig waren, dass sie vor keiner Körperöffnung haltmachen mussten.

Er musste sich nur deshalb nicht übergeben, weil er zu fasziniert von seiner ersten Leiche war, dass er für Minuten selbst den Gestank vergaß und kurz überlegte, ob er seine Angel auswerfen und den Toten mit dem Drillingshaken eines Blinkers für Hechte an den Strand zerren sollte, um ihn noch genauer zu inspizieren, was ihm, wie er später von der Wasserschutzpolizei erfuhr, einen Finderlohn von fünfzig Mark eingebracht hätte. Entdecken allein aber brachte nichts ein, außer einem Foto mit Angel und Gummistiefeln im *Hamburger Abendblatt* der Donnerstagsausgabe, in dem er, mit vollem Namen, als Nachwuchsangler bezeichnet wurde, der den »grausigen Fund« gemacht und stolz der Polizei gemeldet hatte. Aus der Zeitung erfuhr er, dass die Wasserleiche ein seit Mai vermisster Segler war, der betrunken bei einer Regatta über Bord gefallen war.

Das Leben ging weiter. Zu Hause an der Elbe oder mit dem Vater auf See. Er sprach nie darüber. Aber die Bilder der Leiche ließen ihn nicht mehr los. Sie verfolgten ihn. Als hätte ihn der Tod damals persönlich angehaucht. Er dachte oft, dass er sich nicht nur besser die Nase, sondern sofort die Augen hätte zuhalten sollen, statt in die Hocke zu gehen. Der Tod war nun an seiner Seite. Unsichtbar. Aber er war da. In seinen Träumen. In seinen Gedanken. Und er hatte vor zu bleiben.

••• — — — •••

»Bünabe« Schwacke, der bürgernahe Beamte, klang am Telefon genau so, wie man sich einen bürgernahen Beamten vorstellte: aufgeräumt, freundlich. Ein Mann, dachte Dörte Eichhorn, der die Härte der Straße bzw. Wasserstraße hinter sich gelassen hatte und jetzt auf seine alten Tage so eine Art Herbergsvater war. Einer, den alle ansprechen konnten und der ein Ohr für alle hatte. Seeleute, Hafenarbeiter, Kollegen und Exknackis. Mit seinem gemächlichen Hamburger Idiom hätte er sofort in der Serie *Großstadtrevier* mitspielen können.

»Ich verstehe«, sagte Schwacke. »Ihr denkt, dass diese Plastiktypen möglicherweise vermisste Seeleute sind. Also die Jungs, von denen wir denken, dass die sich abgesetzt haben. Dann müssten die bei uns in den Fahndungslisten als illegal Eingereiste zu finden sein.«

»Am besten, wir schicken euch schon mal die Fotos der Toten rüber und treffen uns dann bei euch«, sagte Eichhorn.

»Aber nicht hier bei uns im Hafen«, antwortete Schwacke. »Da sind die Kollegen von der WSP 62 an der Kehrwiederspitze zuständig. Ich geb dir mal die Nummer.«

Dörte bemerkte, dass sie es hier nicht störte, geduzt zu werden. So unter Bullen. Sie bedankte sich, notierte sich die Durchwahl und rief die zuständige Kollegin an.

Die WSP 62, also die Abteilung 62 der Wasserschutzpolizei,

war Hamburgs Grenzschutz. Eine Besonderheit der Hansestadt. Im ganzen übrigen Land war dafür die Bundespolizei zuständig. Die WSP 62 checkte die Mannschaften aller Schiffe, die Hamburg anliefen, anhand der Listen, die ihnen vorab von den Kapitänen gesendet wurden. Wer nach Abgleich mit verschiedenen Datenbanken unverdächtig und ohne Einträge war, konnte sich für die Dauer des Schiffsaufenthalts im Hamburger Stadtgebiet frei bewegen. Auch Kreuzfahrtschiffe fielen in die Zuständigkeit der WSP 62. Auch hier wurden die Mannschaft und alle Passagiere überprüft. Und natürlich wurde auch gecheckt, ob alle Angemeldeten die Stadt auch wieder verließen.

Dörte Eichhorn vereinbarte mit der Kollegin des Reviers 62, dass sie und Knudsen noch am selben Tag vorbeikommen würden.

Wenig später saßen beide mit Polizeioberkommissarin Nicola Strey und deren Kollegen Polizeihauptkommissar Tim Sloman in Streys Büro. Eichhorn brachte die Kollegen auf den Stand der Ermittlungen.

»Ihr glaubt also, dass die Opfer Seeleute sind, die sich abgesetzt haben?«, fragte Strey.

»Na ja, was heißt abgesetzt? Vielleicht nicht freiwillig. Gut möglich, dass diese Leute entführt, getötet und dann vom Täter in diese modernen Mumien verwandelt worden sind.«

Tim Sloman schüttelte ungläubig den Kopf.

»Du hast die Fotos gesehen?«, fragte Knudsen.

»Trotzdem. Ich weiß, dass es so was gibt. In Ausstellungen. Habt ihr …«

»Ja, wir sind dabei zu klären, ob es Diebstähle von entsprechenden Exponaten gibt. Bisher Fehlanzeige. Wir müssen alle Optionen prüfen.«

»Natürlich«, sagte Nicola Strey, ging zu ihrem Schreibtisch und öffnete eine Datei auf dem Computer.

»Hier ist die Liste aller abgängigen Seeleute.«

»Abgängige Seeleute? Wie klingt das denn?«, murrte Dörte.

»So heißt das offiziell bei uns«, antwortete Strey.

»Habt ihr Fotos der Toten?«

»Haben wir dem Kollegen Schwacke gemailt«, sagte Eichhorn.

»Ah, Moment, ich schau mal. Ja, hier. Die hat er weitergeleitet.«

Strey schwieg, sah sich die Fotos kopfschüttelnd an und druckte sie aus.

»Keine Ahnung, ob wir da einen Abgleich hinbekommen. Aber mal sehen. So, hier sind die Abgänge der letzten zehn Jahre. Wir gingen von illegaler Einreise aus. Deshalb kamen sie mit diesem Zusatz auch auf die INPOL-Liste.«

Die INPOL-Datei war ein bundesländerübergreifendes Informationssystem, zu dem alle Polizeibehörden Zugriff hatten – das BKA, der Zoll, die Bundespolizei und alle Landespolizeien.

Nicola Strey druckte eine Liste mit vierunddreißig Personen aus. Achtzehn Filipinos, aber auch Afrikaner, Chinesen, Russen und Inder.

»Lass uns bitte vor allem auf die Asiaten konzentrieren«, bat Knudsen.

»Okay, ich vergrößere die Fotos aus deren Ausweispapieren. Dann vergleichen wir die mit den Fotos eurer Toten.«

Im Raum wurde es still. Nacheinander erschienen die Bilder der verschwundenen Seeleute auf dem Rechner. Die Ermittler starrten auf den Bildschirm und immer wieder auf die Fotos der plastinierten Leichen.

»Verdammt schwer«, murmelte Dörte Eichhorn.

»So geht das nicht«, sagte Knudsen. »Wir müssen uns mit den Fotos ans BKA wenden. Die haben seit 2008 dieses moderne Gesichtserkennungssystem GES. Die haben schon halb verweste Leichen identifiziert.«

Knudsen bat Nicola Strey und ihren Kollegen, ihnen die Daten der vermissten Seeleute zu schicken, bedankte sich und verließ mit Eichhorn, die sich um die Analyse beim BKA kümmern würde, das Revier 62.

Sie waren einen kleinen Schritt weitergekommen.

* * *

Zwei Tage später hatten sie das Ergebnis.

»Efren Domingo«, las Eichhorn im Kommissariat vor. »Nicht an Bord der *MS Paulina* zurückgekehrt am 24.3.2017. Seitdem vermisst. Einunddreißig Jahre alt. Verheiratet. Wohnsitz: Palay City, Philippinen. Verheiratet. Zwei Kinder.«

»Wie verlässlich ist das?«, fragte Knudsen.

»Die Gutachter vom BKA sind sich zu neunzig Prozent sicher«, antwortete Eichhorn.

Damit war es amtlich.

»Joseph Herlando«, fuhr Eichhorn fort. »Seemann auf der *Cap San Nicolas*. Vermisst seit 2019. Siebenundzwanzig Jahre alt. Ledig. Wohnsitz: Manila, Philippinen.«

Knudsen und Eichhorn schwiegen. Jetzt hatten die zwei toten Bojenmänner Namen. Gesichter. Familien – und die demnächst die traurige Gewissheit.

* * *

Später am Abend saß Knudsen vor seinem neuen Flachbildschirm, versuchte, auf andere Gedanken zu kommen, und zappte sich lustlos durchs Programm. Flachbildschirm – im wahrsten Sinne, dachte er. Eine einzige Freakshow ... vor allem auf den zweistelligen Programmplätzen. Überall zur Unkenntlichkeit aufgebrezelte Frauen, die im Grunde genommen auch wie plastiniert aussahen. Es gab durchaus Parallelen. Auf welcher Entwicklungsstufe war er eigentlich stehen geblieben, dass er nicht nachvollziehen konnte, wie es zu diesem neuen Mutantenschick als Schönheitsideal gekommen war?

Weniger Körperhaare und keine Walla-Walla-Kleidung, okay, das war das eine, durchaus Nachvollziehbare, aber Botox, Lifting, Piercings, Tattoos, dass man als Kommissar schon dachte, verdammt, so überzogen mit Hämatomen sehen sonst nur Gewalt- und Unfallopfer aus oder Menschen, die sich von Dächern stürzten.

Welche Männer sollten das denn sein, die das wirklich schön fanden, dass Frauen sich selbst als Beauty- und Bastelworkshop begriffen? Waren das Männer, die Dieter Bohlen zum Bundespräsidenten gewählt hätten? Also die Typen, die begrüßten, dass Frauen mittlerweile freiwillig auszusehen versuchten wie »zurechtgehobelte Pornodarstellerinnen«, O-Ton *Dörte Harry* in einem ihrer schönsten und schroffsten Momente. Das gefiel Knudsen, weil es ihn insgeheim freute, dass eine Frau aussprach, was er sich kaum zu denken traute. Aus Angst, sonst im Kollegium die große Sexismus-Anstecknadel in Gold zu bekommen.

Arme Alice Schwarzer, dachte Knudsen. Für die mussten das doch wandelnde Albträume sein.

Ich werde zu alt für diese Welt, dachte Knudsen kurz. Der Befund war da: seine Disposition zur Misanthropie, der Grumpy-

Old-Man-Modus, vor dem ihn *La Lotse* schon des Öfteren eindringlich gewarnt hatte.

Fünf Minuten hielt er es aus, »Unterhaltungsprogramme« zu gucken – maximal. Da konnte man sich fast freuen, dass man neuerdings an Konzentrationsstörungen litt.

Knudsen zappte lustlos weiter und zählte im Schnelldurchlauf auf zwölf Kanälen fünf- oder sechsmal sozusagen seinesgleichen: Ermittler im Einsatz. Oder das, was sich Drehbuchautoren unter Kommissaren wie ihm vorstellten. Die strammen TV-Beamten mit ihren geschliffenen Dialogen, die ihnen wie aus der Pistole geschossen über die Lippen kamen. Und die nie – wie er und seine Leute – am Schreibtisch saßen, sondern die immer »Action« hatten. Und dabei einer schlagfertiger als der andere. Er überlegte, ob er nicht auch ein bisschen lässiger bzw. Bad-Cop-mäßiger auftreten oder sich irgendeine dekorative Schrulle zulegen sollte. Kautabak vielleicht. Oder eine Kappe mit SpongeBob drauf? Warum nicht?, dachte er. Wenn's der Wahrheitsfindung dient?

Was Dörte wohl zu so einer Kappe sagen würde?

DER GROSSE RAUM war nicht ganz dunkel. Etliche Leuchtdioden an verschiedenen Apparaturen sorgten für ein diffuses Licht. Beinahe Stille. Zu hören war nur das Summen verschiedener Aggregate. Er stand allein im künstlichen Zwielicht. Er war immer allein. Auch, wenn er unter Menschen war. Er atmete tief durch die Nase ein und roch mit Wohlgefallen den olfaktorischen Nachhall der verschiedenen Chemikalien, mit denen er hier arbeitete. Nichts Unangenehmes, Gemeines. Kein Verfall. Keine Auflösung. Stattdessen Unvergänglichkeit. Der Tod hatte hier unten keine Macht. Ja, es waren Leichen, die hier in den großen Kühlfächern lagen. Aber sie würden überdauern, wenn er mit ihnen fertig war. Erst hatte er die Menschen erlöst – aus ihrer Einsamkeit. Hatte sie befreit von einer jämmerlichen, fremdbestimmten Existenz. Und nun lagen sie hier in der gnädigen Kälte und warteten auf ihre Bestimmung. Er würde für sie die Zeit anhalten. Und alle sollten es sehen, sollten Zeugen werden, wie seine Geschöpfe stolz und gut gelaunt dem Verfall trotzten. Zwei von ihnen hatte er schon präsentiert. Er war immer noch glücklich über seine Idee. Sie gegen Kunstwerke auszutauschen. Statt dieser hölzernen Bojenmänner seine Wesen zu präsentieren. Seine Geschöpfe, die der Zeit trotzten. Er sah es wieder vor sich – das Gesicht seiner Mitschülerin Gesa, wie sie damals über den Nacken eines ausgestopften Wiesels strich und sagte: »Das ist schön!«

Er betätigte den Lichtschalter. Die Deckenleuchten flammten auf und erhellten den Raum. Sein Reich: Seziertische, vollgepackt mit OP-Bestecken, die Kühlfächer an den Wänden, die großen Wannen, Flaschenzüge und Fässer mit Chemikalien. Hier war er Gott. Und er hatte erschaffen und würde weiter erschaffen.

Er ging ein paar Schritte und zog das erste Kühlfach auf. Der Tote, ein Mann mittleren Alters, stand noch ganz am Beginn der Behandlung. Als Erstes musste er die Verwesung stoppen, indem er Formalin in das Arteriensystem der Leiche pumpte. Er bereitete das Einbringen der Lösung vor. Sie würde sämtliche Bakterien abtöten und den Zerfallsprozess erst einmal aufhalten. Drei bis vier Stunden würde das Ganze dauern. Das Haar des Toten samt Kopfhaut hatte er bereits entfernt und behandelt. Als das Formalin aus einem großen Behälter durch einen Schlauch in den Körper des Toten floss, schritt er wieder zu den Kühlfächern und zog das nächste auf. Der hier hatte die Formalin-Behandlung schon hinter sich. Er schob den Toten in einen anderen Teil des Raumes unter eine große Lampe und zog die Plastikabdeckung von der Leiche. Sie war nur noch ein halber Mensch. Der größte Teil der Haut fehlte. Er konnte durch die Brust direkt ins Innere des Erlösten sehen. Es faszinierte ihn immer wieder.

Heute würde er mit dem Präparieren weitermachen und nach und nach alle anderen Muskeln, Organe, Sehnen, Nerven und Gefäße freilegen. Er setzte sich, griff zu einem Skalpell und einer Pinzette und begann zu schneiden. Ein Bein, ein Teil des Unterbauches und zwei Arme noch. Die Haut und die dünne Schicht Fettgewebe darunter mussten entfernt werden, damit er weiter ins Innere vordringen konnte. Er würde noch viele Stunden, ja Tage dafür brauchen. Aber er hatte Zeit. Niemand würde ihn hier stören. Hier in diesem verlassenen Teil einer ansonsten so hektischen Welt.

Er kam gut voran, löste das faserige Bindegewebe, schnitt es ab und sammelte es in einem großen Behälter, in dem schon die anderen Hautteile des Toten lagen. Die Gesichtshaut würde er noch brauchen. Seine Geschöpfe sollten nicht gesichtslos sein.

Nach zwei Stunden hielt er inne. Seine Hände und Arme schmerzten, und er beschloss, mit dem Präparieren vorerst aufzuhören und sich einem weiteren Toten zu widmen. Einem, der ins Bad konnte. Eine Wanne voller Azeton in der hinteren Ecke des Raumes war bereits auf minus fünfundzwanzig Grad heruntergekühlt. Er ging zu den Kühlfächern und holte den nächsten Erlösten heraus. Einen Mann, der bereits gehäutet und komplett freigelegt worden war. Durch das Bad würde der Tote nach und nach auch alles Körperwasser verlieren. Das Azeton konnte dann dessen Platz einnehmen. Danach durfte der Erlöste es etwas wärmer haben. Dann war das Körperfett dran. Azeton bei Raumtemperatur würde das Fett komplett aus allen Teilen des Körpers lösen. Aber das hatte noch Zeit. Sein Blick fiel auf die zwei anderen Wannen neben der jetzt offenen. Sie waren jeweils mit einem Deckel verschlossen. Dort verloren andere Geschöpfe ihr Fett. Ganz in Ruhe. In vielen Wochen.

»Schlaft gut«, murmelte er, »bald kommt für euch der letzte Schritt – das Tor zur Ewigkeit.« Die Vakuumkammer und den Raum für die Gashärtung hatte er schon vorbereitet.

Aber heute war erst einmal das eiskalte Bad des noch jungfräulichen Toten dran. Mit Hilfe eines kleinen Flaschenzuges ließ er den Toten langsam in die Wanne gleiten. Dessen starre Augäpfel blickten durch das durchsichtige Azeton teilnahmslos zur Decke.

Er würde heute noch lange zu tun haben. Jetzt hieß es erst einmal warten. Man brauchte viel Geduld für die Schöpfung. Er setzte sich, verschnaufte kurz und beschloss dann, sich einen Blick in den angrenzenden Raum zu gönnen. Den Raum der Vollendung. Seinen Garten Eden. Hier versammelte er seine Kinder seit Jahren. Nur für sich. Bis er beschlossen hatte, dass die Welt Zeuge seiner Schöpfung werden sollte. Er war der Erlöser. Ja, seine einsamen Geschöpfe der See mussten erlöst werden. Er selber musste ihnen den gnädigen Tod bringen, um ihnen dann das ewige Leben zu schenken.

Er ging langsam durch sein Labor, öffnete die Tür und machte Licht. Hier waren sie aufgereiht – die ganz Erlösten. Halb Mensch, halb anatomische Studie. Sitzend, stehend, im Lauf eingefroren, betend, stolz den Brustkorb hervorreckend. Seine Kinder der Ewigkeit.

Schon bald, dachte er. Schon bald ….

··· — — — ···

Was Knudsen neben der Aussicht auf weitere Opfer zu schaffen machte: die mediale Aufmerksamkeit, die die beiden Bojenmänner jetzt schon erfuhren. Der ewige Pas de deux aus Anziehung und Abschreckung. Die Bojenmänner waren aus journalistischer Warte ein Delikt de luxe, gehobener Gruselgenuss für die ganze Familie. Und damit wuchs das Interesse am Progress seiner Arbeit.

»Man bekommt als zuständiger Kommissar ungefähr eine Ahnung davon, wie sich der Bundestrainer fühlen muss, wenn man von Millionen Experten umzingelt ist«, hatte Knudsen einmal zu *La Lotse* gesagt.

Nicht schön. Berufliche Gaffer waren überhaupt die schlimmsten. Obwohl sie bisher nach außen hin lediglich zwei namenlose Opfer hatten, hing die Presse schon jetzt wie ein Rudel Aasgeier vor dem Kommissariat herum, als gelte es wie bei O. J. Simpson live aus dem Gerichtssaal zu senden. Ehe man sichs versah, baumelte einem vor der Tür eine Mikrofonangel im Gesicht, mindestens zwei Scheinwerfer gingen an, sodass Knudsen kürzlich in einer Traube von Reportern gemeint hatte: »Bitte lassen Sie mir eine Rettungsgasse. Wir werden Sie zu gegebener Zeit über den Stand der Ermittlungen informieren.«

Er fand die kleine Spitze, seinen Scherz mit der Rettungsgasse als Medienkritik ganz gelungen, wurde aber keines Schmunzelns gewürdigt – inmitten eines Rudels Hyänen im Fressrausch. So fühlte sich das ungefähr an.

»Mit anderen Worten, Sie wissen nichts?«

Auf dem Weg zum Auto prasselten die Fragen nur so auf ihn ein wie faustgroße Hagelkörner.

»Wissen Sie wenigstens, wer die Opfer sind? Sind sie deutscher Staatsangehörigkeit? Und stimmt es, dass sie ein Tattoo mit ihrem Todesdatum zwischen den Zehen haben, samt Initialen des Täters?«, fragte der Chefreporter eines Boulevardblattes.

Knudsen wäre fast stehen geblieben, um zu fragen: »Wer hat Ihnen denn den Stuss erzählt?«, als er merkte, dass das bloß ein alter Reportertrick war, um ihn in ein Gespräch zu verwickeln, auf dass dann doch irgendeine verwertbare Information rauskäme.

Knudsen war heilfroh, als er endlich sein Auto und damit eine gewisse Privatsphäre erreicht hatte.

Wie unterschiedlich doch über Opfer berichtet wurde. Wie jüngst über diesen Musiker, der nach einer Feier auf den Landungsbrücken (buchstäblich) nicht mehr aufgetaucht und erst nach elf Wochen aus der Elbe gefischt worden war. Die Zeitungen waren wochenlang voll: semiprominenter Hamburger verschwindet spurlos. Elf Wochen Spekulation und schöne Räuberpistolen bis hin zur UFO-Entführung. Bis dann die schnöde Faktenlage, das Auffinden des Vermissten, der schönen Fiktion ein Ende machte (aus journalistischer Sicht): ein tragischer Unfall, kein Mord.

Und dann gab es eben die ganz normalen Opfer, wie der ermordete Afrikaner vor Kurzem. Sie hatten den Medien ein Bild des Opfers zur Verfügung gestellt. Rubrik: Die Polizei bittet um Ihre Mithilfe. Zeugen gesucht. Obwohl Knudsen, schon länger dabei und mit entsprechend weniger Glauben an das Gute im Menschen ausgestattet, genau vorhergesagt hatte, was passieren würde. Dass nach Veröffentlichung des Fotos niemand außer den notorischen Nazis anrufen würde, die offenbar nichts Besseres zu tun hatten, als die Opfer noch zu verhöhnen. Die puren, abstoßenden Hass verströmten. Knudsen fasste das jedes Mal wieder mächtig an.

»Das schätze ich an dir«, hatte Dörte Eichhorn mal gemeint. Dass er die Toten wie Lebende behandeln würde. Im Sinne des Grundgesetzes, Artikel 1: »Die Würde des Menschen / Mordopfers ist unantastbar. Sie zu achten und zu schützen ist Verpflichtung aller staatlichen Gewalt.« Artikel 3: »Niemand darf wegen seines Geschlechtes, seiner Abstammung, seiner Rasse, seiner Sprache, seiner Heimat und Herkunft, seines Glaubens, seiner religiösen oder politischen Anschauungen benachteiligt oder bevorzugt werden.«

Mord war für ihn die so ziemlich größtmögliche Benachteiligung, die einer erleiden konnte.

Nur – irgendetwas sagte ihm, dass bei diesen erbarmungswürdigen Bojenmännern etwas anderes als Hass dahintersteckte.

* * *

Knudsen fuhr die Elbchaussee hinunter. Oberhalb von *La Lotse*. Er überlegte kurz, ob er seinem Freund Andersen, der um die Ecke wohnte, einen Guerillabesuch abstatten sollte. Unangekündigt. Aber er hatte keine Lust mehr auf weitere Fragen. Er wollte allein sein, in Ruhe nachdenken, einen Spaziergang in seinem Lieblingspark machen, vielleicht ein Stück Torte im Jenisch-Haus verspeisen und auf eine Eingebung warten. Oder ganz abschalten. Wenn seine Synapsen zu heiß liefen – auch nicht gut.

Er war kein Profiler, aber lange genug bei der Mordermittlung, um zumindest das Einmaleins der Täterpsyche und eine Ahnung für das Motiv einer Tat erkennen zu können.

In der Regel ließen zehn von zehn Tätern, die unentdeckt bleiben wollten, ihre Opfer mehr oder weniger diskret verschwinden, zerstückelten sie, lösten sie in Säure auf, mauerten sie ein, stopften sie in Tiefkühltruhen, gruben sie ein, schmissen sie beschwert in ein Gewässer, versuchten, sie rückstandslos zu verbrennen. Um gewissermaßen Spuren und Schuldgefühle gleichermaßen zu vernichten.

Was sie normalerweise nicht taten, war, sie wie für den Wiener Opernball herausgeputzt auf einer Tonne auf Elbe und Alster auszustellen. Womöglich wirklich irgendwo dezent signiert, dachte Knudsen kurz, wenn er da an die Bemerkung des Journalisten dachte. Interessant, gar nicht so abwegig. Vielleicht sollte man Professor Doktor Klaus Prange mal anrufen und fragen, ob der vielleicht was übersehen hatte. Eine Spielanleitung. Ein frisches Tattoo unter der Zunge. Beliebt würde er sich damit natürlich nicht machen. Aber trotzdem. Vorstellbar war das allemal, nach allem, was sich Knudsen über den Täter zusammenreimte. Bestand die Möglichkeit, dass hier einer mit einer Mission tötete? Für einen vermeintlich guten Zweck? War der Täter ein Guru, der seinen Sektenmitgliedern zu einer Art höherer Seinsform verhalf? War das irgendein Erlöserding? Und standen die Opfer nicht auch ein bisschen so adrett da wie die Zeugen Jehovas? Konnte man sich die nicht gut mit ihrem Kampfblatt *Erwachet* oder *Leuchtturm* in der Hand vorstellen? Nur so ein Gefühl, das Knudsen überkam. Verdammt. Was – zur Hölle –

sollten uns die Bojenmänner sagen? Ihre grotesken Gesten, die den Eindruck gut gelaunter Lebendigkeit erweckten. Wenn man wusste, warum der Täter das tat, was er tat, dann – dessen war sich Knudsen sicher – wäre er mit den Ermittlungen einen großen Schritt weiter. Die Identität der Opfer erschien ihm auf einmal zweitrangig. Das waren möglicherweise bloß austauschbare Ausstellungsstücke. Statisten eines wie auch immer gearteten Schauspiels. Menschen, die es mehr oder weniger zufällig erwischte, weil sie zur falschen Zeit am falschen Ort waren. Dennoch hatten sie eines gemeinsam. Beide waren Seeleute gewesen. Lag hier das Motiv?

ALS DIE MUTTER GING, war er fünf. In dieser Nacht war er, wie so oft, zu ihr geschlichen, um sich zu wärmen und wieder Schlaf zu finden. Er träumte oft schlecht. Der Vater war auf See. Zu ihm wäre er nie in der Nacht gegangen. Der Vater war keiner zum Kuscheln. Er tapste mit nackten Füßen hinaus aus seinem Zimmer, öffnete die Tür zum Schlafzimmer der Mutter und eilte leise zu ihrem Bett. Sie hörte ihn immer schon vorher und hob die Decke. Dann schmiegte er sich wortlos an sie, und eine tiefe Ruhe überkam ihn. Er spürte die Wärme der Mutter, hörte ihren Atem. Meist versuchte er, im gleichen Rhythmus zu atmen, und war nach wenigen Minuten wieder eingeschlafen. Und morgens sagte die Mutter dann Sätze wie: »Ach, schau mal, da ist ja wieder mein kleiner nächtlicher Wanderer.«

In dieser Nacht war alles anders. Die Mutter hörte ihn nicht, hob auch nicht die Decke. Er kletterte in ihr Bett und schmiegte sich an sie. Aber da war kein Atmen. Da war keine Wärme. Die Mutter war kalt. So kalt. Das Herz, sagten sie später.

Der Vater kehrte heim. Eine Tante kam. Er kannte sie kaum.

»Lisbeth wird sich erst mal um dich kümmern«, sagte der Vater.

War der Vater denn gar nicht traurig?, fragte er sich.

Als die Mutter beerdigt wurde, trug er einen Anzug, der extra für diesen Tag angefertigt worden war. Das Hemd kratzte. Als der Sarg in das Grab hinabgelassen wurde, begriff er es endlich. Dort drin lag seine Mutter. Kalt und tot. Und Erde fiel auf ihren Sarg. Es hieß, dass man von Würmern gefressen wurde, wenn man tot war. Er begann zu schluchzen. Tränen liefen ihm über die Wangen.

»Du musst jetzt tapfer sein«, sagte der Vater und drückte seine Schulter. Er wollte nicht tapfer sein, aber er hörte auf zu weinen. Denn wenn es eines gab, das stärker war als die Trauer, dann war es die Angst, sich den Vater zum Feind zu machen. Er fand keinen Weg zu ihm.

Lisbeth kümmerte sich, kochte, wusch, sagte, er solle sein Zimmer aufräumen. Nachts lag er oft wach. Zu Lisbeth ins Bett ging er nie.

Der Vater fuhr wieder zur See.

»Er ist Kapitän«, prahlte er später in der Schule. Die anderen zuckten mit den Schultern. Wer so still und sonderbar war wie dieser Junge, konnte auch mit einem Vater nicht punkten, der ein großes Schiff lenkte.

Irgendwann ging Lisbeth wieder. »Ich habe auch ein Leben«, sagte sie zum Vater. Und wenn der auf See war, kam er in ein Heim. Dort waren andere Kinder. Auch sie umgeben von Trauer und Einsamkeit. Manche waren freundlich, die meisten nicht. Selbst hier war er ein Einzelgänger. Einer, mit dem keiner etwas anfangen konnte.

Einmal, in den Ferien, durfte er mit dem Vater zur See mitfahren. Er begriff, dass es vor allem daran lag, dass der Vater nicht wusste, wohin mit ihm. Aber er war trotzdem glücklich. Zumindest ein bisschen. Er wollte ein guter Kapitänssohn sein. Aber er wurde bei der ersten steifen Brise seekrank, kotzte sich die Seele aus dem Leib. Der Vater sah ihn nur tadelnd an. Ein Kapitänssohn wurde nicht seekrank.

Irgendwann ging es dann. Er wollte es wiedergutmachen, stellte dem Vater Fragen. Über das Schiff. Über die See. Doch er merkte: Er störte bei der Arbeit. Nicht nur den Vater. Auch die Matrosen, die viel arbeiteten. Sie kamen meist von weit her, sahen fremd aus, sprachen anders und sahen meist traurig aus, wie er fand. Vielleicht hatten sie ja auch keine Mutter mehr.

Er fuhr noch einige Male in den Ferien mit. Auf verschiedenen Schiffen. Weil der Vater nicht wusste, wohin mit ihm. Manchmal half er den Matrosen. Und hin und wieder strich ihm einer über den Kopf. Reden konnte er nicht mit ihnen. Sein Schulenglisch hätte gereicht, aber die Männer von den Philippinen oder aus Afrika verstanden gerade mal die Befehle der Offiziere. Zu mehr reichte es nicht. Also schwiegen sie sich an – der Junge und die einsamen Männer der See.

Aber er war gut in der Schule. Er fraß den Stoff förmlich in sich hinein. Er kam auf ein Gymnasium. Auch dort blieb er ein Einzelgänger. Ein Unsichtbarer. Nur einmal fiel er auf. Die Schüler sollten in einer Projektwoche ihre Hobbys vorstellen. Und ein Hobby hatte er: die Taxidermie, das Konservieren, Präparieren und Modellieren von toten Tieren. Damit hatte er nach dem Erlebnis mit der Wasserleiche angefangen. Um auf diese Weise dem Tod ein Schnippchen zu schlagen. Er hatte es ja gesehen und gerochen, den Verfall und die Verwesung. Und das, so fand er, war eine Art Leichenschändung, ja, eine Majestätsbeleidigung der Schöpfung selbst.

Und so zeigte er stolz seine ausgestopften Exponate in der Klasse. Tote Tiere, das passt, dachten die anderen und machten sich hinter seinem Rücken lustig über ihn. Nur Gesa nicht. Das blonde Mädchen mit den großen Augen war fasziniert. Es stand neben ihm und betrachtete still die Exponate. Dann strich es einem ausgestopften Wiesel sanft über den schmalen Nacken und sagte leise: »Das ist schön!«

Ein Schauer durchlief ihn. Gesas schmale Hand mit den langen Fingern auf dem Nacken des konservierten Tieres. Und dann drehte sie sich zu ihm um, lächelte ihn an und ging.

Er vergaß diesen Moment nie. Ihre Bewunderung für sein Werk. Das Lächeln. Es war gut, dass er ihr gezeigt hatte, was er zu schaffen in der Lage war.

Danach war alles wie vorher. Er lernte und hatte die besten Zeugnisse. Was ihn nicht beliebter machte.

Sein Klassenlehrer sagte: Du musst studieren. Der Vater hielt nichts davon. Geld verdienen – das solle er. Aber der Klassenlehrer besorgte ihm ein Stipendium. Der Vater willigte achselzuckend ein. Solange es ihn nichts kostete …

Also studierte er. Medizin. Der einsame Junge wurde Arzt. Als er genug Geld verdient hatte, kaufte er sich ein Haus in Rissen in der Nähe des Falkensteiner Ufers. Dort, wo er damals die Leiche gefunden hatte. Sie war immer in seinen Gedanken. So sollte, so durfte der Tod nicht aussehen. Ganz gewiss durfte er das nicht.

••• — — •••

Knudsen parkte am Jenischpark, seinem Lieblingsgrün in Hamburg. Der Park seiner Jugend und seiner lässlichen Jugendsünden. Etliche bekiffte Frisbeestunden, Fußballspiele, Knutschereien mit Mädchen. Auf Höhe des Ernst-Barlach-Hauses mit Blick auf eine der Bronzeskulpturen davor kam ihm plötzlich eine Idee: Was, wenn der Täter eine künstlerische Motivation hatte? Eine Art Bojenmann-Banksy war? Der fiel ihm am ehesten ein, wenn er an einen Künstler dachte, der es schaffte, politische Botschaften mit Humor zu verbinden. Wobei es natürlich grenzwertig war, in Verbindung mit einem Mord so zu denken. Aber das zeigte nur, wie ratlos er war.

Im selben Moment klingelte das Telefon.

»Dörte, hi, was gibt's?«

»Jede Menge gibt's. Nummer drei und vier ...«

»Drei und vier ... was?«

»Nachschub. Womöglich neue Bojenmänner ...· der Fundort wird gerade von den Kollegen gesichert. Spusi ist auch schon unterwegs. Im Kampf gegen die Flut.«

»Unterwegs ... wohin!?«

»Teufelsbrück ... in den kleinen Hafen.«

»Was ... Scheiße, du machst Witze. Und ... gleich zwei, oder wie?«

»Diesmal unter Wasser.«

»Unter Wasser?«

»Offenbar ganz klassisch mit den Füßen einbetoniert. In so einem Maurer-Mörtelkübel oder wie die heißen. Bei Ebbe sind sie dann kurz aufgetaucht ... angeblich in irgendwas halb Durchsichtiges gewickelt. Nur die Haare gucken oben raus ...«

»Das klingt nach Mafia. Bin unterwegs.«

* * *

In einer Fischerhose hatte Knudsen Spusi noch nie gesehen. Eines dieser funktionalen Kleidungsstücke für Angler, die Gummistiefel mit einer Latzhose verbanden. Sie stand fast knietief im Schlick und ging den beiden Opfern höchstens bis zum Bauchnabel, die aneinandergekettet und in einen Sockel einbetoniert im Schlick steckten. Beide waren fest umwickelt mit Luftpolster – oder auch Knallfolie genannt. Man konnte keine Details erkennen und die menschlichen Körper nur erahnen.

»So kann ich nicht arbeiten«, fluchte sie.

»Solltest du auch nicht«, rief Knudsen ihr schon von weitem zu. Sichtlich besorgt mit Blick auf das Wasser, das offenbar schon zurück in den Hafen floss. »Nicht, dass du die nächste bist, die im Schlick feststeckt.«

»Oder auf eine Fliegerbombe aus dem Zweiten Weltkrieg trete!«, ergänzte Spusi.

Berechtigter Einwand. Kam immer wieder vor, dass beim Baggern zur Vertiefung des Fahrwassers der Elbe alle möglichen Fliegerbomben oder Phosphor geborgen werden mussten.

»Da kann ich sowieso nichts machen, die sind erstens eingepackt und mindestens eine Tide unter Wasser gewesen.«

Spusi machte ein paar Fotos.

»Verstehe, Vollwaschgang«, murmelte Knudsen. »Der macht es uns nicht einfach …«

Er stutzte.

»Spusi, sind das Haare, die da rausgucken?«

»Ja, sieht allerdings seltsam aus«, sagte Spusi, »eher nach einer Perücke …«

Bin ich froh, dass ich das nicht auspacken muss, dachte Knudsen.

»Wir sollten die da rausholen, und zwar schnell!«, sagte Dörte Eichhorn, die auf der Schwimmsteganlage kniete und mit Adleraugen im Schlick etwas zu erkennen versuchte. Aber Vollwaschgang traf es ganz gut, so schnell, wie die Flut zurückkam.

»Wir brauchen ein Boot, mit Kran, das kann man unmöglich heben. Kann mal jemand die Wasserschutzpolizei anrufen, bitte. Schnell. Die können auch mal was tun.«

Es war frustrierend. Eine Leiche zu finden, in dem Fall sogar zwei, und mitansehen zu müssen, wie die Flut kam und die beiden Einbetonierten bereits nach zwei bis drei Stunden wieder verschwunden waren. Konnte man für die Opfer nur hoffen, dass sie nicht bei lebendigem Leib so versenkt worden waren. Andererseits, was sollten die Handschellen? Es war ein bisschen so, dachte Knudsen, als sei es Absicht, als sollte man ihnen ein zweites Mal beim Ertrinken zusehen. Wie das Wasser an ihnen hochkletterte und kleinere Wellen es gar nicht abwarten konnten.

Aber warum diese Schutzfolie? Wie für etwas Zerbrechliches.

»Schon wieder mehr Installation als Fundort. Hast du eine Ahnung, was das soll?«, fragte Knudsen seine Kollegin. Eichhorn zuckte mit den Schultern.

»Wenn eine Schleife drum wäre, würde ich sagen, Geschenk.«

Knudsen dachte nach.

»Warte mal ... Geschenk ist gut. Ich glaube ... Spusi, halt ... reiß die Folie mal auf, ich hab da einen Verdacht«, rief Knudsen. »Auf meine Verantwortung. Da sind sowieso keine verwertbaren Fingerabdrücke mehr dran. Ich wette, da kommen unsere beiden Vermissten zurück.«

»Welche Vermissten?«, fragte Spusi.

»Na, die Originale. Wetten!? Pack aus! Deshalb auch die Betonschüssel ... die würden sonst oben schwimmen und wegtreiben.«

* * *

»Respekt, Herr Kollege, Respekt«, sagte Dörte Eichhorn, als dann wirklich die beiden echten Bojenmänner zum Vorschein kamen, fast unbeschädigt. Und fast unverändert, wie zwei alte Bekannte. Außer, dass ihnen, wie Spusi später feststellte, eine Echthaarperücke aufgesetzt worden war, die etwas seltsam, wie selbstgemacht aussah. Nicht viel besser oder kleidsamer als der Skalp eines anderen. Einfach lieblos auf den Kopf genagelt.

»Ich kenne jedenfalls jemanden, der wird sich freuen, seine Schöpfungen wiederzubekommen«, sagte Eichhorn.

»Und ich freue mich mit, weil wir zwei Familien weniger suchen und den Todesengel machen müssen.«

Für Knudsen, selbst nach all den Jahren bei der Mordkommission, war nach wie vor eindeutig das Schlimmste an seinem Job, in einer vermeintlichen Idylle in Begleitung einer Psychologin oder Seelsorgerin aufzutauchen und den Todesengel zu geben.

Eichhorn starrte die beiden echten Bojenmänner an und schüttelte ungläubig den Kopf.

»Unser Killer ist offenbar ein Clown, der zu viel Zeit hat, wenn er sich die Mühe macht, zwei Holzfiguren auf dem Grund der Elbe zu versenken.«

Knudsen nickte nur und zog Bilanz: zwei Tote, zwei wiedergefundene Bojenmänner aus Holz. Keine Ahnung, null Ansatz. Etliche Fragen. Ein einziges Stochern im trüben Wasser der Elbe.

* * *

Knudsen hatte schon vorher schlechte Laune. Aber was sollte er machen? Befehl von oben. Für heute war eine Pressekonferenz anberaumt worden. Polizeipräsident Losmann und Staatsanwalt Arnold Rolfing hatten sich darauf verständigt, gemeinsam mit den leitenden Ermittlern eine Pressekonferenz im Raum K1 des Landeskriminalamts Hamburg abzuhalten. Knudsens Einwand, dass es noch keine Fahndungserfolge gebe und sich die Fahndung sozusagen gerade erst formiere, wurde abgeschmettert.

»Dann erzählen wir eben, dass wir eine Soko gegründet haben!«

Ganz so weit war es noch nicht. Aber Knudsen fragte sich, wann der Zeitpunkt gekommen war, um die Ermittlungsgruppe massiv aufzustocken.

Das öffentliche Interesse war einfach zu groß. Der Fall zu kurios. Man musste reagieren. Die Menschen da draußen sollten wissen, dass die Polizei mit Hochdruck ermittelte. Und nicht nur Parktickets verteilte. Obwohl es objektiv nicht mehr zu verkünden gab als das, was ohnehin schon durch alle Medien gegeistert war: zwei plastinierte Tote und das Auffinden der Originale im Schlick bei Teufelsbrück. Fertig. Der Rest war Stochern im Nebel.

Der Raum K1 im Landeskriminalamt Hamburg war fast bis auf den letzten Platz gefüllt. Andrang und Aufmerksamkeit waren groß. Sogar ein paar Vertreter der überregionalen Presse waren da. Wie Küken mit weit aufgerissenen Schnäbeln und Synapsen, die gefüttert werden wollten, dachte Knudsen. Fehlten nur ein paar Prominente, und man wäre sich wie beim deutschen Presseball vorgekommen.

Alles war angerichtet. Kantinenkaffee – beste Bohne – und ein paar Kekse standen bereit. Wenn schon der Stand der Ermittlungen wenig hermachte: Wer immer die vier Boxen Kekse gekauft hatte, musste sich was dabei gedacht haben und selbst ein Scherzkeks sein. Knudsen hätte gern gewusst, ob das Zufall oder Absicht war. Das Sortiment hieß: »Wir-Kekse.«

Auf dem Podium saßen der Polizeipressesprecher, Henning Flocke, Staatsanwalt Arnold Rolfing, Knudsen als Leiter der »Soko Boje« und als einzige Frau Dörte Eichhorn. Auf »Soko Boje« hatten sie sich mit Rolfing geeinigt. Wann wirklich mehr Leute kommen würden, war aber noch unklar. Aber »Soko« – das klang schon mal nach Power.

Eichhorn hatte sich, wie Knudsen gleich sah, etwas »aufgehübscht«. Sie sah blendend aus. Wie ein Kontrastmittel zu den drei Herren zu ihrer Rechten, von denen keiner Eyeliner, Make-up oder Lippenstift aufgetragen hatte. Ganz so, als wollte sie die Pressekonferenz so ganz nebenbei als Casting für einen Job beim NDR nutzen. Wenn man zufällig reingeschaltet hätte, wäre sie ohne weiteres als Nachrichtensprecherin durchgegangen. Direktere Komplimente traute er sich Dörte nicht zu machen. Nie. Er charmierte, wenn überhaupt, vorsichtig über Bande, immer im ungefähren Grenzbereich zwischen Ironie und Ernsthaftigkeit. Heute sagte er nur: »Respekt – du siehst aus wie eine

Moderatorin.« Ihre Replik: »Schön, dass du nicht *die Lottofee* gesagt hast. Unter *Tagesthemen* tue ich es auch nicht.«

Flocke, der Polizeipressesprecher neben ihm, eröffnete gewohnt geschmeidig, aber nicht ganz so souverän wie sonst. »Sehr geehrte Pressevertreter …« und so weiter. Die Einleitung holperte etwas. Angesichts des Auftriebs und des großen »Streuungswinkels des Gesagten«, wie er es nannte, schien auch er etwas nervös. Verständlich. Wenn man die Leserschaft und Zuschauer der anwesenden Medien addierte, konnte man sich fast wie bei der Oscarverleihung oder Papstmesse am Ostersonntag vorkommen: »*Urbi et Orbi* – der Stadt und dem Erdkreis«.

»Da das öffentliche Interesse an diesem Fall besonders groß ist, haben wir uns für diese Pressekonferenz entschieden, obwohl ich Sie gleich vorweg ein wenig enttäuschen muss, weil der Stand der Ermittlungen …« und bla bla. Knudsen schweifte innerlich ab. Mann, sag doch gleich, dass wir nichts Genaueres wissen. Da hinten gibt's lecker Kekse und gratis Kaffee. Die Polizei tut, was sie kann. Fertig.

»Zu meiner Linken begrüße ich unseren Polizeipräsidenten, Herrn Losmann, der den meisten von Ihnen bekannt sein dürfte. Neben ihm, sozusagen links außen – kleiner Scherz –, Staatsanwalt Arnold Rolfing und zu meiner Rechten der Leiter der ›Soko Boje‹, Thies Knudsen« – Knudsen nickte und zog die Lefzen im Nano-Bereich nach oben – »und ganz rechts außen Hauptkommissarin Dörte Eichhorn, in jeder Hinsicht an seiner Seite.«

Auch Dörte nickte und lächelte. Und Knudsen sah jetzt schon, dass die meisten Objektive im Raum am längsten auf ihr verweilten und von der Totalen zur Nahaufnahme reingezoomt wurden.

»Beginnen wird der Staatsanwalt und anschließend wird uns Polizeipräsident Losmann erörtern, was uns dazu bewogen hat, eine Sonderkommission einzurichten.«

Knudsen unterdrückte ein Gähnen. Er wusste wirklich nicht, was er hier sollte. Er wollte sich und seinen Senf überhaupt nicht vervielfältigt und verfälscht in irgendwelchen Medien sehen. Oder hören. Nicht, solange man den Täter nicht erwischt hatte. Hinterher ja, seinetwegen. Nach einem Fahndungserfolg. Okay. Wenn der Täter überführt und dingfest gemacht worden war und sich niemand mehr Sorgen machen musste, dass er das nächste Opfer sein könnte. Dann war das ganz was anderes. Dann hoch die Tassen. Aftershow-Party. Gerne auch mit Sekt und Fingerfood. Aber Polizeiarbeit in Progress ist Sätze sagen müssen wie: »Bitte haben Sie Verständnis, dass wir Ihnen hierzu zum jetzigen Zeitpunkt aufgrund laufender Ermittlungen keine Angaben machen können.«

Nachdem der Staatsanwalt fertig war, fasste Losmann den Stand der Ermittlungen ziemlich umfassend zusammen, sodass für Knudsen kaum noch etwas Substantielles zu sagen übrigbleiben würde, als das bereits Gesagte mit seinen Worten noch mal wiederzukäuen.

Dann war er auch schon dran:

»Aber vielleicht kann Ihnen Hauptkommissar Knudsen als leitender Ermittler dazu noch ein paar Auskünfte geben.«

Auf einmal schwenkten alle Blicke und Kameras auf ihn. Musste man mögen. Nicht jeder war Sternzeichen Rampensau. Er sprach nicht gern öffentlich. Vor allem, wenn es nichts zu sagen gab. Die News-Nachfrage war weit größer als das Angebot. Fast am schlimmsten aber war, dass ihn auch Dörte Eichhorn von der Seite ansah, wie sie es schon Hunderte Male im

Auto getan hatte, und trotzdem setzte ihn das fast am meisten unter Druck.

»Also, danke, ja, dann will ich versuchen …« Schon bei den ersten Worten bemerkte er einen Kloß im Hals und dass seine Stimme nicht wie sonst klang, sondern um einen Halbton höher. Was ihm selbst etwas wesensfremd vorkam. Aber was blieb ihm auch anderes übrig, als Zuversicht zu versprühen, wenn der Polizeipräsident, der Staatsanwalt und eine hungrige Horde Pressevertreter mit weit aufgerissenen Augen und Kameras vor ihm saßen und mit Infos gefüttert werden wollten.

Gib den Affen Zucker, dachte er. Kein Mensch will hier hören: Gut Ding will Weile haben, während möglicherweise munter weitergemordet wurde. Und plötzlich wurde Knudsen angesichts des Medienrummels klar, dass sie genau das taten, was der Täter wollte. Die Menge der Kameras und Mikrofone sprach Bände. Knudsen kam sich plötzlich instrumentalisiert vor. Er malte sich aus, wie der Täter vor dem Fernseher saß wie vor einem knisternden Lagerfeuer und sich die Hände rieb.

»Zunächst möchte ich sagen, dass meine Kollegin, Frau Eichhorn, und ich es mit einem derart skurrilen Fall bisher noch nicht zu tun hatten, was ja auch das zahlreiche Erscheinen von Ihnen als Medienvertreter reflektiert. Wie bereits erwähnt, stehen wir ganz am Anfang der Ermittlungen und können zu dem jetzigen Stand der Ermittlungen nur sagen, dass wir in beiden Fällen zwar von Mord ausgehen, es uns aber aufgrund der besonderen Auffindesituation und Präparation der beiden Leichen schwerfällt, die genaue Todessache zu bestimmen.«

Knudsen musste kurz Luft holen. »So können wir weder Schussverletzungen noch Würgespuren am Hals oder sonstige Wunden klar identifizieren, die den Opfern durch einen spitzen Gegenstand, wie etwa ein Messer oder ähnlichem, zugefügt worden wären.«

Punkt, dachte er. Kurze Sätze, nicht so eine verschwurbelte Scheiße wie die Kollegen bei »*Aktenzeichen XY.*«

»Will sagen, es finden sich keinerlei Hinweise auf eine äußere Gewalteinwirkung und eine unnatürliche Todesursache. Streng genommen können wir zu dem jetzigen Zeitpunkt von den Opfern noch nicht mal mit Gewissheit als Opfer sprechen.«

An dieser Stelle kam es zu einem ersten Zwischenruf. Ohne dass vorher ein Arm hochgegangen war. Eine junge, forsche Stimme, männlich, wahrscheinlich dieser Crime-Blogger, vor dem Flocke schon gewarnt hatte.

»Aber die können sich schließlich nicht selbst dort aufgestellt haben!?«

Dass man darauf überhaupt antworten musste, vorwitziger Tonfall, triefend vor Selbstgefälligkeit, nur damit irgend so ein Narzisst, der die Seite »bloodblog.de« betrieb, auf neuen Kanälen die alte reißerische Sensationsmache geigte und sich als Influencer feiern lassen konnte. Vielleicht war es das, was er nicht mochte: diese Überheblichkeit mancher Leute, die gern abfällig darüber berichteten, was andere machten. Dann mach doch selbst. *Action speaks louder than words.*

»Das ist korrekt. Danke für den Hinweis. Das bestreitet auch niemand. Auch nicht, dass die Männer tot sind.«

Knudsen wandte seinen Blick ab und sprach zu den anderen Journalisten, die diesen Begriff verdient hatten. Jedenfalls seiner Meinung nach.

»Zurzeit unklar sind also die Todesursache und der Todeszeitpunkt. Ich will hier keine Reklame machen, aber das liegt an der Präparation der Leichen. Ein Wesensmerkmal der Plastination ist es, den natürlichen Prozess der Verwesung dadurch zu stoppen, dass sämtliche Körperflüssigkeiten entfernt und durch Kunststoffe ersetzt werden.«

»Aber Selbstmord fällt doch aus.«

»Selber plastiniert haben können sie sich nicht. Das ist natürlich gewiss. Aber ich wiederhole: Wir wissen nicht, wie die Opfer gestorben sind. Also können wir Selbsttötung momentan nicht ausschließen. Die Gerichtsmediziner arbeiten daran. Aber wenn Sie behaupten würden, und ich bitte Sie ausdrücklich, dies nicht zu tun, dass es sich bei den aufgefundenen Personen um Mitglieder einer obskuren Sekte handeln würde, die einen ritualisierten Selbstmord begangen hätten, dann könnten wir Ihnen zurzeit nicht das Gegenteil beweisen.«

»Gibt es irgendwelche Verdachtsmomente in dieser Richtung!?«

Scheiße. Wieso hatte er das bloß erwähnt?

»Nein! Wir haben keinerlei Grund für diese Annahme, und ich würde Sie bitten, Derartiges auch nicht zu verbreiten. Je mehr Spekulationen, desto schwieriger unsere Arbeit.«

»Hatten Sie schon Kontakt zu Gunther von Hagens? Konnte der etwas zu den Toten oder der Vorgehensweise des Täters sagen?«

»Ja, den haben wir kontaktiert. Mehr kann ich dazu nicht sagen.«

»Stimmt es denn, dass die Toten vermutlich Asiaten sind?«

»Vermutlich.«

»Und glauben Sie, dass das Zufall ist? Könnten rassistische Motive dahinterstecken?«

»Wie gesagt, alles, was ich dazu sagen könnte, wäre reine Spekulation.«

»Tote Piraten hat man früher zur Abschreckung so ausgestellt, gibt es da möglicherweise Parallelen?«

Knudsen konnte sich ein Schmunzeln nicht verkneifen.

»Sie meinen, dass ein geprellter Reeder eine Racheaktion verübt? Wäre es dann nicht schlauer, die Toten da auszustellen, wo es Piraten gibt!?«

Knudsen hatte schon jetzt keinen Bock mehr, auf Fragen von Journalisten zu antworten, die zu viel Netflix guckten. Die alle von der ganzen großen Räuberpistole träumten und womöglich selbst ein Drehbuch in der Schublade hatten, das dann mit viel Glück als »Einsatz Hafenpolizei« verfilmt wurde. Wenn überhaupt.

Außerdem war die offizielle Fragerunde noch gar nicht eröffnet, und weil Knudsen diese Fragerei ermüdend fand, gab er das Wort an Dörte Eichhorn weiter und behauptete einfach:

»Zu der Identität der Toten hat meine Kollegin Dörte Eichhorn eine Theorie.«

Ladies and Gentlemen, a warm welcome für die bezaubernde, ja betörende Miss Dörte Eichhorn, fügte er im Geiste hinzu, drehte den Kopf zur Seite und konnte sehen, dass sie sich wie ins kalte Wasser geworfen fühlte.

»Äh, ja, schönen guten Tag erst mal. Theorie würde ich das nicht nennen. Wir gehen davon aus, dass es sich bei den Toten um Seeleute handelt. Das wird gerade geprüft.«

»Wieso Seeleute? Was weist darauf hin?«

»In der Tasche des ersten Opfers fanden wir einen *Hinweis*, der auf eine Seemannsmission im Hamburger Hafen deutet: den *Duckdalben*. Wir wissen, dass dieser Ort überaus beliebt ist bei Matrosen, weil sie dort gratis telefonieren, surfen und beten können.«

Dann kam eine erste fundierte Frage einer Reporterin von einem großen Blatt:

»Da es sich nicht um wahllos abgelegte Leichen handelt, sondern um aufwändig plastinierte, müsste der Kreis möglicher Täter doch relativ überschaubar sein. Oder kann das im Prinzip jeder?«

»… der zu Hause den großen Chemiebaukasten hat«, lockerte Knudsen auf.

Bei der Presse kam das gut an. Weniger beim Polizeipräsidenten und dem Staatsanwalt. Aber, hey, ein bisschen Spaß musste sein. Und Galgenhumor erst recht. Dadurch, dass sich alle wie Bestattungsunternehmer benahmen, wurde auch nichts besser oder schneller gelöst.

Dörte übernahm wieder.

»Also, die Überlegung haben wir auch schon angestellt und sind diesbezüglich auch schon tätig geworden. Das Plastinieren selbst ist ein komplexer, langwieriger Vorgang, für den man auf jeden Fall medizinische Vorkenntnisse braucht.«

»Gehen Sie von einem oder mehreren Tätern aus?«

»Wir gehen von mindestens zwei Tätern aus«, sagte Eichhorn, »eine Annahme, die durch die besonderen Auffindesituationen gestützt wird. Eine Person allein wäre kaum in der Lage gewesen, die Toten bootsmäßig überzusetzen und entsprechend auf den Tonnen zu befestigen.«

»Gibt es Hinweise auf dieses Boot?«

»Nein«, antwortete Knudsen, »das Boot war sehr vorsichtig und hat am Tatort leider keine Spuren hinterlassen.«

Das wäre eigentlich ein schöner Schlusssatz gewesen, dachte er, egal, ob der ihm hinterher als Arroganz angekreidet wurde. Er musste ja auch immer schlucken, was die Pressevertreter ihm so vorsetzten.

»Bisher haben sich auch keine Zeugen gemeldet, die irgendwelche auffälligen Beobachtungen in der Nacht von Montag auf Dienstag gemacht hätten. Wir haben schon bei sämtlichen Lotsenstationen und Schlepperfirmen nachgefragt und Rücksprache mit den Port Authorities gehalten. Wir gehen davon aus, dass die Toten nachts aufgebahrt wurden. Genauer gesagt, im Falle des ersten Bojenmanns, zwischen 23 Uhr 56 und 5 Uhr 15. Das ist genau die Zeitspanne, in der die Hadag-Fähre der Linie 62 zwischen Finkenwerder und Landungsbrücken nicht wie gewöhnlich alle fünfzehn Minuten aus beiden Richtungen fährt und den Bojenmann relativ dicht passiert. Ein Boot an der Boje wäre sicher aufgefallen, die Beleuchtung des Hafens hätte das sichergestellt.«

Geschafft. Das war's. Die halbe Stunde war um.

Pressesprecher Flocke übernahm.

»Wir danken für Ihr Interesse und werden Sie über unser Presseportal auf dem Laufenden halten.«

»Entschuldigung, eine letzte Frage noch ...«

Knudsen erkannte diese selbstgefällige Stimme sofort. Das war der Blood- bzw. Blöd-Blogger wieder. Jetzt sah er auch, dass der Mann sein Handy hochhielt und offenbar live streamte:

»Meine Follower würden gern wissen: Ab wie vielen Toten spricht man eigentlich von einer Serie? Und gehen Sie von weiteren Morden aus?«

Fuck you, dachte Knudsen.

»Wer von den Herren möchte antworten?«, fragte Pressesprecher Focke und sah Knudsen an, der sich bereits erhoben hatte, aber nun die Frage elegant mit einer Handbewegung an Kollegin Eichhorn weiterleitete. Erstens hatte sie ihm genau dieselbe Frage erst kürzlich ebenfalls gestellt, ohne dass Knudsen das im

Geringsten gestört hatte. Und zweitens war sie mit Sicherheit diejenige, die bei den jugendlichen Followern am besten ankam.

»Ihre Frage haben wir uns natürlich auch schon gestellt, und deshalb habe ich erst kürzlich selbst noch mal in der entsprechenden Literatur geblättert. Die Definitionen für einen Serienmord variieren: Das US-amerikanische *National Institute of Justice* (NIJ) spricht von einer Serie bei zwei oder mehr Morden, die als getrennte Ereignisse und meistens, aber nicht immer, von einem Einzeltäter begangen werden. Die Verbrechen können sich dabei innerhalb einer Zeitspanne von Stunden bis zu Jahren ereignen. Das Motiv ist im Fall einer Serie oft psychologischer Natur, und das Verhalten des Täters sowie die physischen Beweise am Tatort weisen häufig sadistische, sexuelle Untertöne auf. Das können wir zu dem jetzigen Stand ausschließen.«

Eichhorn holte kurz Luft und legte noch mal nach:

»Eine andere Definition stammt vom FBI, das den Serienmord in seinem *Crime Classification Manual* als drei oder mehr voneinander unabhängige Ereignisse beschreibt, die an unterschiedlichen Orten stattfinden und von einer emotionalen Abkühlung des Täters zwischen den Einzeltaten gekennzeichnet sind. Die Abkühlperiode könne Tage, Wochen oder Monate dauern. Nach dieser Definition hätten wir es bisher also erst einmal nur mit einem Doppelmord zu tun.«

Der Blogger tippte auf das Display seines Handys, wechselte auf Selfie-Perspektive und sprach ein einziges, aber bedrohliches Wort in die Kamera:

»Bisher!«

* * *

Am späten Nachmittag des folgenden Tages fuhren Thies Knudsen und Dörte Eichhorn über die Elbchaussee in Richtung Osten. Sie hatten endlich einen Termin im »Elb-Zentrum für Plastination« bekommen. Rechts auf der gegenüberliegenden Elbseite sahen beide die Lichter des Hamburger Hafens. Containerterminals, Kräne, Schiffe – all das würde auch die ganze Nacht über hell erleuchtet sein. Der Hafen, das Herz der Stadt, schlief nie. Eichhorn fuhr mit ruhiger Hand den Dienstwagen, einen VW Passat. Knudsen ließ seine Kollegin immer ans Steuer. Sie war die bessere Autofahrerin. Beide schwiegen und hingen ihren Gedanken nach.

Die Ermittler fuhren an den Landungsbrücken vorbei, passierten Hamburgs teure Perle, die Elbphilharmonie, und danach die denkmalgeschützte Speicherstadt. Hier befand sich auch die meistbesuchte Sehenswürdigkeit der ganzen Republik: das Miniatur-Wunderland. Zwei Brüder, die auch als Erwachsene noch gern mit Eisenbahnen spielten, hatten sich einen Traum erfüllt und dort in einem Lagerhaus der Speicherstadt auf tausendfünfhundert Quadratmetern die größte Modelleisenbahnanlage der Welt errichtet. Mit überragendem Erfolg. Zehn Millionen Leute hatten sich das Ganze schon angesehen. Knudsen auch. Er war einmal mit einem seiner Neffen dort gewesen, und beim Anblick all der Züge und Autos, die dort blinkend und ratternd durch alle möglichen Orte der Welt fuhren, hatte er sich sofort in seine Kindheit zurückversetzt gefühlt. Aber auch hier, in diese Spielzeug-Idylle, war das Verbrechen eingedrungen. Es gab sehr wirkungsvoll inszenierte Schlägereien, Raubüberfälle, sogar Leichenfunde, und die Miniatur-Kollegen standen mit eingeschaltetem Blaulicht auf ihren Autos an den Tatorten. Das hatte ihn damals bei seinem Besuch gestört. Aus seiner Sicht gehörte so was nicht hierher. Warum nicht mal heile Welt zur Abwechslung?

Die Ermittler überquerten die Norderelbe, passierten die Veddel, näherten sich Hamburg-Bergedorf, um schließlich von der Autobahn abzufahren und in den Kirchwerder Landweg abzubiegen. Jetzt waren sie in den Vier- und Marschlanden, Hamburgs östlichstem Bezirk, dünn besiedelt, bekannt für Obst-, Gemüseanbau und Blumenzucht. Es nieselte. Knudsen sah einen Fischreiher, der wie ein Urvogel langsam über einen der vielen Wasserläufe flog, die die Gegend durchzogen. Nicht weit entfernt lag die KZ-Gedenkstätte Neuengamme. Hier hatten die Nazis über fünfzigtausend Menschen umgebracht. Die Gefangenen arbeiteten sich buchstäblich zu Tode. Er kannte einen Kollegen aus der Gegend, dessen Vater einmal als Kind im Schilf versteckt gesehen hatte, wie ein Wärter einen Gefangenen bei Außenarbeiten erschossen hatte. Einfach so, weil der Mann zu schwach gewesen war, um weiterzuarbeiten. Der Vater hatte nie darüber gesprochen. Erst als er bereits alt und sterbenskrank war, schreckte er eines Nachts hoch und erzählte stammelnd von dem Mann, der da in einen Wassergraben gefallen und nicht wieder aufgestanden war. Das Grauen war immer in ihm geblieben.

»Wir sind gleich da, Thies«, riss ihn Eichhorn aus seinen Gedanken. »Da vorn ist schon der Elbdeich. Das Navi sagt, noch zwei Minuten.«

Sie bogen in eine langgezogene, mit groben Steinen gepflasterte Allee voller Buchen ein und fuhren langsam auf ihr Ziel zu; ein großes, altes Gebäude, das, wie Eichhorn recherchiert hatte, lange Zeit als Sanatorium genutzt worden war. Nun residierte hier ein Institut, das tote Menschen in starre Kunststoffwesen verwandelte. Eichhorn parkte den Wagen neben einem Transporter mit abgedunkelten Scheiben. Kopfschüttelnd betrachtete sie einen Aufkleber am Heck des Wagens: »Offizieller Sponsor der Bußgeldstelle«.

Die beiden Polizisten stiegen aus, gingen die große Treppe hoch zum Eingang und klingelten. Eine Krähe, die allein auf einem Baum saß, folgte ihren Bewegungen. Von der Elbe wehte ein kalter Wind herüber. Knudsen fröstelte. Dann wurde die Tür geöffnet.

* * *

Eine hochgewachsene Frau in weißem Kittel, Mitte vierzig, wie Eichhorn schätzte, stand vor den Ermittlern. Sie war sehr attraktiv. Aus irgendeinem Grund irritierte das Eichhorn. Vielleicht, weil sie registrierte, wie Thies Knudsen sofort eine etwas aufrechtere Haltung einnahm. Männer!

»Die Kommissare aus Altona, nicht wahr?«

Die Frau klang freundlich, aber leicht belustigt, als ob der Besuch der Polizisten ein kleiner Scherz wäre.

»Eichhorn, wir hatten telefoniert. Das ist mein Kollege, Kriminalhauptkommissar Knudsen.«

»Ruth Ebersberg. Bitte treten Sie doch ein.«

Knudsen und Eichhorn gingen hinein und bemerkten dabei einen Mann, der rund zwei Meter hinter der Frau in einem dunklen Flur stand. Ein kräftiger, vierschrötiger Typ, der die beiden Polizisten mit unverhohlener Feindseligkeit musterte.

»Das ist Herr Gratzki, unser Hausmeister«, erklärte Ebersberg. »Er ist kein besonders redseliger Typ, aber dennoch die gute Seele dieses Hauses, nicht wahr, Gratzki?«

Der Mann schwieg. Ruth Ebersberg schien das nicht zu stören. »Bitte«, sagte sie zu Knudsen und deutete auf ein Zimmer. »Wir setzen uns am besten in mein Büro.«

Eichhorn bemerkte, dass die Frau sie keines Blickes würdigte. Eine von denen, die immer nur das Alphatier fixieren, dachte sie. Die schöne Dame hatte anscheinend sofort bemerkt, wer der Chef war. Eichhorn fühlte Ärger in sich aufsteigen.

Der Hausmeister verschwand, und Ebersberg und die beiden Polizisten betraten einen großen Raum. Teure Möbel und Designerlampen, wie Knudsen registrierte.

»Nehmen Sie doch Platz«, sagte Ebersberg, setzte sich und schlug die langen Beine übereinander. Sie wusste um ihre Wirkung. Eichhorn sah kurz zu Knudsen hinüber. Der jedoch hatte sein Dienst-Pokerface aufgesetzt und vermied jeden Blick auf die Beine der Frau.

»Frau Ebersberg«, sagte Knudsen, »wir bitten Sie um Ihre Hilfe. Um Informationen. Dieser Fall ist ziemlich … nun ja, einzigartig. Die Leichen, die wir gefunden haben, sind plastiniert. Sie wissen, wie das geht, wer das kann und was man dafür benötigt. Wir nicht. Oder, sagen wir mal, nur sehr rudimentär.«

Ebersberg lächelte und stand auf.

»Kommen Sie, ich führe Sie mal durchs Haus. Das erklärt schon mal einiges. Wir beginnen mit dem großen Saal.«

Dieser große Saal war ein Kabinett des Grauens, wie Eichhorn sofort nach dem Eintreten dachte. Rund zwanzig Personen in weißer Krankenhauskleidung saßen oder standen an Tischen und arbeiteten emsig an menschlichen Körpern, entfernten Haut und Bindegewebe und gaben Einblicke in das Innere der Leichen. Es roch nach Chemie. Am Ende des Raumes standen mehrere Behälter, die wie Kühltruhen aussahen. In ihnen lagen präparierte Leichen in einer durchsichtigen Flüssigkeit. Knudsen erschauerte und musste unwillkürlich an Mary Shelleys »Frankenstein« denken, einen Roman, den er vor Kurzem noch einmal gelesen hatte. Das Irritierendste aber war eine Art Gestell in einer Ecke des Raumes, in dem ein menschlicher Körper mit zahlreichen Drähten, Seilen und Nadeln fixiert war. Es sah so aus, als ob er in einer sitzenden Haltung in der Luft schweben würde. Sein Brustkorb war offen. Man konnte die inneren Organe sehen, die rötlich eingefärbt worden waren. Der Kopf des Toten war geneigt und der Blick seiner toten Augen auf seine eigenen Innereien gerichtet.

Eichhorn starrte die makabre Konstruktion an. Ebersberg sah sie amüsiert an.

»Dieses Präparat«, sagte sie ungerührt, »wird gerade vor dem Aushärten in die gewünschte Position gebracht. Der Kunststoff ist noch weich, wir können noch alle Muskeln bewegen und den Körper dann fixieren. Später erfolgt die Aushärtung unter einer Art Zelt mit Gas und Wärme. Wenn der Kunststoff im Körper vollständig erstarrt ist, bleibt das Präparat für immer in dieser Haltung.«

Das Präparat.

Knudsen war irritiert.

»Sie sprechen von einem Menschen.«

»In der Tat«, antwortete Ebersberg. »Und zwar von einem Menschen, der sich freiwillig entschieden hat, sich nach seinem Tod in ein Objekt wie dieses hier verwandeln zu lassen. Wie übrigens rund achtzehntausend weitere allein in Deutschland. So viele freiwillige Körperspender gibt es. Ich kann Ihnen versichern: Jeder Körper, der hier bearbeitet wird, ist der eines Freiwilligen. Alles ist registriert und dokumentiert. Und bevor Sie fragen: Nein, wir vermissen auch keine Präparate.«

»Ist es möglich, dass jemand heimlich Leichen hierherschafft und plastiniert?«, fragte Eichhorn.

Ebersberg schüttelte den Kopf.

»Unmöglich. Sie sehen ja, was hier los ist. Insgesamt arbeiten hier mehr als vierzig Menschen. Der Hausmeister wohnt hier. Das Haus ist alarmgesichert. Außerdem ist die Plastination ein hochkomplexer, zeitraubender Prozess in mehreren Schritten. Das kann hier keiner heimlich machen. Ihr Täter muss irgendwo eigene Räumlichkeiten mit der entsprechenden Ausrüstung haben.«

»Und wo kann er die herhaben?«, fragte Knudsen.

»Nun«, antwortete Ebersberg, »sich diese Geräte und Chemikalien zu besorgen ist weder verboten noch meldepflichtig. Allerdings gibt es so etwas auch nicht bei Karstadt um die Ecke. Ihr Täter muss, wie gesagt, Insiderwissen haben.«

»Ist das hier eigentlich ein einträgliches Geschäft?«, fragte Eichhorn.

»Oh, die Nachfrage ist groß. Die Plastinate eignen sich perfekt für die medizinische Aus- und Weiterbildung. Universitäten, Krankenhäuser, Museen, Ausstellungsmacher. Sogar Privatpersonen – alle wollen unsere Exponate. Es gibt nichts, was einen menschlichen Körper besser zeigt und erklärt. Wir können ja alle Teile des Körpers detailliert und originalgetreu darstellen.«

Ein lautes Krachen ertönte. Eichhorn und Knudsen zuckten zusammen. Eine der Angestellten war versehentlich mit einer Trage gegen das Gestell mit der Leiche gestoßen. Die wackelte nun auf groteske Weise an ihren Drähten hin und her und senkte und hob den Kopf immer wieder in Richtung ihrer Gedärme, als ob sie auf makabre Weise zum Leben erwacht wäre und nicht fassen konnte, was mit ihrem Körper geschehen war.

»Ich denke, wir gehen besser wieder in mein Büro«, sagte Ebersberg lächelnd.

Auf dem Weg dorthin bemerkte Knudsen wieder den mürrischen Hausmeister, der sie aus einer halb geöffneten Tür anstarrte. Sein Verhalten stand in krassem Gegensatz zur sachlichen Offenheit und coolen Selbstsicherheit seiner Chefin. Der Mann, dachte Knudsen, benahm sich wie in einem dieser alten Edgar-Wallace-Filme. Er hätte genauso gut ein Schild mit der Aufschrift »Sehr verdächtig« um den Hals tragen können. Knudsen schmunzelte.

Aber kaum im Büro angekommen, sorgte Dörte Eichhorn schnell für Ernüchterung. Denn sie schaltete gleich in ihren typischen Angriffsmodus.

»Wir brauchen von Ihnen eine Liste mit sämtlichen Mitarbeitern und eine Aufzählung aller Apparate und Gerätschaften und Chemikalien und müssen wissen, woher Sie diese bezogen haben. Außerdem die Listen, die die Herkunft der Leichen belegen«, sagte sie in schroffem Ton zu Ebersberg.

Knudsen verdrehte die Augen.

Ruth Ebersberg lächelte, schlug die Beine übereinander, zog ihren Rock etwas glatt und erwiderte: »Gute Frau, bisher war ich ja gern bereit, Ihre Fragen zu beantworten und zu helfen. Aber wenn Sie mir in diesem Ton kommen, dann beende ich jetzt das Gespräch. Ich muss und werde Ihnen gar nichts geben, oder betrachten Sie mich und meine Kollegen etwa als Verdächtige?«

»Davon kann keine Rede sein«, schaltete sich nun Thies Knudsen ein. Hier musste dringend deeskaliert werden.

»Bitte verstehen Sie unser Drängen. Wir sind hier mit einem

bizarren Fall konfrontiert und, ehrlich gesagt, etwas hilflos. Kaum eine unserer bisherigen Vorgehensweisen ist hier anwendbar. Natürlich sind Sie nicht verdächtig. Aber Sie sind eine Expertin, die uns helfen könnte.«

Eichhorn saß mit versteinertem Blick auf ihrem Platz und fixierte ihren Kollegen mit eisigem Blick. Verdammt, dachte sie, Knudsen hat ja recht, und trotzdem störte es sie, wie Thies hier zu Kreuze kroch. Doch es stimmte: Sie hatten nichts gegen Ebersberg und ihr komisches Institut in der Hand.

»Gut«, sagte Ebersberg merklich besänftigt. »Auf unserer Homepage finden Sie die Namen der Kolleginnen und Kollegen. Mit Fotos. Wir haben nichts zu verbergen. Und weil zumindest Sie so nett gefragt haben, Herr Kommissar, werde ich Ihnen auch beizeiten mailen, woher wir unser Equipment und unsere Körper beziehen. Mehr kann ich dann wohl nicht für Sie tun, oder?«

Ebersberg erhob sich und sah auf die Uhr.

»Doch«, sagte Thies Knudsen, »das können Sie. Wenn Sie es irgendwie einrichten könnten, möchte ich Sie bitten, zu uns in die Gerichtsmedizin zu kommen und einen Blick auf die Opfer zu werfen. Ich würde gern Ihre professionelle Einschätzung hören, mit was wir es hier zu tun haben.«

»Ich denke, das wird sich machen lassen«, erwiderte Ebersberg und ging zur Tür. »Schicken Sie mir ein paar Terminvorschläge. Dann werden wir sehen.«

Als Knudsen und Eichhorn das Gebäude verließen, wehte wieder der kalte Wind aus Richtung Elbe und ließ beide frösteln. Eichhorn setzte sich wortlos hinters Steuer und fuhr los. Schneller als gewöhnlich. Knudsen wusste: Sie war sauer. Sauer auf Ebersberg. Sauer auf ihn. Sauer auf sich. Und sie wusste, dass

Knudsen das wusste. Es gab keinen Grund, noch weiter darüber zu reden.

* * *

Zur selben Zeit saß *La Lotse* Andersen in seiner kleinen Dachmansarde in der ehemaligen Fischer- und Lotsensiedlung und musste tatenlos mit ansehen, wie die Elbe vor seinen Augen vergewaltigt wurde. So kam ihm das vor, wenn da völlig sinnlos Benzin vor seinem Fenster verknattert wurde. Gleich nach dem bescheuerten Mississippi-Raddampfer waren die RIB-Piraten, Speedboote für Touristen, sein Lieblings-Hassobjekt. *La Lotse* sprach nur von RIB-off-Piraten, die wohl ein Harley-Davidson-Filialleiter ins Leben gerufen hatte: »Sightseeing unter Adrenalineinfluss«, wie die Sause auf der Homepage promotet wurde.

Ihm war ein Rätsel, was daran so schön sein sollte. Es gab Dinge, die passten einfach nicht zusammen. Mit Seefahrerromantik hatte das nichts tun. Das war wie Sterne-Küche im Dauerlauf. Wie die Lemminge saßen die Touristen angeschnallt im Gummiboot und bretterten die Elbe hoch. Sollten die Leute doch lieber auf dem Hamburger Dom in die Schiffsschaukel gehen.

Eigentlich war *La Lotse* ein toleranter Mensch. Hoffte er zumindest. Lieber rücksichtsvoll statt rücksichtslos. Es gab klare Regeln, ganz simpel. Kants kategorischer Imperativ als grundlegendes Prinzip der Ethik – für jeden zu verstehen: »Handle nur nach derjenigen Maxime, durch die du zugleich wollen kannst, dass sie ein allgemeines Gesetz werde.« Oder auf das tägliche Miteinander bezogen: Die Freiheit des einen endet dort, wo die des anderen beginnt.

Bloß. Ganz schwer einzuhalten in einer Großstadt. Je mehr

Menschen auf engem Raum, desto mehr Lagerkoller und Interessenkonflikte. Die Gerichte waren überlastet von den ganzen Nachbarschaftsstreitigkeiten. *La Lotse* hätte manchmal auch gerne geklagt. Und nicht immer nur bei Knudsen, der das als Luxussorgen eines Elbanwohners abtat.

Es gab Themen, da konnte sich selbst der sonst so besonnene *La Lotse* in Rage reden. Was war nur aus seinem gediegenen Hamburg geworden! Zum Beispiel: Event City Hamburg. Musical-Metropole. Erst »Phantom der Oper«, »Cats«, dann »Der König der Löwen«, »Pretty Woman«, »Das Wunder von Bern«, »Aladin«, »Abba«, das »Tina-Turner-Musical« und jetzt auch noch »Harry Potter« als Theaterstück. Plus jedes Jahr Hafengeburtstag. Noch so ein fragwürdiges Unternehmen der Tourismusindustrie, wo die Kreuzfahrtschiffe ein Schaulaufen auf der Elbe zelebrieren durften. In Zeiten des Weltunterganges.

Die Menschen wurden zu Tausenden an die Elbe gelockt, zückten ihre Handys und winkten einem Blechmonster mit Botox-Maul und Mandelaugen am Bug zu. Einem Operettendampfer: bunt, bunter, am buntesten, mit Lasershow, während aus dem Schornstein das besonders schwefelhaltige Schweröl eine graue Wolke im nächtlichen Schwarzblau des Hamburger Himmels zurückließ.

Stimmt schon. Wir amüsieren uns zu Tode, dachte *La Lotse*.

Jedenfalls war Andersen nicht der erste Övelgönner, der ans Wegziehen dachte. Dann solle er doch die Elbseite wechseln und irgendwo bei Drochtersen vom Deich »ans andere Ufer gehen und die Schiffe und Schafe zählen«, wie Knudsen es mal so trefflich wie spöttisch formuliert hatte. Ganz abwegig war das nicht.

Und dann gab's noch – wie gesagt – den leidigen Hafengeburtstag, die nächste Veranstaltung, auf die *La Lotse* gut und gern verzichtet hätte. Der lockte jedes Jahr Millionen von Touristen in die Stadt. Sehr zu seinem Leidwesen. Er mochte es gern ruhiger. Vor allem sein beschauliches Övelgönne hatte in den letzten Jahren bös an Beschaulichkeit eingebüßt. Sobald die Sonne rauskam, lag ein Hauch von Ballermann und Oktoberfest über dem Elbstrand. Abends kamen dann die Leute mit ihren Einweggrills, Ghettoblastern, Chipstüten, Bierkästen, aufblasbaren Sitzsäcken und ganzen Sofas. Testosterongetränkte Teenager balzten sich nachts die Seele aus dem Leib. Kaum dass die weg waren, der letzte Punker seinen leeren Bierkasten am Gürtel hinter sich durch Övelgönne zog, wie ein Schlossgespenst mit Kette am Bein, nur lauter, da fand morgens hier, trotz Fahrradverbots, der große Giro de Övelgönne statt. Blinkende Kampfbiker aus Überzeugung. Dazu die Jogger, manche ähnlich aggressiv, und am Strand ganze Hundertschaften von Gassi-Gehern, mit ihren kläffenden und scheißenden Hundestaffeln. Idylle ade.

Ab sechs Uhr wurden da die Wellen angekläfft. Zur Freude ihrer meist älteren Besitzer, die sich mitfreuten, dass wenigstens ihr vierbeiniger Lebensgefährte noch über eine Lebenslust verfügte, die ihnen längst abhandengekommen war. Die Mülltonnen am Strand quollen über von all den vollgeschissenen schwarzen Plastikbeuteln, die die Stadt zur Verfügung stellte. Stand 2019: zweiunddreißig Millionen Tüten pro Jahr. Gefühlt die Hälfte davon fand sich in den Mülltonnen von Övelgönne wieder. Oder auch nicht. Hässliche schwarze Plastikbeutel im DIN-A5-Format, gut gefüllt und verknotet und nach sonnigen Abenden auch gern am Rand der überfüllten Tonne drapiert.

War er zum Misanthropen geworden? Sobald es die Temperaturen erlaubten und die Sonne rauskam, fielen die Hüllen vor seinem Fenster. Wurden die Badetücher ausgebreitet und das

Risiko, in der Elbe zu baden, oft sträflich unterschätzt. Wetten, meinte *La Lotse* mal gebetsmühlenhaft zu Knudsen – als solle der sich um ein Badeverbot kümmern –, dass es nur eine Frage der Zeit sei, bis die Ersten auf ihren Luftmatratzen, Palmeninseln oder Flamingo-Badereifen in die Drift gingen und sich unversehens im Fahrwasser vor dem Bugwulst des nächsten Frachters wiederfanden? *La Lotse* hatte es detailliert vor Augen, wie so eine Badenixe auf ihrer Luftmatratze plötzlich wild und vergeblich mit den schlanken Armen zu rudern begann und hundertachtzigtausend Bruttoregistertonnen *Emma Maersk* auf sie zukamen. Mit Glück schrammte man dann vierhundert Meter die längsten zwei Minuten seines Lebens entlang einer hellblauen Bordwand, die einem jede Sonne nahm. Pech, wenn gegen Ende des Schiffes dann mit dem Geräusch eines rhythmischen Wasserfalls die gigantische Schiffsschraube auf einen zukam. Höchstwahrscheinlich sehr zur Freude der Möwen, die sich wenig später wundern würden, warum die Fischstücke im Schlepp des Fahrwassers plötzlich so herzhaft nach Fleisch schmeckten. Mit Sonnenmilch mariniert.

An all das dachte Oke Andersen an diesem kalten Spätnachmittag. Vielleicht, weil er an diese andere Sache nicht mehr so gern denken wollte. An das, was viel schlimmer war als all die Probleme, die Hamburg sonst so heimsuchten. Knudsen hatte ihn eingeweiht: Es gab offenbar einen Serienkiller, der Seeleute entführte. Sie tötete, in Plastikwesen verwandelte und dann öffentlich ausstellte. Wer tat so etwas? Und vor allem: warum? Und wann würden Knudsen und seine Leute die nächste Leiche finden?

* * *

Die Elbphilharmonie in der Hafencity war der Publikumsmagnet. Seit Eröffnung lag die Auslastung bei nahezu hundert Prozent. Heute fand ein ganz besonderes Konzert statt. Die Wiener Philharmoniker waren zu Gast. Die Besucher strömten – opernhaft herausgeputzt, als müssten sie selbst auf die Bühne – von allen Seiten Richtung Eingang und die Rolltreppe hinauf zur Plaza, um noch ein Foto gen Landungsbrücken und vom Sonnenuntergang zu machen oder in der Harbour-Bar einen Piccolo zu schlürfen. Wer über die U-Bahnstation Baumwall anreiste, hatte es nicht weit. Ein paar Schritte entlang des City-Hafens mit Blick auf das *Feuerschiff LV 13*.

Über die Niederbaumbrücke, vorbei an der Kehrwiederspitze musste man über die Brücke am Kaiserkai mit freiem Blick auf die »Elphi«. Diesem achthundert Millionen Euro teuren Bauwerk, das auf einen ehemaligen Kaispeicher gesetzt worden war. Einerseits eine gigantische Summe für den Steuerzahler, andererseits Peanuts und ein zu verschmerzender Streuverlust eines Drogenkartells. Der Gegenwert eines einzigen Drogencontainers aus Uruguay, wie er erst kürzlich im Hamburger Hafen entdeckt worden war. Ein Rekordfund – als Sojabohnen deklariert. Zum Vorschein waren dann zweihundert schwarze Sporttaschen gekommen – randvoll mit gepresstem Kokain. Viereinhalb Tonnen insgesamt. Straßenverkaufswert knapp eine Milliarde Euro. Unter strenger Geheimhaltung und umfangreichen Sicherheitsvorkehrungen wurde der Stoff dann vernichtet. Offiziell das teuerste Osterfeuer der Welt, wie Knudsen es nannte.

An diesem Abend waren die Tickets in der Elphi besonders teuer und besonders schnell weg gewesen. Wie so oft wehte ein feuchtnasser Nordwestwind die Elbe hoch und fädelte sich in die Kanäle des Weltkulturerbes »Speicherstadt«.

Kein idealer Tag für einen Straßenkünstler, der seit dem frühen Morgen schon eisern auf der Brücke vor der Elphi ausharrte. Ganz in Gold. Das Gesicht mit Theaterschminke präpariert – Schuhe, Pea-Coat-Jacke, ein Elbsegler auf dem Kopf, auch als Lotsen- und Helmut-Schmidt-Mütze bekannt –, allerdings mit Goldlack besprüht.

Der Mann saß da wie auf einem unsichtbaren Stuhl, das eine Bein über das andere geschlagen. Als würde er in der Luft schweben. Die Stahlkonstruktion, die rechtwinkelig durch sein linkes Hosenbein lief und unter seinem Hintern eine Sitzfläche ausformte, ahnte man nur, sah man aber nicht. Der Trick war simpel, aber immer wieder gut. Ein Bruch mit den Sehgewohnheiten. Noch dazu ganz in Gold.

Samstags war immer der beste Tag für lebende Statuen. Die Menschen hatten Zeit zum Staunen. Es sei denn, es war Freibadwetter oder es regnete. Das war schlecht für das Geschäft eines Straßenkünstlers.

Obwohl es bereits dämmerte und das Konzert in der Elbphilharmonie in einer guten halben Stunde begann, fanden sich immer noch genug Passanten und Opernbesucher, die ihre Smartphones zückten und ein Foto schossen, wie eisern und gülden der Mann da ausharrte. Manche Eltern, Touristen hauptsächlich – Hanseaten waren dafür zu reserviert –, baten ihre Kinder, sich neben den goldenen Hans Albers zu stellen oder was genau die Skulptur darstellen sollte.

Wie immer waren es Kinder, die sich lieber zwei Stunden den sitzenden Goldmann angeguckt hätten, als in Beethovens Neunte mitgeschleppt zu werden. Besonders, weil sich der Mann keinen Millimeter regte, nicht die Miene verzog, einfach starr irgendwo ins Nichts blickte. Richtung Osten auf die alten Museumsschiffe im Sandtor-Hafen. Was für eine Selbstbeherrschung!

»Ist der echt?«, fragte der neunjährige Til seine Mutter. Die nickte nur.

»Was macht der Mann da?«

»Das ist ein Straßenkünstler.«

»Friert der nicht?«

»Doch, bestimmt.«

»Kann der sich nicht bewegen?«

»Doch, aber der will nicht. Das ist eine lebende Skulptur.«

Als würde er weinen, fing die Theaterschminke im Gesicht des Goldmannes bereits an zu verlaufen. Dabei hätte er allen Grund zur Freude gehabt. Die kleine, aufgeklappte Schatz- oder Seemannskiste vor seinen Füßen war reichlich gefüllt. Erste Münzen lagen bereits daneben. Geschätzt mochten da bestimmt hundert Euro Hartgeld zusammengekommen sein.

Das Konzert war bereits im Gange, die Ouvertüre erklang im schwebenden Saal, als zwei Polizisten Streife fuhren und sich wunderten, dass der Straßenkünstler noch immer so beharrlich dasaß. Seit heute morgen schon. Ganz allein. Inzwischen ohne Bewunderer.

Bestes Sitzfleisch.

»Halt mal an«, sagte der Beifahrer Behnke zu seinem Kollegen. »Ich finde, der kann langsam mal Feierabend machen.«

Der Streifenwagen stoppte auf Höhe des Goldmatrosen. Behnke öffnete das Fenster und rief gegen den Wind.

»Komm, Kumpel. Genug verdient für heute. Wenn das so weitergeht, kannst du hier bald mit echtem Blattgold auftreten.«

Der Polizist nickte Richtung Spielzeugschatztruhe.

»Respekt!«

Der Mann in Gold reagierte nicht.

»Musst du das eigentlich versteuern?«

Noch immer keine Reaktion.

»Hallo, ist ja gu-uht, kannst aufhören, Kumpel, von mir kriegst du kein Geld. Das reicht ja wohl für heute.«

Behnke drehte sich zu seinem Kollegen.

»Guck dir das an. Der kriegt mehr Geld fürs Sitzen als wir fürs Streifefahren.«

Sein Ton wurde nun schärfer.

»Hallo, Kollege, gleich neun Uhr, kannst schon mal abbauen ... wir kommen hier in zehn Minuten noch mal vorbei, du hast doch sicher das Merkblatt für Straßenmusik und -theater gelesen.«

Wieder nichts. Keine Reaktion.

»Darbietungen sind nach neun Uhr abends nicht gestattet. Morgen um zehn kannst du weitermachen. Komm, Abmarsch, Freundchen. In zehn Minuten bist du weg.«

Behnke kurbelte sein Fenster hoch, und sein Kollege fuhr an. Sie drehten eine Runde. Im Schritttempo. Als sei die Hafencity die Bronx der achtziger Jahre. Als sei das hier abends wirklich so belebt, wie die Stadtplaner es sich vorgestellt hatten. Als seien Menschen, die sich Eigentumswohnungen für sechs- bis zehntausend Euro pro Quadratmeter und Flachbildschirme für zwölftausend Euro leisten konnten, abends so munter und quirlig wie brasilianische Slumbewohner.

Nach zehn Minuten kam der Streifenwagen abermals über die Brücke am Kaiserkai. Schon von weitem sah man, dass sich der sitzende Goldmann keinen Millimeter bewegt hatte. Behnke hatte schon vorher einen Brass und genau den richtigen Satz parat gehabt, wie er fand. Als er nun ausstieg, setzte er seine

Mütze auf, zurrte seine Pistolentasche zurecht und schlenderte extra lässig, in John-Wayne-Manier, auf den Straßenkünstler zu und fragte:

»Sag mal, sitzt du auch auf deinen Ohren, oder was!?«

Schien so, denn wieder blieb jegliche Reaktion aus.

»*Hello, Mister, you speak German?*«

Noch immer nichts. Null Reaktion.

Spätestens als der Streifenpolizist Behnke dem Goldmann auf die harte Schulter tippte, realisierte er, dass der Mann ein größeres Problem als Ärger mit einer Streife hatte.

* * *

»Fassen wir mal zusammen, was wir haben.« Thies Knudsen blickte zur großen Pinnwand im Konferenzraum des Kommissariats. Dort hingen Fotos der Leichenfundorte, Aufnahmen der nun mittlerweile drei plastinierten Opfer, Bilder der beiden abgesägten Holz-Bojenmänner, Vergrößerungen der Echthaarperücken und die verwaschene Karte aus der Hosentasche des ersten Toten. Außerdem hatte Knudsen mit einem großen Filzstift die Worte »Duckdalben«, »Seeleute«, »Plastination« auf die Pinnwand geschrieben. Im Raum saßen noch Dörte Eichhorn, vier weitere Kollegen und Spusi Diercks. Knudsen nickte Eichhorn zu. Die stand auf, schritt zur Pinnwand und begann: »Wir haben drei Tote, zwei sind mit hoher Wahrscheinlichkeit identifiziert. Am dritten ist das BKA schon dran. Er könnte aber ebenfalls aus dem südostasiatischen Raum kommen. Die Leichen wurden mutmaßlich über mehrere Monate hinweg professionell plastiniert und von einem unbekannten Täter öffentlich ausgestellt. Zwei als ›Bojenmänner‹, einer als Straßenkünstler.

Wie der Täter das genau angestellt hat, wissen wir nicht. Er hat die beiden ersten Leichen vermutlich per Boot zu den Fundorten gebracht und dort fixiert. Wie der tote Straßenkünstler in die Hafencity gekommen ist, wissen wir auch nicht. Überwachungskameras sparen genau diesen Bereich aus. Die beiden echten Bojenmänner wurden abgesägt, entwendet und später im Hafen von Teufelsbrück gefunden, zusammengekettet und mit menschlichen Haaren versehen. Keine DNA-Treffer oder Fingerabdrücke. Wie die plastinierten Opfer gestorben sind, ist auch unklar. Es gibt insgesamt weder an den Leichen noch an den Tatorten verwertbare Spuren. Außer einer Visitenkarte mit dem Wortbestandteil DUCK in der Hosentasche des ersten Toten, der uns dann zum Seemannsclub *Duckdalben* führte. Die Recherchen dort und bei den Kollegen der Waschpo ergaben, dass es sich bei den Toten mit hoher Wahrscheinlichkeit um zum Teil seit mehreren Jahren vermisste philippinische Seeleute handelt. Ein Zeuge ...«

Sie sah vieldeutig zu Knudsen hinüber.

»... glaubt zudem, in einem der Toten einen ehemaligen Steward eines Kreuzfahrtschiffes erkannt zu haben. Wir checken noch bei den Reedereien, ob das zutrifft.«

»Kollege Hauber«, sagte Knudsen und sah einen etwas missmutig aussehenden Mann an, der leicht zusammenzuckte, »kläre bitte, ob wir von den philippinischen Kollegen Unterstützung bekommen können. Zum Beispiel DNA-Proben der Vermissten von der BKA-Liste. Wir müssen hundertprozentig sicher sein, bevor wir uns bei den Angehörigen melden und denen sagen, dass wir ihre plastinierten Angehörigen in Hamburg gefunden haben.«

Carsten Hauber nickte wortlos und machte sich Notizen.

Eichhorn fuhr fort: »Wir müssen jetzt also davon ausgehen, dass wir es hier nicht mit irgendwelchen geklauten Exponaten aus einer dieser Körperwelten-Ausstellung zu tun haben, sondern mit Verschwundenen, die später tot und plastiniert wieder auftauchten. Wir haben es also wohl mit einer Mordserie und einem durchgeknallten Killer mit künstlerischen Ambitionen und großem Mitteilungsdrang zu tun.«

Alle schwiegen.

»Eine Frage«, meldete sich Meral Attay, eine schlanke, sehr ehrgeizige Mittdreißigerin. Eichhorn mochte die Tochter türkischer Einwanderer, fand sie allerdings manchmal zu ambitioniert. Womöglich, weil Attay sie an sie selbst erinnerte. Knudsen nickte Attay auffordernd zu.

»Warum vergisst ein Täter, der keinerlei Spuren hinterlässt, eine Karte mit einem Hinweis in der Tasche eines Toten?«

Knudsen zuckte mit den Schultern. »Unser Mann hat die Menschen vermutlich umgebracht, dann entkleidet und in einem aufwendigen Verfahren in diese Plastinate verwandelt. Danach hat er sie wieder angezogen und ausgestellt. Die Hose und das weiße Hemd wurden anscheinend vorher gewaschen. Bei beiden Toten. Spusi fand noch Rückstände eines Waschmittels. Wahrscheinlich hat er die Karte schlichtweg übersehen, als er dem ersten Opfer die Hose wieder angezogen hat.«

»Oder er hat den Zettel absichtlich in der Hose gelassen«, bemerkte Dörte Eichhorn. »Wir wissen ja, dass manche Täter gern Katz und Maus mit uns spielen.«

»Auch möglich, aber Spekulation«, antwortete Knudsen. »Dörte, was ist denn nun mit dieser Ebersberg? Kommt die jetzt her zum Leichen-Gucken?«

»Ja. Morgen. Sie hat angerufen. Steht auch auf einem Zettel, der auf deinem Schreibtisch liegt. Wäre gut, wenn du ab und zu auf den auch mal draufgucken würdest.«

Knudsen nickte, kommentierte die kleine Spitze aber nicht. Denn als er an die morgige Leichenschau dachte, beschlich ihn sofort ein unangenehmes Gefühl. Der Anflug einer Ahnung.

Das Böse.

Es kam näher.

* * *

Professor Prange war deutlich angetan von seiner Kollegin Ruth Ebersberg. Sie hatte den Leiter der Gerichtsmedizin sofort angestrahlt, ihm versichert, sie habe (»mein lieber Kollege«) schon so viel von ihm gehört und wolle nun hier gern der Bitte der ermittelnden Beamten nachkommen (»Ich hoffe, ich störe nicht zu sehr!«) und sich die Präparate einmal ansehen. Vielleicht könne sie ja helfen. Pranges eben noch genervtes Gegrummel, er habe Besseres zu tun, als irgendwelchen Plastinier-Fetischisten seine Leichen zu zeigen, war augenblicklicher Begeisterung gewichen. Ebersberg, in weißer Bluse, knielangem Rock, schwarzen Nylons und Pumps, hatte eine erstaunliche und sofortige Wirkung auf Männer, wie Eichhorn eher belustigt feststellte. Die Herren waren sofort in Balzstimmung und wollten gefallen. Auch Thies Knudsen, der Ebersberg mit Eichhorn unten im Eingangsbereich der Gerichtsmedizin abgeholt hatte, war irgendwie federnder gegangen. Eichhorn schüttelte nur leicht den Kopf.

Nun standen die vier in Pranges Reich. Spusi Diercks betrat wortlos den Raum, drückte Ebersberg kurz die Hand, murmelte »Angenehm, Diercks« und reichte der Leiterin des Plastinationszentrums einen Kittel. Die nickte Spusi kurz zu, zog den Kittel mit einer fließenden Bewegung über, lächelte Prange zu und sagte: »Herr Professor, wir können.«

Prange, der – wie Eichhorn zu sehen glaubte – leicht errötete, murmelte »Gern« und ging voran.

»Ich habe die – wie sagen Sie, Frau Kollegin, doch so trefflich – Präparate hier auf den Tischen liegen.«

Tücher bedeckten die Leichname. Knudsen erkannte den Straßenkünstler sofort, weil sich dessen Körper in der sitzenden Position deutlich unter dem Tuch abzeichnete. Prange ging zu einem der Tische und zog das Tuch weg. Es war der erste Bojenmann, der hier lag. Ruth Ebersberg trat hinzu und sah sich die Leiche konzentriert an, ging um den Tisch herum, beugte sich hier und da über den Plastinierten und bat dann um eine Lupe. Prange reichte ihr eine, und Ebersberg inspizierte den Toten weiter.

»Hervorragende Arbeit«, sagte sie schließlich. »Das hat ein Profi gemacht. Amateure versauen die Präparate oft, weil sie nicht die Geduld für den kompletten Austausch aller Körperflüssigkeiten haben oder die Härtung nicht hinkriegen. Das ist hier nicht der Fall. Zudem ist, wie Sie, Herr Professor, ja sicher schon bemerkt haben, sehr professionell präpariert worden.«

»Was meinen Sie mit versauen?«, fragte Knudsen.

»Unsachgemäß hergestellte Präparate fangen an zu tropfen und zu riechen. Nicht schön. Gab es vor allem in der Frühphase der Plastinationsgeschichte. Kann ich jetzt die anderen beiden sehen?«

Prange führte seine Kollegin zu den anderen Tischen. Die Prozedur wiederholte sich. Ebersberg untersuchte und begutachtete, und die anderen vier standen stumm daneben und beobachteten sie dabei. Knudsen sah, dass das Gesicht des Straßenkünstlers immer noch halb mit Goldfarbe beschmiert war, was das Aussehen des Toten noch bizarrer machte.

»Also«, sagte Ebersberg schließlich. »Ich wiederhole: die Arbeit eines Profis. Ungewöhnlich ist nur, dass er die Gesichtshaut wieder aufgebracht hat.«

»Gibt es irgendeinen Hinweis darauf, woher die ... Präparate stammen oder wer sie plastiniert haben könnte?«, fragte Knudsen.

»Nein«, antwortete Ebersberg. »Die Präparate bekommen Papiere, wenn sie ausgeliefert werden. Und noch eine Art Identifikationskarte ans Fußgelenk gebunden. Das ist alles.«

»Können Sie sehen, wann die Toten plastiniert wurden?«, fragte Dörte Eichhorn.

»Schwer zu sagen. Es gibt unterschiedliche Stadien der Abnutzung. Die hier haben zudem einige Zeit draußen gestanden. Ich glaube aber, dass der Vorgang noch nicht allzu lange zurückliegt. Ein paar Monate vielleicht.«

»Und können Sie sagen, wie alt die Toten zum Zeitpunkt ihres Todes waren?«, fragte Eichhorn. »Frau Diercks vermutete so Mitte vierzig.«

Ebersberg sah zu Spusi hin: »Gewagt.«

Diercks hielt ihrem Blick stand und dachte: Hätte ich bloß das Maul gehalten.

»Vor allem die Haut erzählt uns ja etwas über das Alter«, fuhr Ebersberg fort. »Und die ist ja bei den Präparaten hier größtenteils entfernt und teilweise wieder aufgebracht worden. Die Organe und Knochen sehen bei Zwanzig- und Vierzigjährigen nicht groß anders aus.«

»Ich habe allerdings keinerlei Anzeichen von Arthrose, Gicht oder ähnlichen Alterserscheinungen in den Knochenstrukturen gefunden«, bemerkte Prange.

»Gut«.

Ebersberg nickte. »Greise waren das nicht. Zudem ist die Muskulatur der Präparate ausgeprägt. Diese Menschen haben bis zu ihrem Tod körperlich gearbeitet. Wahrscheinlich liegt Ihre Kollegin nicht ganz falsch. Die Spanne ist nur größer. Ich schätze, die Männer waren zwischen dreißig und fünfzig Jahre alt. Der Kollege Prange wird sicher noch Hinweise finden, die das genauer eingrenzen könnten.«

»Frau Ebersberg«, hakte Knudsen nach, »gibt es denn nicht so etwas wie eine persönliche Handschrift des Plastinators? Eine spezielle Methode? Irgendwas, das auf den Plastinator hindeutet?«

»Na ja, jeder macht das auf seine Weise. Der eine ist akribischer, ein anderer lässt seine Präparate mehr lächeln als andere. Aber eine eindeutige Handschrift ... eher nicht.«

»Okay«, sagte Knudsen, »ich danke Ihnen, Frau Ebersberg. Wir wissen jetzt etwas mehr, aber wirklich weitergekommen sind wir nicht.«

»Wie gesagt, die Arbeit eines Profis«, antwortete Ebersberg und beugte sich noch einmal mit der Lupe über den Bojenmann Nummer eins. »Sehen Sie hier die Augen. Das ist nicht ganz einfach. Die quellen bei der Plastination aus den Höhlen. Man muss sie dann später tiefer setzen. Das hat Ihr Täter hier sehr professionell ...«

Sie verstummte.

Ging noch näher an die Augen heran, schwieg weiter.

Als sie wieder aufblickte, sah Knudsen, dass Ebersberg blass geworden war.

»Was ist?«, fragte er. »Alles in Ordnung?«

»Äh, nichts«, antwortete Ebersberg. »Mir ist nur gerade etwas schwindelig geworden. Dieses Runterbeugen bekommt mir nicht. Alles gut.«

Schnell hatte sie ihre alte Selbstsicherheit wieder, legte die Lupe auf den Tisch, straffte sich und sagte: »So, das wär's dann wohl, nicht wahr?«

Sie lächelte Professor Prange an und reichte ihm die Hand. »Herr Kollege ...«

Prange ergriff ihre Hand.

»Ich danke Ihnen für Ihre Mühe. Ich bringe Sie noch hinaus.«

Ebersberg nickte den anderen drei zu und verließ mit Prange den Raum.

Knudsen, Eichhorn und Diercks sahen sich wortlos an.

»Da stimmt was nicht«, sagte Ruth Eichhorn. »Thies, hast du gesehen, wie blass sie auf einmal war?«

»Ja, hab ich.«

»Irgendetwas hat sie geschockt«, meinte Spusi Diercks. »Als sie gerade in die Augen der einen Leiche hier blickte. Aber was hat sie gesehen?«

Die Tür ging wieder auf.

Prange betrat den Raum wieder, griff wortlos nach der Lupe, beugte sich über die plastinierte Leiche und untersuchte deren Augen. Sekunden vergingen.

Alle schwiegen.

»Kollegin Diercks«, sagte Prange schließlich.

Spusi zuckte zusammen. So hatte er sie noch nie genannt.

»Ja?«, antwortete sie.

»Kommen Sie bitte mal her und sehen Sie sich das linke Auge an.«

Er reichte Spusi die Lupe. Die beugte sich über den Leichnam und starrte in dessen linkes Auge.

»Ah, ja, jetzt sehe ich es auch.«

Prange beugte sich bereits über den nächsten Toten.

»Ah, hier auch.«

Dörte Eichhorn wurde ungehalten.

»Könnt ihr beiden euer Herrschaftswissen jetzt bitte mal mit uns teilen?«

»Die liegende Acht«, sagte Prange.

»Acht?«

Eichhorn runzelte die Stirn. »Geht es einen Hauch deutlicher?«

»Hier, sieh selbst«, sagte Spusi und hielt Dörte die Lupe hin. »Direkt unter der Pupille hat jemand eine winzige liegende Acht aufgebracht. Das ist nichts Natürliches.«

»Das ist ein Zeichen«, ergänzte Prange. »Der dritte Tote trägt es auch. Vielleicht eine Art Signatur für Insider. Die liegende Acht ist das Symbol für die Unendlichkeit.«

»Und diese Ebersberg hat das erkannt«, mutmaßte Spusi.

»Vermutlich. Aber warum schweigt sie?«, fragte Eichhorn.

Knudsen sah seine Kolleginnen an. Ruth Ebersberg war womöglich der Schlüssel zur Lösung dieses Falls. Er würde sie bald wiedersehen.

* * *

Dörte Eichhorn und ihre Kollegen Meral Attay und Carsten Hauber saßen an ihren Schreibtischen im Kommissariat und starrten auf ihre Rechner. Ruth Ebersberg hatte ihnen schon vor ihrem Besuch in der Rechtsmedizin etliche Dokumente geschickt: eine Liste der Angestellten, der Bezugsquellen für all die Apparate und Chemikalien, die man für die Plastination brauchte, und eine weitere Liste, die die Herkunft der Körper dokumentierte.

Thies Knudsen stand am Fenster und beobachtete eine Krähe, die unter einem Baum auf einen toten Spatz einhackte. Der Wind wehte ein paar Federn weg. Der Tod, dachte Knudsen, ist allgegenwärtig. Und in gewisser Weise war er dessen Angestellter. Erst wenn gestorben, unfreiwillig gestorben wurde, konnte er arbeiten.

»Ich habe die Namen der Mitarbeiter gecheckt«, sagte Eichhorn, die ihren Kollegen beobachtet hatte. Sie wusste, dass Knudsen der Fall an die Nieren ging. Diese unheimlichen plastinierten Opfer und die Tatsache, dass sie bisher keine richtige Spur hatten. Bis auf das sonderbare Verhalten von Ruth Ebersberg. Sie mussten sie zum Reden bringen. Auch Dörte war sich sicher, dass die Frau ihnen etwas vorenthielt.

»Also«, fuhr Eichhorn fort, »keine Einträge in unseren Datenbanken. Alle sauber. Die Ebersberg auch. Allerdings gibt es eine Ausnahme. Dieser Hausmeister, Dieter Gratzki, hat eine Vorstrafe wegen schwerer Körperverletzung. Eine Kneipenschlägerei, die aus dem Ruder lief. Ist aber schon acht Jahre her.«

Thies Knudsen nickte und sah Meral Attay an.

»Man kann all das Zeugs für die Plastination problemlos im Großhandel für Medizin- und Laborbedarf kaufen«, sagte Attay. »Im In- und Ausland. Das wird uns nicht viel weiterbringen. Solange wir nicht wissen, nach wem wir suchen.«

»Haben wir all diese Institute gecheckt? Fehlt irgendwo ein Präparat, wie diese Ebersberg immer so schön sagt? Wir müssen einfach sicher ausschließen, dass es sich hier nicht doch nur um einen Fall von Leichendiebstahl handelt. Wir wissen ja nicht sicher, dass der Plastinator auch der Mörder ist«, meinte Knudsen.

Eichhorn nickte wortlos.

»Ich bin noch nicht ganz durch mit den Anrufen bei diesen Plastinatoren«, referierte Kollege Hauber. »Aber bisher Fehlanzeige. Keiner hat Diebstähle gemeldet. Auch nicht dieser Gunther von Hagens.«

»Und die Körperspender-Datei?«, fragte Knudsen.

»Das läuft alles über ein Institut in Heidelberg. Alles gut dokumentiert. Und denen hat auch keiner Leichen geklaut.«

»Kann die da jeder kaufen? Was kostet denn so eine Leiche? Gibt's die im Dutzend günstiger?«

»Wieso, willst du jetzt auch anfangen zu plastinieren, neues Hobby, Herr Knudsen?«, fragte Eichhorn.

»Nee, ich meine bloß, das wäre ganz schön grotesk, wenn ich meinen Körper meinetwegen für medizinische oder Forschungszwecke spende, vollkommen selbstlos, großzügig, wie man ist, und irgendwer verdient noch eine Mark fuffzig mit mir.«

»Allerhöchstens, was sollen die denn von dir verwenden?«, kommentierte *Dörte Harry*.

»Komm, ja, nicht so kiebig. Mein Gehirn zum Beispiel. Und ...«

Knudsen straffte sich.

»Was ist los?«, fragte Eichhorn.

»Meine Spürnase. Ich fahre zu dieser Ebersberg.«

»Gute Idee!« Dörte Eichhorn erhob sich.

»Ne, lass mal, ich fahre allein«, sagte Knudsen. »Ist besser so. Ihr habt euch beim letzten Mal wie zwei Rasierklingen verhalten. Wenn wir sie irgendwann möglicherweise als Zeugin oder Verdächtige verhören, überlasse ich sie dir. Versprochen.«

Eichhorn setzte sich wieder. Sie wusste, dass Thies recht hatte, ärgerte sich aber trotzdem. Sie hatte bei Ebersberg viel zu schnell auf Angriff geschaltet. Sie hatten nichts in der Hand außer einem vagen Gefühl. Und aus vagen Gefühlen konnte Thies Knudsen mit seiner umgänglichen Art einfach mehr machen als sie.

* * *

Etwa zwei Stunden später bog Thies Knudsen mit seinem Dienstwagen in Vierlanden in die Allee mit den Buchen ein und fuhr auf das Plastinations-Zentrum zu. Er hatte sich nicht angemeldet. Manchmal war es besser, einfach so zu erscheinen. Das verunsicherte die Leute viel mehr. Und sie konnten sich nicht auf den Besuch der Ermittler vorbereiten und sich alles Mögliche zurechtlegen. Das Überraschungsmoment. Wenn Ebersberg überhaupt da war. Falls nicht – Pech. Dann hatte er eben beim Autofahren Zeit zum Nachdenken. Und aß irgendwo hinterm Deich eine Scholle Finkenwerder Art. Mit Speck oder besser noch mit Nordseekrabben.

Er parkte direkt vor dem Haus, ging die Treppe zum Eingang hoch und klingelte. Er hörte Schritte, und die Tür wurde geöffnet. Knudsen blickte in das mürrische Gesicht des vierschrötigen Hausmeisters.

»Guten Tag, ich möchte zu Frau Ebersberg. Ist sie da?«

»Sind Sie angemeldet?«, fragte der Hausmeister, der ihn zunehmend an den Glöckner von Notre-Dame erinnerte, barsch.

Knudsen wusste, dass er jetzt auf böser Bulle umschalten musste.

»Ich brauche keine Anmeldung, Herr Gratzki.«

Der Hausmeister zuckte bei der Nennung seines Namens kurz zusammen.

»Ich habe gefragt, ob Frau Ebersberg da ist, Gratzki. Beantworten Sie einfach meine Frage.«

»Ja, aber ...«

»Nix aber. Fragen Sie, ob ich sie kurz sprechen kann.«

Gratzki schlug die Tür zu.

Knudsen wartete. Wagte es der Kerl tatsächlich, ihn hier einfach so stehen zu lassen?

Wenig später öffnete Ruth Ebersberg die Tür.

»Herr Kommissar, ich wusste nicht, dass wir ...«

»Ja«, antwortete Knudsen, »entschuldigen Sie den Überfall. Aber ich muss Sie noch einmal kurz sprechen. Hätten Sie fünf Minuten?«

Er lächelte.

»Es passt gerade nicht«, antwortete Ebersberg. »Könnten wir einen Termin vereinbaren?«

Knudsen spürte, dass ihr sein Besuch unangenehm war.

»Ach, jetzt bin ich extra hier rausgefahren, um Sie hoffentlich anzutreffen«, antwortete er. »Und jetzt sind Sie ja da. Nur fünf Minuten.«

Ebersberg wankte.

»Bitte. Es ist wichtig«, sagte Knudsen. »Sie könnten mir wirklich sehr helfen.«

»Na gut. Kommen Sie rein. Fünf Minuten.«

Knudsen trat ein. Ruth Ebersberg ging mit schnellen Schritten voran, öffnete ihre Bürotür, deutete hinein und sagte: »Nehmen Sie Platz, Herr Kommissar, und sehen Sie mir nach, dass ich Ihnen nichts anbiete. Ich hatte Sie, wie gesagt, nicht erwartet und habe wenig Zeit.«

Knudsen hob noch einmal entschuldigend die Arme und setzte sich.

Er wartete, bis Ebersberg ebenfalls saß. Sie trug einen weißen Kittel, den ein paar undefinierbare Flecken zierten. Ebersberg bemerkte seinen Blick und sagte: »Ich war gerade beim Präparieren. Also, was kann ich für Sie tun, Herr Kommissar?«

»Sie können«, sagte Knudsen mit sanfter Stimme, »mir einfach die Wahrheit sagen.«

Ebersberg schlug die Beine übereinander und verschränkte die Arme.

Abwehrhaltung, dachte Knudsen. Angst und Unsicherheit.

»Ich verstehe nicht, Herr Kommissar …«

»Wissen Sie, Frau Ebersberg. Ich bin schon sehr lange bei der Polizei. Sie sind ein Mensch mit großer Ausstrahlung und Selbstsicherheit. Aber ich merke, wenn mich jemand belügt oder mir etwas verschweigt. Und ich weiß, dass Sie mir etwas verschweigen. Ich ahne, dass Sie Ihre Gründe haben, aber Sie verschweigen mir etwas.«

»Und wie kommen Sie darauf?«

»Der Moment, als Sie dem Toten ganz am Ende Ihres Besuches noch einmal in die Augen gesehen haben. Da ist etwas geschehen. Und ich glaube nicht, dass es Liebe auf den ersten Blick war. Da ist Ihnen etwas klar geworden. Etwas, das Sie erschüttert hat. Es war nur ein kurzer Moment, dann hatten Sie sich wieder im Griff. Aber es gab diesen Moment. Und ich möchte, dass Sie mir davon erzählen.«

Ebersberg sah ihn an und schwieg.

»Sie irren sich«, sagte sie schließlich.

»Ich möchte Ihnen von ein paar Seeleuten erzählen«, sagte Knudsen. »Männer aus Asien, die hart arbeiten und lange von zu Hause weg sind. Und die für ein paar Stunden in einem Seemannsclub in Hamburg Zuspruch finden. Sie können dort essen, telefonieren, skypen, beten, andere Seeleute treffen. Es ist ein Ort der Ruhe und der Mitmenschlichkeit. Und irgendjemand ist an diesen Ort gekommen und hat einige dieser armen Schweine entführt, getötet und in diese Präparate verwandelt, die auch hier bei Ihnen entstehen. Es geht hier nicht um Leichenschändung oder Diebstahl von Plastinaten. Es geht hier um mehrfachen Mord. Und ich bitte Sie: Wenn Sie irgendetwas wissen oder auch nur ahnen, was uns helfen könnte, den Täter zu finden und diese Mordserie zu stoppen, dann sagen Sie es mir.«

Ebersberg sah ihn lange an.

Sie war bleich geworden. Nickte.

»Die liegende Acht«, sagte sie schließlich. »Das Zeichen für Unendlichkeit.«

»Was ist damit?«

»Wir hatten mal einen Kollegen hier. Ein herausragender Präparator, aber sonderbarer Typ. Ein Einzelgänger. Und der hatte die Angewohnheit, seinen Präparaten eine Art Signatur zu verpassen. Eben diese Acht direkt unter der Pupille. Wir fanden es etwas geschmacklos, ließen es ihm aber durchgehen, weil er schnell und gut arbeitete.«

»Wie heißt der Mann? Und wo finde ich ihn?«

»Gottfried Hellberg. Ich weiß nicht, wo er ist. Wir mussten ihn vor zehn Jahren entlassen.«

»Warum?«

»Na ja, ich möchte hier niemand diffamieren, aber er wurde immer sonderbarer. Er redete mit den Toten, aber nicht mit seinen Kollegen. Einmal wurde er gegenüber einem Mitarbeiter handgreiflich, weil der eines der Präparate fallen gelassen hatte. Irgendwann ging es nicht mehr. Keiner wollte mehr mit ihm arbeiten. Wir haben ihm dann gekündigt.«

»Wo ist der Mann jetzt? Was ist aus ihm geworden, diesem Hellberg?«

»Das weiß ich nicht. Niemand hat mehr etwas von ihm gehört.«

»Ich brauche seine Personalakte.«

»In Ordnung.«

Ebersberg stand auf und ging zu einem Schrank, zog eine Schublade auf und begann darin zu suchen.

»Warum haben Sie uns das nicht gleich erzählt?«, fragte Knudsen.

»Ich dachte, dass es sich bei diesen Bojenmännern nur um einen makabren Scherz handelt. Eine Art morbider Ausstellung gestohlener Plastinate. Das würde zu Gottfried passen. Mir war nicht klar, dass Sie wirklich einen Mörder suchen. Auch wenn in den Zeitungen schon vom Kunststoff-Killer die Rede war. Ich habe das für wilde Spekulationen gehalten.«

Knudsen schüttelte missbilligend den Kopf.

»Aber selbst wenn Sie nur an einen makabren Scherz dachten: Was hat Sie gehindert, uns über den Mann zu informieren?«

»Ich wollte uns nicht schaden. Haben Sie gelesen, was noch in den Zeitungen stand?«

»Was genau meinen Sie?«

»Die alten Geschichten. In der Anfangszeit der Plastinationsbewegung gab es schwarze Schafe, die die Körper Hingerichteter, beispielsweise aus China, auf einer Art Leichenschwarzmarkt kauften und nutzten. Es gab damals noch nicht genug Spender. Das wurde irgendwann bekannt und unterbunden. Das war ein Riesenskandal, der unserer Branche schwer geschadet hat. Mittlerweile ist Gras über die Sache gewachsen. Aber die Gerüchte, dass es immer noch passiert, kursieren weiter. Das ist aber Unsinn. Wir hier waren und sind sauber. Aber wir haben es nicht immer leicht mit der öffentlichen Meinung. Viele lehnen es ab, was wir machen, weil sie der Tod ängstigt und ekelt. Ein durchgeknallter Leichendieb, der hier mal gearbeitet hat, ist das Letzte, was wir brauchen können. Deshalb habe ich geschwiegen. Es tut mir leid.«

Sie ging mit einem müden Lächeln auf Knudsen zu und reichte ihm einen dünnen Ordner.

»Hier bitte, Hellbergs Personalakte. Ist auch ein Foto drin.«

Knudsen blätterte in dem Ordner und fand das Bild.

Ein Mann mittleren Alters sah ihn an. Markante Gesichtszüge. Kurzes, dichtes Haar. Er lächelte nicht. Ein kalter Blick.

Waren diese Augen das Letzte, was die armen Teufel aus dem *Duckdalben* in ihrem kurzen Leben gesehen hatten? Schon das würde man niemandem wünschen.

* * *

Bereits vom Auto aus hatte Thies Knudsen Dörte Eichhorn angerufen und ihr Gottfried Hellbergs Daten durchgegeben. Jetzt saßen der Kommissar und alle verfügbaren Kolleginnen und Kollegen im Konferenzraum und hörten, was Eichhorn bisher herausgefunden hatte.

»Gottfried Hellberg, siebenundfünfzig Jahre, einen Meter neunundachtzig groß, achtundsiebzig Kilo, Arzt. Letzte ladefähige Adresse: Wittenberger Weg 6 in Hamburg-Rissen. Ein Einfamilienhaus, sein eigenes. Der Mann ist seit 2012 als vermisst gemeldet. Ist eines Tages nicht mehr im Krankenhaus erschienen, in dem er als Pathologe arbeitete. Keine Vorstrafen. Kinderlos. Ledig.«

»Schick auf jeden Fall eine Streife zum Haus. Kein Blaulicht«, sagte Knudsen zu Attay. Die nickte und griff zum Telefon.

»Wer hat die Vermisstenanzeige aufgegeben?«, fragte Knudsen.

»Seine Kollegen«, antwortete Eichhorn. »Nachdem er zwei Tage nicht zum Dienst erschienen ist und auch nicht erreichbar war.«

»Ich nehme an, er hatte beziehungsweise hat ein Handy. Versuch eine Ortung. Obwohl er kaum so dämlich sein wird, es noch zu benutzen, wenn er sich abgesetzt hat.«

Dörte Eichhorn griff zum Telefon.

»Vielleicht hatte er einen Unfall oder hat sich umgebracht, und bisher wurde keine Leiche gefunden«, sagte Carsten Hauber. »Ihr wisst selber, dass etwa drei Prozent aller Verschwundenen nie mehr auftauchen.«

»Kann sein«, antwortete Knudsen. »Aber ich fasse mal zusammen: Er ist Arzt, sogar Pathologe. Er galt als Sonderling. Er hat seine Plastinate signiert. Dann ist er verschwunden. Und jetzt werden plastinierte Körper mit eben dieser Signatur auf bizarre Weise öffentlich präsentiert. Das alles kann kein Zufall sein.«

Ein Kollege betrat das Zimmer: »Fehlanzeige in Sachen Handy. Die Nummer wurde seit Jahren nicht benutzt.«

Dörte Eichhorns Telefon klingelte. Sie ging ran, stutzte, wedelte hektisch mit den Armen und legte den Finger an die Lippen.

Alle schwiegen.

»Wartet außer Sichtweite«, sagte sie ins Telefon. »Wir übernehmen.«

Sie legte auf und sagte: »Das war die Streife. Die Kollegen sagen, im Haus in Rissen brennt Licht.«

Thies Knudsen griff zu seinem Holster mit der Dienstwaffe.

»Wir gehen kein Risiko ein. Wir brauchen ein SEK. Meral, du informierst die Staatsanwaltschaft. Gefahr im Verzug und so weiter. Dörte, du begleitest mich. Carsten und Meral, ihr recherchiert weiter das Leben unseres Mannes. Ich will alles wissen: Familiengeschichte, Finanzen, bisherige Jobs. Okay, dann los, Dörte. Wir warten unten auf das SEK.«

* * *

Knudsen und Eichhorn rasten in der beginnenden Abenddämmerung ohne Blaulicht und Sirene mit ihrem Dienstwagen über die Elbchaussee in Richtung Rissen. Hinter ihnen zwei schwarze SEK-Vans mit abgedunkelten Scheiben.

»Glaubst du wirklich, dass es so einfach wird?«, fragte Dörte Eichhorn. »Unser Täter sitzt da in seinem Haus in Rissen, wir gehen rein und haben ihn?«

»Ich würd's mir wünschen«, antwortete Knudsen. »In ein paar Minuten wissen wir mehr.«

»Wir nähern uns dem Zielobjekt«, knarzte es aus dem Funkgerät.

»Wir parken außer Sichtweite bei den Kollegen der Streife«, sagte Knudsen. »Dann besprechen wir das weitere Vorgehen.«

Vier Minuten später standen Thies Knudsen, Dörte Eichhorn und die maskierten und schwer bewaffneten Männer des SEK hinter einer Baumgruppe neben einem Streifenwagen der Hamburger Schutzpolizei.

»Hier hat sich nichts getan«, sagte einer der Kollegen. »Keiner ist raus, niemand ist rein. Das Licht brennt in einem Zimmer im ersten Stock. Ab und zu bewegt sich da was. Und es flimmert. Ich glaube, da guckt einer fern.«

»Danke«, sagte Knudsen. »Ihr sperrt jetzt bitte die Straße, Kollegen. Hier darf aus beiden Seiten keiner mehr rein.«

Dann spähte er vorsichtig, geschützt von einem Baum, in Richtung Haus. Es war so ruhig, wie der Mann eben gesagt hatte.

Aber die Ruhe konnte trügerisch sein.

Markus Besch, der SEK-Einsatzleiter, trat hinzu. Er hatte sich das Haus bereits vorsichtig aus der Nähe angesehen.

»Ich denke, wir sichern das Gebäude von allen Seiten und gehen dann über den Balkon da vorn mit einer Ramme durch die Tür rein. Die scheint mir nicht besonders stabil zu sein, soweit ich das erkennen konnte. Das beleuchtete Zimmer liegt gleich neben dem Raum mit dem Balkon. Parallel geht ein zweites Team durch die Vordertür im Erdgeschoss rein und sichert die Treppe nach oben. Ihr geht dann mit diesem Team mit rein. Hinter unseren Leuten, versteht sich.«

»Einverstanden«, antwortete Knudsen. »Dann los!«

Dörte Eichhorn spürte das Adrenalin in ihrem Körper, als sie sich gemeinsam mit Knudsen und den beiden SEK-Teams so lautlos wie möglich dem Haus näherte.

Mittlerweile war es fast dunkel.

Jetzt waren sie direkt am Haus. Knudsen und Eichhorn hatten beide ihre Dienstwaffen gezogen und warteten.

Das erste Team des SEK schlich ums Haus, legte eine mitgebrachte Leiter an, und in weniger als einer Minute standen die Kollegen auf dem Balkon in Position.

»Bereit«, kam es aus Markus Beschs Funkgerät an seiner Jacke.

»Moment noch«, antwortete der Einsatzleiter und nickte in Richtung des zweiten Teams.

Zwei SEK-Beamte positionierten sich schussbereit links und rechts neben der Tür. Dahinter weitere Beamte. Ein SEK-Mann mit einem circa zwanzig Kilo schweren Rammbock ging zum Eingang. Dahinter ein Kollege mit einem Schutzschild. Die Kollegen auf dem Balkon stellten sich auf exakt dieselbe Weise auf.

Knudsen nickte.

»Team eins Zugriff«, sprach Besch in sein Headset.

Es krachte gewaltig oben hinter dem Haus. Eine Blendgranate detonierte.

»Team 2 los«, rief Besch.

Der Rammbock knallte gegen die Tür. Die sprang auf. Der Mann mit dem Schutzschild stürmte nach vorn. Die Beamten, die links und rechts von der Tür gestanden hatten, folgten ihm mit schussbereiten Gewehren.

»Polizei, keine Bewegung!«, schrien die Beamten, ohne jemanden zu sehen.

Weitere SEK-Polizisten drangen ins Haus ein, sicherten das Untergeschoss.

Zwei Beamte stürmten die Treppe hoch ins Obergeschoss. Von dort kam Gebrüll.

»Auf den Boden! Keine Bewegung. Hände auf den Rücken.«

Knudsen und Eichhorn standen im Untergeschoss und sahen die Treppe hinauf.

»Sie haben jemanden, Thies«, sagte Eichhorn.

Beide stürmten hoch in den ersten Stock.

Ein großes Zimmer. Sofa, Sessel. Ein Tisch. Ein Fernseher lief. Irgendeine fremde Sprache.

Auf dem Boden lag ein Mann, dem gerade Handschellen angelegt wurden.

Zwei SEK-Beamte zielten immer noch auf ihn.

»Obergeschoss gesichert«, tönte es aus einem anderen Zimmer.

Thies Knudsen trat zu dem Mann auf dem Boden.

»Hebt ihn hoch, Kollegen«, sagte er.

Der Mann wurde aufgerichtet und stand jetzt vor ihm. Das Gesicht angstverzerrt.

Knudsen und Eichhorn sahen sich an.

Das hier war nicht Gottfried Hellberg.

Dieser Mann war Asiate.

* * *

7 Uhr. Der Fluss lag da wie ein silbernes Band, noch nicht so aufgewühlt vom regen Schiffsverkehr des Tages, wenn die Elbe kaum eine Chance bekam, ihr wahres Antlitz zu zeigen. Meistens tat sie das heimlich nachts oder eben sehr früh morgens, kurz vor Sonnenaufgang, wenn Andersen neuerdings immer öfter vom Harndrang genötigt wurde und wie somnambul ins Badezimmer taperte. Der Anblick eines friedlichen Flusses vor seiner Tür versöhnte ihn. Selbst der Wind schlief noch. Nur vereinzelt kräuselte sich das Wasser. So wie der Fluss an diesem Morgen dalag, hatte das was Beruhigendes. Als würde die Elbe meditieren. Aus gegebenem Anlass musste er an den Filmtitel denken: »Das Leben ist ein langer, ruhiger Fluss«. Blödsinn, dachte Andersen. Wenn überhaupt, war das Leben ein Wildbach mit Stromschnellen, Staustufen, Untiefen, Wasserfällen, Begradigungen, Eindeichungen und Verunreinigungen jeglicher Art, der schließlich im Styx mündete. Dem Fluss der Unterwelt als Grenzgewässer ins Reich der Toten, dem die Elbe an diesem Tag etwas Konkurrenz machen sollte.

Auf Höhe der Lotsenstation am Bubendey-Ufer brachte gerade die *Hadag*-Fähre der Linie 62 erste Pendler von Finkenwerder aus in die Stadt zu den Landungsbrücken. An diesem windstillen Morgen dröhnte der Motor besonders laut. Beinah obszön. So einsam, wie eine dieser Schneeraupen nachts am Berg, wenn die Pisten präpariert wurden. Das Schiff zog eine Reihe kleinerer Wellen wie einen Brautschleier hinter sich her, die sich etwas zeitversetzt in unnatürlich kurzer, fast hektischer Folge am Ufer brachen. Danach war wieder Ruhe. Fast hätte man die Strömung hören können. Ein ganz leises Flüstern des Wassers. Was natürlich Blödsinn war. Die Strömung hatte Oke Andersen von seinem Balkon aus zuletzt im Winter vor ... wie vielen Jahren? ... gehört, jedenfalls damals, als es noch Winter mit Packeis gab und die Eisschollen sich bei Flut wie bei einem Tiefkühl-Tetris im Hamburger Hafen stauten und knisternd in- und teilweise auch übereinandergeschoben wurden. Packeis eben. Aber die letzten Winter konnte man kaum so nennen. Waren irgendwie ausgefallen. Der Wind ständig Südwest statt Nordwest, wie Andersen auffiel. Statt kalter Luft vom Atlantik bei normalem und sonst vorherrschendem Nordwestwind, half der ständige Südwest neuerdings beim Sparen der Heizkosten, wenn man es positiv sehen wollte. Das musste was mit den veränderten Lagen und den Zugbahnen der Hoch- und Tiefdruckgebiete zu tun haben. Wenn man es realistisch und folglich negativ betrachtete, war das wie eine Warnung. Als wollte Poseidon persönlich den Hamburgern einbimsen: Der Klimawandel ist da, Leute. *Fridays for future* langt nicht, dachte er. Ihr müsst sieben Tage die Woche streiken. 24 / 7. Denn – schon vergessen: Erst wenn der letzte Baum gerodet, der letzte Fluss vergiftet ist, der letzte Fisch gefangen, werdet ihr feststellen, dass man Geld nicht essen kann. PS: Und Mutter Erde euch nicht braucht. Durch die veränderte Windrichtung wurden die schwer schwefelhaltigen Abgase direkt in die Vorgärten der Villen in Rissen, Blankenese, Elbchaussee und gen Wanderweg in Övelgönne geblasen. Was in gewisser Weise auch gut war. Erst wenn es ans Eingemachte ging, die Menschen persönlich betroffen waren, wenn ihre Komfortzone zu schrumpfen begann, wurden sie aktiv und bekamen den Arsch hoch. Statt frischer Luft holte man sich ob der neuen Windrichtung beim Lüften immer öfter übelste Schiffsemissionen ins Haus. Und logischerweise in die Lunge. Das war längst Thema in der Stadt und beim Senat. Aber schwer vorstellbar, dass die Elbe aufgrund von Bürgerinitiativen wie die Stresemannstraße für den Dieselverkehr gesperrt worden wäre. Obwohl Diesel-Odeur verglichen mit dem schwefelhaltigen Schweröl, das die Schiffe verbrannten, wie eine Duftprobe bei Douglas war. Wer das bestritt und nicht gut riechen konnte, hätte sonst nur mal zu Beginn der Saison helfen müssen, die Tischtennisplatte im Garten einer Nachbarin sauber zu machen. Was man da an Schwerölrückständen und Ruß runterputzte und -kratzte, langte locker für zwei bis drei Raucherlungen, und mit dem Rest ließ sich noch immer ein Klimaleugner wie Trump teeren und federn – und endlich zum Teufel jagen. Bei dem Gedanken an diesen Typen wurde Oke Andersen jedes Mal übel. Er beschloss, sich diesen friedlichen Morgen nicht durch Gedanken an Donald, das Trumpeltier, verderben zu lassen, und genoss stattdessen den Anblick einer fast spiegelglatten Elbe. Baywatch nannte er das.

Oke Andersen stand also mit dampfendem Kaffeebecher auf dem Balkon. Läge nicht der Garten vor seiner Tür, könnte man sich vor allem bei Hochwasser wie auf einer Schiffsbrücke fühlen. Volle Fahrt voraus, dachte er. Macht der Gewohnheit, mit Blick auf die Elbe. *Let go lines*. Einer der schönsten Sätze in der

Seefahrt überhaupt. Tatsächlich fehlte ihm hin und wieder das Gefühl, einfach abzulegen und elbabwärts, vorbei an Blankenese, Hanskalbsand, bei Wedel die Stadtgrenze zu passieren und mit dem Zurückweichen der Deiche gen Nordsee, englischer Kanal, Biskaya und dann der ganz großen Freiheit entgegenzufahren. Transatlantik.

Und dieser Morgen war wie gemacht zum Ablegen. Bisweilen fühlte sich Oke Andersen seit seiner Pension wie havariert, hatte er Knudsen gestanden. Gestrandet in Övelgönne. Ja, könnte einen härter treffen. Aber so ganz war er mit dem Thema Seefahrt noch nicht durch. Er hatte schon überlegt, ob er sich im Zuge seiner »Rentner-Radikalisierung« ehrenamtlich irgendeiner NGO andienen sollte. *Sea Shepherds, Greenpeace, Oceana, Ghost Fishing, Ocean Care* oder vielleicht das Dringlichste überhaupt tun: helfen, Flüchtlinge aus dem Mittelmeer zu fischen.

Oke Andersen nahm einen Schluck Fair-Trade-Kaffee und blickte nach links, wo sich gerade das eigentliche Spektakel ereignete. Ein Showdown mit Sonnenaufgang, falls man das so sagen konnte. Der Auftakt für einen schönen Tag – der später einen Schönheitsfehler aufweisen würde, was er zu diesem Zeitpunkt natürlich noch nicht ahnen konnte.

Im Osten, elbaufwärts, gen Elbphilharmonie, sah es fast so aus, als sei der Himmel explodiert. Ein gigantisches, himmlisches Hämatom machte sich da breit, das Oke Andersen an den maritimen Merksatz denken ließ: *Red sky at morning – sailors' warning.* Eine alte Bauernregel für Seeleute. Dann lieber: *Red sky at night – sailors' delight.* Morgenröte verhieß nichts Gutes und bedeutete, dass ein Tiefdruckgebiet aus Westen im Anmarsch war, hingegen ein spektakulärer Abendhimmel in unseren gemäßigten Breiten das nächste Hochdruckgebiet und stabiles, sonniges Wetter ankündigte. Wie zur Bestätigung seiner Wetterbeobachtung alter Schule guckte *La Lotse* kurz auf sein neues Smartphone. Kleines Tippen mit dem Finger, Riesenfortschritt für die Menschheit und insbesondere die Seefahrt. Musste man zugeben. Fluch und Segen. Da heute jeder nur einen Finger und ein Smartphone brauchte, um das Wetter vorherzusagen, wusste Andersen, dass gegen 16 Uhr erste Wolken mit einer Schauerwahrscheinlichkeit von siebzig Prozent bei Windstärken um sieben bis acht Beaufort auftreten würde.

Schräg gegenüber, Richtung Ostsüdost vom Balkon aus betrachtet, wurde gerade ein Containerschiff von zwei Schleppern aus dem Köhlbrand auf die Elbe auf seinen langen Weg nach China gezerrt. Wie ein verhafteter Goliath, der von Schleppern den Fluss hochgezogen wurde. Um mehr Smartphones und China-Schrott zu holen, dachte Andersen, Plastik voller Weichmacher. Dinge, die schon beim Angucken kaputtgingen, die als Gebrauchsgegenstand eine Halbwertszeit von ein paar Tagen hatten, aber als Sondermüll sozusagen Jahrtausende im Ozean treiben konnten. Die Schlepper gaben Starthilfe für ein überdimensionales Gefährt, das ohne sie so hilflos und manövrierunfähig gewesen wäre wie ein Wal in der Reuse. Einmal die Elbe angesteuert, wurde der Fluss bei auflaufendem Wasser ab Scharhörn und Vogelsand zu einem Trichter, eher Schlund als Mündung, aus dem es kein Entrinnen mehr gab. Die Stadt wäre ohne Schlepper der größte Schiffsfriedhof der Welt und um eine Attraktion reicher. Die Elbe als Sackgasse ohne Wiederkehr. Einmal in den Fluss gefahren, hätten die Pötte unmöglich aus eigener Kraft wenden können und würden elendig im Hamburger Hafen verrosten. Keine schlechte Geschäftsidee, dachte Oke Andersen. So ein Goliath-Wunderland als Pendant zur größten Sehenswürdigkeit der Stadt bzw. ganz Deutschlands. Dem Klima konnte im Prinzip nichts Besseres passieren. Wäre die weltweite Handelsflotte ein Land, hatte *La Lotse* erst kürzlich irgendwo gelesen, wäre sie global gesehen der sechstgrößte Umweltsünder. Noch vor Deutschland und Kanada. Auch seinetwegen, musste er sich leider eingestehen. Dafür schämte er sich im Nachhinein, wenn er an all die Tonnen Schweröl dachte, die Emissionen, die er in fünfunddreißig Jahren als verantwortlicher Kapitän auf den unterschiedlichsten Schiffen in die Atmosphäre geblasen und seinen Teil zum Schmelzen der Polkappen beigetragen hatte. Auch er war schuld daran, dass da, gegenüber vom Balkon, wo sich heute die Container in Altenwerder stapelten, bald das Wasser über zwei oder drei Meter stehen würde und die Elbe in ihr altes Urstromtal wie vor fünfzehntausend Jahren nach der letzten Eiszeit zurückgefunden haben würde. Wetten? Die Elbe wäre dann keine Wasserstraße mehr, vom Menschen für seine Zwecke missbraucht, begradigt und fortwährend vertieft, und Övelgönne wäre ein zweites Rungholt, die versunkene Puppenstube, oder wie auch immer die Menschen, falls es noch welche gab, das untergegangene Övelgönne benennen würden.

Ist dann eben Schluss mit lustig, dachte *La Lotse* etwas defätistisch. Selbst schuld, wenn wir uns hienieden wie schlechte Gäste benahmen, die sich als Irrläufer der Natur selbst korrigierten. Die ihrem Wirt, der Erde, längst überhöhte Temperaturen bescherten – als heilendes Fieber vielleicht. Na und? War dann danach eben alles so, wie es immer gewesen war. All die Milliarden Jahre ohne uns. Friedlicher. Wenn nicht gerade irgendwo ein Komet einschlug. Gab es nur noch das Rauschen des Windes, das Zwitschern der Vögel, das Kriechen der Kakerlaken. Gab es keinen Geist und niemand mehr, der sich über irgendetwas einen Kopf machte. Machen konnte. Der Mensch ein Montagsmodell. Tag acht der Schöpfung. Und Gott sah, dass es besser so war. Geht's eben ohne uns weiter.

Gicht der Gedanken hin oder her. Manche Krankheiten hatten auch was Gutes. Sie machten mobil, forderten die Abwehrkräfte und bewirkten in seinem Falle seine Rentner-Radikalisierung. Das fiel schon auf. Man war lange genug gleichgültig gewesen.

Mit diesem etwas düsterem Gedanken schloss Oke Andersen die Balkontür, goss sich seinen zweiten oder dritten »Muck«-Kaffee ein, ließ sich in seinem Ledersessel nieder und beschloss, eine Runde zu lesen. Richard Dana: *Two Years Before the Mast*, ein maritimer Klassiker. Über das Sklavenleben auf den alten Segelschiffen. Dieser Dana hatte sich als angehender Jurist über den Büchern seines Studiums die Augen verdorben. Durch eine radikale Änderung seiner Lebensumstände – den Blick künftig bis zum Horizont statt bloß auf Buchstaben gerichtet – wollte er sein Augenleiden in den Griff bekommen. Heuerte Anfang des 19. Jahrhunderts als einfacher Matrose auf einem Handelsschiff an. Im Vorwort stand: *Er tauschte Frack und Glacéhandschuhe gegen Segeltuchhose und geteerten Hut und bezog Quartier vor dem Mast, in den engen, ständig klammfeuchten Unterkünften der Seeleute, die der Befehlsgewalt und nicht selten auch der Willkür des Käpt'ns gnadenlos ausgeliefert waren.* Daran hatte sich auch zweihundert Jahre später wenig geändert, dachte La Lotse. Eigentlich alles wie immer. *Dana erlebte auf seiner zweieinhalbjährigen Reise die Schönheit und erhabene Gleichgültigkeit der Natur ebenso wie die brutale Realität der arbeitenden Klasse an Bord, die Härte kapitalistischer Erwerbsmethoden.*

Von den authentischen Beschreibungen eines wochenlangen Kampfes gegen Winterstürme und Treibeis bei Kap Hoorn hatte sich Herman Melville zu *Moby Dick* inspirieren lassen. Was Oke Andersen persönlich an dem Buch so besonders gut gefiel, war die Tatsache, dass der Autor, genau wie er damals in seiner aktiven Zeit als Käpt'n, offenbar ein Herz für die »Kanaken« an Bord hatte. Der Begriff war zu Zeiten Danas ein Ehrentitel für besonders gute Kameraden. Zum Schimpfwort umgedeutet und missbraucht wurde der Begriff erst zu Zeiten der Anwerbung erster Gastarbeiter in den sechziger und siebziger Jahren.

Während sich Oke Andersen in die Lektüre vertiefte, trieb unweit seiner Wohnung ein Ruderboot die Elbe hoch. Wäre Andersen zurück auf den Balkon gegangen, wäre ihm die Unregelmäßigkeit auf dem Wasser, dieser seltsame Passagier in seinem Ruderboot unweit seines Fensters, sofort aufgefallen. Wahrscheinlich hätte er sofort zum Hörer gegriffen und bei einer Bekannten der WSP-1 angerufen, den Tümpelbullen, und gefragt: Seht ihr den auch? Höhe Museumshafen. Diesen Irren im Ruderboot? Kurs Landungsbrücken. Mitten im Fahrwasser. Keine Ahnung, was der vorhat. Selbstmord wahrscheinlich. Vielleicht ist das ein Angler, der in die Drift gegangen ist. Jedenfalls scheint der schon vollkommen erschöpft, beinahe reglos, hält sich mit gesenktem Kopf an den Riemen fest und lässt sich die Elbe hochtreiben. Da würde ich dringend mal ausrücken. Und wenn ihr gerade beim Kaffeetrinken seid und nicht gestört werden wollt – kleine Spitze –, schickt wenigstens die Feuerwehr, den Mann abzubergen und vor sich selbst zu retten.

Aber all das sagte Oke Andersen nicht.

* * *

Den Hinweis hatte schließlich die Wasserschutzpolizei von Käpt'n Rocco bekommen, der an diesem Morgen Dienst auf dem Schlepper *ZP Pitbull* der Firma *Kotug Smit Towage* hatte. Als er gerade den Zwölftausend-PS-Motor anschmeißen und die riesigen Schrauben mittels Joystick zum Ablegen in Position bringen wollte, sah er von der Brücke, dass von vorn, genau in Fahrtrichtung, ein Ruderboot auf ihn zukam. Ganz gemütlich sah das aus.

»Warte mal«, sagte er zu seinem Kollegen, der den Kaffee schon weggestellt und die Arbeitshandschuhe angezogen hatte, »Leinen noch nicht losschmeißen, da kommt ein Freizeitschipper. Alter, ich glaub's nicht, im Ruderboot. Demnächst machen die hier noch einen Tretbootverleih auf.«

Rocco griff zur Schachtel Zigaretten, steckte sich eine in den Mund, legte die Füße hoch und schaltete schon mal den Außenlautsprecher an, der eigentlich dafür gedacht war, von seiner Kabine aus Befehle aufs Vorschiff durchzugeben. Blieb er mit dem Schlepper am Steg liegen, würde es zu keiner Kollision kommen. »Den Scherzkeks gucke ich mir noch in Ruhe an.« Eigentlich lautete der Auftrag, einen Tanker ab Landesgrenze Wedel abzuholen und gemeinsam mit einem zweiten Schlepper, dem *ZP Bison*, Geleitschutz zu geben. Eine Auflage der Stadt, wenn ein Schiff mit Gefahrengütern kam. Damit es nicht aus dem Ruder lief. Wie das Ruderboot vor ihnen.

»Wo will denn der hin ... nach Tschechien?«, fragte der Kollege Jansen. »Kann der sich keinen Motor leisten, oder was?«

Segelboote, Ruderboote, Kanus, Kajaks – alles, was nicht mindestens einen Außenborder mit fünfzig PS aufwärts am Heck hatte, konnte aus Sicht von Schlepperfahrern nicht ernst genommen werden. Schon gar nicht auf der Elbe. Das waren alles

Süßwassermatrosen, Landratten, Warmduscher, die gehörten jedenfalls nicht aufs stark befahrene Wasser des Hamburger Hafengebiets. Langte schon, dass die ganzen Ausflugsdampfer und Rave-Barkassen ihre Runden drehten, wenn man gerade dabei war, ein Vierhundert-Meter-Schiff in seine Parklücke im Waltershofer Hafen zu bugsieren. Statt nur einen Mindestabstand zu halten, musste man noch aufpassen, dass man beim Manövrieren nicht so einen Spaßdampfer versenkte. Grölende Kids, die sich selbst feierten, und einem aus lauter Lebensmut und Übermut Handküsse zuwarfen, während man selbst gerade eine Nachtschicht antrat. Und zwei Wochen absolut null Alkohol im Blut haben durfte. Krasser konnte der Unterschied nicht sein: Hier Maloche – da Sex, Drugs und Rock'n'Roll. Bestlaune. All das, was man so nie wieder erleben würde.

Bloß – was hatte der Typ im Ruderboot vor?

Immerhin trug der Mann eine dieser signalfarbenen Schaumstoffschwimmwesten. Als sei er ein Flüchtling.

»Sieht ja verboten aus, wie der sich an den Riemen festhält. Der ist doch total besoffen.«

Mittlerweile hatte sich das Ruderboot bis auf fünfzig Meter genähert, war also ca. zwei Schiffslängen entfernt. Etwas seitlich versetzt vom Bug des *ZP Pitbull*. Gefahrenlage bei Kollision äußerst einseitig. Rocco freute sich schon, ihm gleich mittels Außenlautsprecher einen schönen Spruch zu verpassen. Oder nein. Ihm fiel was Besseres ein. Ein Scherz, mit dem sie manchmal die Stimmung auf den Partydampfern befeuerten und selbst das Schiff der Tümpelbullen einmal ins Schaukeln gebracht hatten, als die bei einem Einsatz in Walterhof zu dicht kamen. Auf dass der Kaffee überschwappte.

»Sind noch alle Leinen fest? Dem geben wir ein bisschen Breitseite.«

Er ließ den Motor an, brachte die beiden gigantischen Propeller in Position, die sich dank eines Rolls-Royce-Getriebes um dreihundertsechzig Grad drehen ließen. Unter dem Schiff richteten sich zwei Schrauben mit jeweils zwei Meter Durchmesser aus. Schrauben, die die zwölftausend PS ins Wasser und in sechzig Tonnen Zug- oder Schubkraft übertrugen. Was gerade gewünscht war.

»Manche haben Wasserwerfer, wir haben das …« Und gab Schub voraus, genauer gesagt, seitwärts.

»Aber sutje, Rocco, nicht, dass du den Vogel zum Kentern bringst.«

»Ne, ich geb nur ein bisschen Starthilfe. Oder ist der eingepennt?«

Als das Ruderboot querab war, keine drei Meter von der Bordwand entfernt, röhrte der Motor, qualmten die beiden Schornsteine, und es entstand plötzlich unter dem Schiff ein Wildbach, ein Strom im Strom, quer zur eigentlichen Fließrichtung der Elbe und ungefähr fünfmal so stark. Der *Pitbull* machte seinem Namen alle Ehre, drückte mit halber Kraft gegen den Schlengel, der in seiner Verankerung knarzte, legte sich etwas schräg, und auf der anderen Seite wurde das Ruderboot wie von einem Strudel des Bermuda-Dreiecks bestimmt zehn bis zwanzig Meter ins Fahrwasser versetzt. Wie eine Mücke, die man kurz wegpustete.

Rocco riss die Tür der Kabine auf und rief dem Ruderer hinterher.

»Alter, das ist nicht die Adria hier und kein Feuerwehrteich. Wo hast du eigentlich rudern gelernt?«

Aber nix. Keine Reaktion, der Mann saß da wie unter Schockstarre.

»Sonst können wir dich auch abschleppen. Aber das kostet. Ungefähr sechstausend Euro pro Einsatz. Je nachdem, wo du hinwillst.«

Im Nachhinein nicht die schlechteste Idee.

Die nächsten zweihundert Meter trieb der einsame Ruderer rückwärts im Boot flussaufwärts. Käpt'n Rocco gab Befehl zum Ablegen, was schnell getan war. Bevor er elbabwärts auf Gegenkurs ging, drehte er eine Runde und sagte mehr zu sich selbst.

»Digger, der ist nicht ganz schussecht ... da regt sich ja nichts. Ist der überhaupt echt?«

Er sah seinen Kollegen an. Sein amüsierter Gesichtsausdruck war schlagartig verschwunden.

»Komm, den gucken wir uns kurz aus der Nähe an.«

Und aus der Nähe besehen bereute er kurz darauf seinen Scherz.

Rocco drückte sofort mit dem Daumen auf den Knopf an der Handfunke und ging auf Sendung:

»Pan Pan, Pan Pan, Pan Pan – hier spricht die *ZP Pitbull*... hallo, Waschpo ... aufwachen, hört ihr mich? Over.«

Knarzen in der Leitung.

»Jo, *Pitbull*, nicht so kiebig, wir hören dich. Ist das Rocco?«, kam eine verschlafene Stimme mit nordischem Vibrato, »und nicht nur wir, der ganze Hafen hört mit. Also benimm dich.«

»Jo, Rocco an der Strippe. Gibt Arbeit für euch. Zur Abwechslung. Over.«

»Wir hören. Wenn auch ungern. Over.«

»Wir sind hier Schlepperbrücke Neumühlen, haben gerade abgelegt. Neben uns treibt ... einer. Over.«

»Ich wiederhole, neben euch treibt einer im Wasser?«, fragte Wasserschutzpolizist Röver gelangweilt. »Etwas genauer, bitte! Over.«

»Ne, sitzend, im Ruderboot. Stocksteif. Wie beim Benimmkurs. Der sieht verdammt tot aus. Nach einem Bekannten von den beiden Bojenmännern, wenn ihr mich fragt. Schwer konserviert oder wie das heißt. Over.«

»Machst du Witze? Over.«

»Negativ. Kein Scherz. Der treibt genau auf das Cruise Center zu. Sollen wir den an den Haken nehmen? Wir müssen eigentlich los, 'nen Tanker in Wedel abholen. Over.«

»Alles klar, danke, nix anfassen. Wir sind unterwegs. Und wehe, das ist ein Scherz, *Pitbull*. Over.«

Die WS 25 und die 32 rückten gleichzeitig aus. Ein leichtes und ein schweres Hafenstreifboot. Beide mit Blaulicht und maximaler Geschwindigkeit. Sie erreichten kurz nacheinander das Ruderboot mit dem Toten auf Höhe des Hamburg Cruise Center. 7 Uhr 30. Das Schiff, die *AIDAmar*, hatte gerade pünktlich zum Frühstück festgemacht. Auf den Backbord-Balkonen, die zur Elbseite lagen, standen einige Passagiere in weißen Bademänteln. Auf dem Oberdeck wurde bereits gejoggt, ein paar Kabinen gereinigt. Von Filipinas, versteht sich.

»Das sieht ja aus wie beim Karneval in Venedig«, sagte Röver trocken. Und das traf es ganz gut. Durch die Verkündung eines weiteren Toten im Ruderboot auf Kanal 72 hatten sich auch ein paar Schiffe eingefunden und fuhren regelrecht einen Korso um das Ruderboot. Zwei Barkassen, ein *Hadag*-Dampfer, der die Fahrt verringert hatte, ein Schlepper der Firma Bugsier, zwei Sportboote.

»Hätte ich auch nie gedacht, dass wir mal 'ne Rettungsgasse

brauchen«, sagte Wasserschutzpolizist Köhn zu seiner Kollegin und griff zum Mikrofon für den Außenlautsprecher.

Durch die Versammlung im Wasser angelockt, füllten sich auch die Balkone der *AIDA* nach und nach, bis kurz darauf fast alle Passagiere und nahezu das gesamte Personal an Backbord standen.

Tümpelbulle Röver wurde energischer:

»An alle Fahrzeuge, bitte gehen Sie auf Distanz und machen Sie Platz. Wir würden gern unserer Arbeit nachgehen.«

»Gute Idee«, rief der Skipper einer Barkasse. »Wie wär's zur Abwechslung mal mit Vorbeugen statt Nachgehen, sonst denkt man langsam, euch hat man auch ausgestopft. Das ist jetzt schon die vierte arme Sau.«

Es war kein Geheimnis im Hamburger Hafen, dass von den Tümpelbullen noch niemand an Herzinfarkt oder Burn-out gestorben war. Umso mehr Arbeit kam jetzt auf die Kollegen des LKA zu, auf Knudsen und Eichhorn.

* * *

Die ungute Kunde kam früh, quasi auf nüchternen Magen: Knudsen und Eichhorn erfuhren vom vierten Toten, als sie gerade im Präsidium saßen und den abgängigen Asiaten verhörten, den sie am Abend zuvor in Hellbergs Haus angetroffen und verhaftet hatten. Sie fanden ihn nach der erkennungsdienstlichen Behandlung schnell im Computer, weil nach ihm gefahndet wurde. Jeffrey Rosario war sein Name. Er stammte von den Philippinen, war fünfundvierzig Jahre alt und lebte seit sieben Jahren illegal in Deutschland. Das alles hatten sie noch abends im Präsidium geklärt. Der Mann war allerdings ziemlich verstört, verweigerte jede Aussage, verlangte aber auch keinen Anwalt. Trotz längeren Aufenthalts in der Bundesrepublik waren seine Deutsch-Sprachkenntnisse mäßig bis schlecht. Der Mann kam in U-Haft.

Am nächsten Morgen saßen ihm Knudsen und Eichhorn im Verhörraum gegenüber. Ein bewaffneter Beamter stand im Hintergrund und behielt Rosario im Auge, was Knudsen übertrieben fand. Allein schon von der Statur her. Vor ihnen saß ein schlanker, schmächtiger Typ, ca. sechzig Kilo, der eher eingeschüchtert wirkte. Wie ein nachtaktives Tier, das man plötzlich unter Kunstlicht gefangen hielt. Laut Knudsens Instant-Einschätzung eher Beute- als Raubtier. Er war lange genug Polizist, um zu erkennen, dass von dem Mann, erstens, keinerlei Gefahr ausging, und zweitens, dass er noch immer unter dem Schock des gestrigen SEK-Einsatzes stand. Was Wunder – im ersten Moment waren die Typen ihrem Gebaren nach kaum von einem Überfallkommando oder einer Rockerbande zu unterscheiden gewesen. Um das Überraschungsmoment nicht zu verspielen, wurde entsprechend rustikal die Tür eingerammt. Der Ruf »Polizei!« ging da schon mal unter. Man konnte den Kollegen aber keinen Vorwurf machen. Gelegentlich trafen die auf wirklich finstere Typen. Eigensicherung ging nun mal vor. Knudsen schaltete das Aufnahmegerät ein, diktierte das Datum und die Namen der Anwesenden und fragte den Verdächtigen: »Verstehen Sie, was ich sage, Herr Rosario?«

Jeffrey Rosario nickte.

»Sie hatten jetzt eine Nacht lang Zeit, sich zu überlegen, ob sie mit uns sprechen möchten.«

»Aber Rosario nichts getan«, antwortete er in fragmentarischem Deutsch und hob die Hände, als wolle er zeigen, dass da kein Blut dran klebte.

»Na ja, das stimmt schon mal nicht, Sie halten sich illegal in Deutschland auf«, sagte Dörte Eichhorn. »Und Sie müssen uns erklären, was Sie im Haus von Gottfried Hellberg gemacht haben.«

»Nichts, ich ferngesehen, normal«, antwortete Rosario. »Und plötzlich dieser Mann.«

Er drehte sich um, weil er offenbar glaubte, dass der Beamte hinter ihm dabei gewesen war.

»Viele Männer mit Pistole und Jeffrey wehgetan.«

Ach Gottchen, herzerweichend. Mir kommen die Tränen, dachte Knudsen. Entweder das war wirklich eine arme Wurst oder ein nicht ganz untalentierter Schauspieler. Dörte Eichhorn nickte und wunderte sich, warum der Mann in der dritten Person Singular von sich sprach.

»Sie haben also gemütlich dort gesessen und ferngesehen?«

»Was lief denn?«, fragte Knudsen. Manchmal waren es die ganz banalen Fragen, die jemand aus dem Tritt brachten.

Die Antwort, die er erhielt, konnte er nicht verstehen.

»›Backelor‹!«

»Was lief?«

»›Bachela‹?«

»›The Bachelor‹ …?«, half Eichhorn auf die Sprünge.

»Ja, ›Bätschelor‹, viele schöne Frau.«

»Na gut, das ist nicht verboten.«

»Sollte aber«, brummte Knudsen.

Dörte Eichhorn reagierte nicht.

»Verboten ist allerdings, das in einem fremden Haus zu tun. Ein Haus, in das Sie offenbar eingebrochen sind. Verstehen Sie das?«

»Ja, verstehen. Jeffrey nicht einbrechen. Jeffrey Schlüssel«, antwortete Rosario.

Eichhorn griff zu der Tüte, in der Rosarios Sachen gesammelt waren, die er bei der Verhaftung bei sich hatte. »Diese Schlüssel hier?«, fragte sie.

Jeffrey Rosario nickte eifrig.

»Das sind die Schlüssel zu Gottfried Hellbergs Haus, richtig?«

»Ja, ja.«

»Woher haben Sie die, Jeffrey?«, fragte Knudsen. Erstaunlich mild.

»Von Doktor ... selbst gegeben«, antwortete Rosario.

»Wenn Sie *Doktor* sagen, dann meinen Sie Gottfried Hellberg?«, hakte Knudsen nach.

Jeffrey Rosario nickte.

»Wann hat er sie Ihnen gegeben?«

»Drei, vier Jahre ... früher.«

»Vorher, okay. Warum?«

»Ich sollen Haus aufpassen. Garten machen. Lüften. Briefkasten gucken. Viel Arbeit.«

Knudsen und Eichhorn sahen sich an.

»Warum konnte er das alles nicht selber machen?«, fragte Dörte Eichhorn.

»Doktor gesagt, muss weg. Viel weg. Jeffrey aufpassen so lange. Er viel operieren in Ausland.«

»Operieren? Wen wollte er denn operieren und wo?«, fragte Knudsen.

Der Mann ihm gegenüber zuckte noch vor Beendigung der Frage mit den Schultern.

»Nicht wissen.«

»Woher kannten Sie Gottfried Hellberg?«

»Er Jeffrey geholfen. Viel geholfen, Doktor guter Mann ...«

»Wobei Jeffrey helfen?«, fragte Knudsen, und ihm fiel auf,

dass seine Spiegelsynapsen wie immer bei Verhören aktiv waren und er automatisch anfing, sich dem Idiom seines Gegenübers anzupassen.

Die Frage blieb unbeantwortet, weil plötzlich die Tür zum Verhörraum aufging. Meral Attay stand im Verhörraum vor ihnen.

»Sorry, ihr müsst kurz rauskommen. Es ist dringend.«

Ihr Gesichtsausdruck verhieß nichts Gutes.

»Es gibt einen vierten Toten«, sagte Attay draußen auf dem Gang. »Und, öfter mal was Neues: Der trieb in einem Ruderboot … mitten in der Fahrrinne. Auf der Elbe. Wieder plastiniert, aber diesmal sitzend, die Hände an die Ruder gebunden. Ach so, und mit Schwimmweste versehen. Spusi und ihre Leute sind schon los. Die Waschpo hat das Boot auf Höhe des Cruise Center geborgen und alles so weit gesichert. Direkt neben der *AIDA* vor ordentlich Publikum. Die haben sogar geklatscht. Wie bei den Bregenzer Festspielen. Wahrscheinlich dachten die, da wird ein Film gedreht.«

»Heilige Scheiße!«

Knudsen starrte zu Boden. Eichhorn schüttelte nur den Kopf.

»Fahr du mit Carsten hin, okay? Dörte und ich machen hier kurz weiter. Nachher treffen wir uns im Konferenzraum.«

»Geht klar.«

Attay lief los.

Die beiden Kommissare standen noch kurz wie betäubt auf dem Gang.

»Scheiße«, fluchte Knudsen. »Und dann noch so dreist. Demnächst setzt der uns einen Clown direkt vors Präsidium. Allmählich geht mir der Kerl auf die Nüsse. Warum denn jetzt im Ruderboot?«

»*The answer my friend*, sitzt vielleicht da drin«, sagte Eichhorn und nickte gen Verhörraum. »Wir müssen was aus dem Kerl hier rauskriegen. Er ist die Verbindung zu Hellberg. Sein Houseboy, der ihm weiß Gott wobei noch alles geholfen hat.«

»Stimmt. Auf jeden Fall sollten wir Hellbergs Haus sehr gründlich untersuchen.«

Knudsen nickte und ging wieder in den Verhörraum. Eichhorn folgte ihm.

Jeffrey Rosario hob kurz den Kopf und sah dann wieder entspannt auf seine Hände.

»Also«, sagte Knudsen. »Uns würde interessieren, wobei Ihnen Gottfried Hellberg geholfen hat.«

»Er mir Arbeit gegeben. Und Visum versprechen.«

»Was für Arbeit? Wobei hast du geholfen?«

Knudsen ging in die Duz-Offensive über.

»Im Haus helfen. Ihn fahren. Leichte Arbeit.«

»Und wo habt ihr euch kennengelernt?«

»*Godspot*. Haus für Seeleute.«

»*Godspot*. Du meinst … den *Duckdalben*? Die Seemannsmission?«

Rosario nickte.

Eichhorns Augenbrauen gingen steil nach oben.

»Was hat denn Hellberg da gemacht?«

»Doktor eines Tages da. Draußen. In Sommer. Wir viel geredet. Er nett. Er hat gesagt, Arbeit für mich.«

»Und dann?«

»Jeffrey mitgefahren. Doktor hat Zimmer besorgt, und ich für ihn gearbeitet.«

»Seit wann?«, fragte Eichhorn.

»Viele Jahre.«

»Und dann hat er dir gesagt, dass er wegmuss.«

»Ja. Er Jeffrey nehmen, weil Jeffrey guter Mann, Doktor gesagt, vertraut, und Schlüssel für das Haus gegeben. Und Geld.«

»Meldet er sich manchmal?«, fragte Knudsen.

»Nein«, antwortete Rosario.

Knudsen sah, dass der Mann log.

»Hat Gottfried Hellberg noch andere Häuser oder irgendwelche Gebäude?«

Rosario zuckte mit den Schultern.

»Weiß nicht.«

»Wo wohnst du, wenn du nicht in Hellbergs Haus bist?«, fragte Knudsen.

»Neugraben, ein kleines Zimmer.«

»Alles klar. Schreib mal die Adresse auf, und zeig uns, welcher der richtige Schlüssel dafür ist«, sagte Knudsen und deutete auf die Tüte mit Rosarios Habseligkeiten.

»Das war es vorerst«, sagte Eichhorn. »Vielen Dank. Sie werden in Kürze einem Untersuchungsrichter vorgeführt.«

»Aber ...«

»Aber ja!«, sagte Knudsen.

Sie standen auf und nickten ihrem Kollegen zu. Der brachte Rosario zurück in seine Zelle. Knudsen sah den beiden auf dem Gang nach, gab sich dann einen Ruck und ging mit Dörte in Richtung Konferenzraum. Attay und Hauber hatten sicherlich einiges zu erzählen, wenn sie zurück vom Fundort der letzten Leiche waren.

* * *

Die »Soko Boje« traf im Kommissariat zusammen. Knudsen, Eichhorn, Attay, Hauber, Spusi Diercks und zwei weitere Kollegen von einem anderen Revier: Berthold Stordel und Christiane Bott. Staatsanwalt Rolfing, der auch im Raum war, hatte tatsächlich Wort gehalten und für Verstärkung gesorgt. Jetzt konnte man tatsächlich von einer Soko sprechen.

Meral Attay berichtete gerade vom Fundort der Leiche.

»Das war wie auf dem Hamburger Dom«, stöhnte sie. »Wir mussten mehrere Streifen anfordern, um die Gaffer abzuhalten. Sonntagmorgen. Nebenan waren Hunderte Touristen auf dem Fischmarkt. Und mehrere hundert haben von der *AIDA* und ein paar auf Schiffen vom Wasser aus zugesehen, wie die Waschpo und Spusi ihre Arbeit gemacht haben.«

»Das war die öffentlichste Spurensicherung, die ich je erlebt habe«, ergänzte Spusi. »Ich kam mir vor wie auf einer Theaterbühne. Ich fasse kurz zusammen: Auch der vierte Tote ist Asiate. Er wurde ebenfalls plastiniert. Und im Auge hat der Tote wieder diese liegende Acht. Das ist unser Mann, der hier zugeschlagen hat. Gottfried Hellberg.«

»Und das kann er praktisch überall tun«, schaltete sich Rolfing ein. »Der weiß ganz genau, dass wir die verbliebenen Bojenmänner überwachen. Also hat er uns erst einen Straßenkünstler präsentiert und jetzt diesen Ruderer. Sonntag morgen. Pünktlich zum Fischmarkt. Weiß der Geier, wo er das Boot zu Wasser gelassen hat. Der konnte das ganz in Ruhe präparieren. Gibt es eigentlich am Boot irgendwelche verwertbaren Spuren?«

Spusi Diercks schüttelte den Kopf.

»Wo stehen wir ansonsten?«, fragte Rolfing.

Knudsen nickte in Haubers Richtung.

»Der dritte Tote wurde vom BKA identifiziert«, referierte der.

»Arvin dos Santos. Vierunddreißig, ledig. Ebenfalls ein Seemann von den Philippinen. Und Thies' Kumpel Andersen hatte recht mit seinem Verdacht: Der erste Tote war tatsächlich mal Steward auf der Queen Mary.«

»Wer informiert eigentlich die Angehörigen der Opfer?«, fragte Eichhorn.

Alle sahen zu Boden.

»Okay«, sagte Knudsen. »Christiane, du nimmst Kontakt zur philippinischen Botschaft auf und besprichst die Vorgehensweise.«

Christiane Bott nickte.

»Ich fasse mal zusammen«, sagte Knudsen. »Wir suchen Gottfried Hellberg, einen Arzt, der höchstwahrscheinlich Seeleute von den Philippinen entführt, tötet, plastiniert und dann öffentlich ausstellt. Er will Aufmerksamkeit. Er hat eine Botschaft. Welche, wissen wir noch nicht. Er kommuniziert nicht bzw. nur mittels seiner Plastinate. Er hat seine Opfer mutmaßlich im Seemannsclub *Duckdalben* angesprochen und entführt. Er ist vor acht Jahren abgetaucht, aber offensichtlich noch in der Stadt. Was wissen wir mittlerweile über ihn? Meral, was habt ihr?«

»Hellbergs Mutter starb, als er noch ein Kind war. Der Vater, Armin Hellberg, war Kapitän zur See, ist fünfundachtzig und lebt in einem Seniorenheim. Der hat seinen Sohn ins Kinderheim abgeschoben, wenn er auf See war. Hellberg hat Medizin studiert und hat an mehreren Krankenhäusern als Pathologe gearbeitet. Anschließend, wie wir ja wissen, bei diesem Plastinations-Institut in Vierlanden und nach seiner Kündigung noch einmal für vier Monate im Krankenhaus St. Georg. Fachlich war der Mann eine Koryphäe, menschlich eine Katastrophe. Ein Einzelgänger sagen alle, die mit ihm zu tun hatten. Ledig, keine Vorstrafen, nicht mal eine Geschwindigkeitsübertretung. 2012 ist er spurlos verschwunden.«

»Kommen wir zu unserem Filipino«, sagte Dörte Eichhorn.

»Jeffrey Rosario, Seemann, illegal im Land. Wie lange, wissen wir noch nicht«, sagte Attay. »Das Zimmer, von dem er sprach, gibt es wirklich. Gemeldet ist er dort natürlich nicht. Die Miete hat er bar bezahlt. In dem Zimmer gibt es nichts Auffälliges, aber Spusi hat zur Sicherheit schon ein Team hingeschickt.«

»Dieser Mann«, sagte Knudsen, »behauptet, von Gottfried Hellberg im *Duckdalben* angesprochen worden zu sein. Er habe vorgegeben, ihm helfen zu wollen, und ihm dann Gelegenheitsarbeiten übertragen. Offensichtlich hat er sich auch nach Hellbergs Verschwinden um dessen Haus gekümmert, will aber angeblich seit Jahren keinen Kontakt zu ihm gehabt haben. Wir glauben aber, dass Hellberg ihn weiter bezahlt.«

»Das stinkt zum Himmel«, brummte Dörte Eichhorn.

»Wir gehen ja davon aus, dass Hellberg mindestens einen Helfer gehabt haben muss, um zumindest die Bojenmänner zu platzieren. Wer sagt uns denn, dass das nicht dieser Rosario ist?«, fragte Knudsen.

»Wir haben nichts in der Hand gegen ihn. Alles bisher nur Spekulation!«

Staatsanwalt Rolfing schüttelte genervt den Kopf.

»Aber dieser Mann«, sagte Knudsen, »ist bisher unsere einzige Spur. Eigentlich müsste er in Abschiebehaft. Aber er könnte uns auch zum Täter führen.«

»Sie meinen, wir sollten ihn freilassen?«, fragte Rolfing.

»Ja, und ihn dann beschatten. Einen Versuch ist es wert.«

Rolfing kratzte sich am Kopf.

»Wenn man so will, hat er ja einen festen Wohnsitz. Man

könnte ihm sagen, dass wir ihn in Kürze wieder vorladen, aber ihn so lange auf freien Fuß setzen.«

»Und wenn er abhaut?«, fragte Eichhorn.

»Das Risiko müssen wir eingehen«, sagte Knudsen.

»Okay«, sagte Rolfing. »Wir überwachen sein Handy. Wir müssen mit mehreren Leuten lückenlos an ihm dranbleiben. Zu Fuß und auch auf der Straße. Hat der Typ ein Auto?«

»Angemeldet ist keines auf seinen Namen. Aber in seiner Tasche war ein Autoschlüssel«, antwortete Hauber.

»Mist, haben wir die Autos gecheckt, die in der Nähe von Hellbergs Haus parken?«, fragte Knudsen.

Betretenes Schweigen im Raum.

»Ich fahr hin«, sagte Bott.

»Gut, lasst uns die Überwachung vorbereiten. Lange können wir den Mann hier nicht mehr festhalten.«

Die Ermittler gingen auseinander. Es gab viel zu tun. Endlich hatten sie eine Spur. Rolfing sprach hoffnungsvoll von der Zielgeraden gen Täter. Aber von einer Geraden konnte kaum die Rede sein.

* * *

Knudsen war erschöpft. Er habe keine Lust, über den Job zu reden, grummelte er. In acht von zehn Fällen und Fragen konnte er sich einigermaßen galant aus der Affäre ziehen, indem er einfach sagte, *Sorry, darf dazu nichts sagen.* Was die meisten seiner Bekannten zweiten Grades widerwillig akzeptierten. Manche nahmen es allerdings persönlich, dass man ihnen Interna vorenthielt und sie somit als potenzielle Plaudertaschen verdächtigte, egal, wie verständnisvoll sie nickten.

»Deine Geheimniskrämerei in allen Ehren«, sagte Oke Andersen. »Also, jetzt sag schon, was läuft.«

»Erst mal ein Schluck Bier in meine Kehle«, wich Knudsen aus und deutete ein Prost an. Sie stießen auf *La Lotses* Balkon an. Der Götterloge, wie Knudsen mal gemeint hatte.

»Auf meinen Feierabend, du hast ja nonstop Ferien neuerdings, cheers! Gibt's eigentlich auch einen kleinen Imbiss?«

Knudsen stellte sein Bier ab und rieb sich vorfreudig die Hände.

»Mal sehen, kommt drauf an«, sagte Oke Andersen.

Natürlich konnte Knudsen seinem Freund und Mentor kaum vorenthalten, was sich in Sachen Ermittlungen tat. Trotzdem beschloss er, ihn eine Weile zappeln zu lassen.

»Vorsicht, das ist Nötigung. Du bist ja schlimmer als die Journalisten, o Mann, ey, neulich dieser Blöd-Blogger in der Pressekonferenz … ohne Worte«, meinte Knudsen, schüttelte den Kopf und nahm einen extra großen Schluck.

»Welcher Blöd-Blogger!?«, hakte *La Lotse* nach.

»Ach, das nennt man heute Influencer, seine Seite nennt sich *Blogging Blood* oder so. Sitzt da in der Pressekonferenz, hält sein Smartphone hoch und quatscht mitten in der PK einfach in sein Handy. Live. Wie so ein Scheiß-Showmaster.«

La Lotse verstand generationsbedingt nur Bahnhof. Hauptbahnhof. Er hatte sich selbst regelrecht stolz mal als *Digital*-Deppen bezeichnet. Mit dem Zusatz: Und das ist auch gut so.

»Demnächst turnt der auf einem Tatort rum. Ich habe mal geguckt, der hat auf Instagram fast sechzigtausend Follower.«

Knudsen schwieg. Jetzt wäre ein guter Zeitpunkt gewesen, um *La Lotse* kurz auf den Stand der Dinge zu bringen, den privaten Polizeibericht zu liefern. Aber Knudsen verschlug es gerade ein bisschen die Sprache. Er war immer wieder beeindruckt von diesem einzigartigen Panorama, das man von Andersens Balkon sah. Gerade abends, wenn der Wind sich legte, die Sonne auf Rotlichtmodus stellte und nahtlos in die blaue Stunde überging und am Strand die ersten Fackeln angezündet wurden.

Der Kontrast konnte kaum größer sein. Zwei Welten trafen da aufeinander. Industrieromantik und Science-Fiction-Szenario versus Postkartenidylle. Jenseits der Elbe: Kräne, Containerschiffe, Van Carrier – das Hoheitsgebiet der Hamburger Hafen und Logistik AG, der HHLA. Das Legoland der Neoliberalisten, wie Andersen sehr treffend meinte, in dem knapp neun Millionen TEU-Container jährlich umgeschlagen wurden. Diesseits des Flusses, unmittelbar unter Andersens Balkon, der Charme der ehemaligen Lotsen- und Fischersiedlung, der autofreie Fußweg und jede Menge Beachlife neuerdings.

»Da hast du diese Eins-a-Aussicht jeden Tag«, leitete Knudsen den nun folgenden News-Block ein, »aber ausgerechnet wenn's drauf ankommt, kriegst du nichts mit. Hast wahrscheinlich gerade wieder deine Nase in ein Buch über Wittgenstein oder so gesteckt. Stimmt's?«

»Was kriege ich nicht mit?«

»Na, erst der Bojenmann, jetzt der Ruderer.«

»Stimmt. Habe ich tatsächlich. Aber du kannst mich ja als Nachtwächter engagieren.«

»Vergiss es, ich kenne deinen Rhythmus.«

»Komm, Knudsen, jetzt werde mal nicht kiebig, sondern erst mal sechzig, bisschen Respekt vor dem Alter, ja!? Wann ist es eigentlich so weit?«

Typisch für Männerfreundschaften, dass man nicht mal wusste, wann der beste Freund Geburtstag hatte und wie alt der genau war.

»Erlebst du nicht.«

Sie kannten sich, wie lange jetzt, fast fünfundzwanzig Jahre. Eine gute Freundschaft zeichnete sich dadurch aus, dass man keine Geheimnisse voreinander hatte. Privatleben, Beruf, Liebe, Sex, Ängste, Krankheiten. Tabus? – Gab keine Tabus unter Freunden ersten Grades. Es gab nur Vertrauen bis in die letzten Niederungen, um dann festzustellen, dass man da selten allein hockte. Mit seinen Sorgen. »Sonst hieße es schließlich nicht *vertrauensselig*, sondern *vertrauensgruselig*«, hatte Knudsen mal gekalauert. Man öffnete sich, weil man keine Angst haben musste, ausgelacht zu werden, verspottet schon, das war sozusagen der Grundton aller guten männlichen Freundschaften.

»Nun schieß endlich los – ihr habt also diesen Filipino aus Hellbergs Haus wieder freigelassen und beschattet.«

»Ja.«

»Gute Idee, und?«

»Nix, der ist sofort in seine Wohnung in Neugraben. Seitdem hockt er da. Telefon, Internet ... wird alles überwacht. Sogar die Wohnung ist verwanzt.«

»Gar nix Verdächtiges?«

»Bisher nicht.«

»Vielleicht ist der nicht so doof, wie er tut.«

»Habe ich auch schon gedacht. Ich bin mir sicher, dass der irgendwie in Kontakt mit unserem Täter ist.«

»Wie du schon sagtest, allein kann der das unmöglich alles gemacht haben.«

Knudsen zuckte mit den Schultern, nahm einen Schluck Bier und meinte: »Die Nerven behalten und abwarten ist gar nicht so einfach. Das ist die Sorte Touristenattraktion, die hier keiner haben will. Das versaut uns auch die gute Aufklärungsquote.«

»Wie gut ihr wirklich seid, wird sich an den Bojenmännern bemessen. Ich hab das Gefühl, das ist 'ne dickere Nuss.«

Kein Widerspruch.

»Was wisst ihr über diesen Hellberg?«

»Der hatte offenbar eine schwierige Kindheit. Mutter früh gestorben. Der Vater war ein Kollege von dir, Kapitän zur See. Ist jetzt fünfundachtzig und lebt in einem Altenheim nicht weit von dir. Mit Elbblick. Der Alte behauptet, er habe seinen Sohn schon seit Jahren nicht mehr gesehen.«

»Wenn du mich fragst, ist dieser Hellberg ein Exzentriker. Narzisstisch gestört. Minderwertigkeitsgefühl. Der will um jeden Preis Aufmerksamkeit.«

»Wer will das nicht heutzutage. Daran krankt unsere Gesellschaft. *Rich and famous*. Und dieser Hellberg geht dafür buchstäblich über Leichen.«

»Reich macht den das nicht.«

»Wart mal ab, der verkauft hinterher seine Memoiren. Wie diese Sorokin, diese Deutsch-Russin in den USA, die sich als Millionenerbin ausgegeben und das Vertrauen der New Yorker High Society und Leistungen von über zweihunderttausend Dollar erschlichen hat.«

»Na und? Klingt doch ganz charmant. Nach Robin Hood in eigener Sache.«

»Ja, klar, die hat auch niemanden umgebracht. Trotzdem versucht die Staatsanwaltschaft jetzt zu verhindern, dass diese Sorokin von ihren Verbrechen profitiert. Netflix hat die Rechte gekauft. Für fünfzehntausend Dollar pro Folge. Die Zahlungen sollen jetzt mittels eines neuen Gesetzes blockiert werden. Damit das keine Schule macht. Von wegen: Verbrechen muss sich wieder lohnen.«

»Ich schätze mal, das hat euer Mann nicht nötig. Das ist doch sicher nicht mit einem x-beliebigen Chemiebaukasten getan, so eine Plastinierung.«

»Witzig«, meinte Knudsen.

»Was?«

»Das Gleiche habe ich in der Pressekonferenz gesagt. Aber du hast natürlich recht: Plastinieren ist ziemlich aufwendig.«

»Und ihr wisst noch immer nicht, wie die Opfer ums Leben kamen?«

Knudsen zuckte mit den Schultern.

»Gift wahrscheinlich. Insulinspritze oder so. Alles andere hätte sich irgendwie nachweisen lassen.«

»Willst du meine Theorie hören?«

»Gern, aber mein Magen röhrt dazwischen, muss ich gestehen.«

»Okay, okay, ich mach dir was.«

Wenig später hing Knudsen über einem Teller Pasta mit selbst gemachtem Steinpilz-Pesto. Deliziös. Während er aß und den Mund voll hatte, konnte *La Lotse* unwidersprochen seine Theorie ausbreiten. Dass der Täter seines Erachtens ein eitler Geck war mit größenwahnsinnigen Zügen. Er benutzte das Wort *Hagestolz*. Beides würde ihm helfen, sich so sicher zu fühlen und der Polizei die Toten vorzuführen wie bei einer Präsentation. Sogar signiert! Botschaft: Seht her, Freunde und Fans, was ich draufhabe. Der Meister persönlich. Mit Gotteskomplex.

»Da müsst ihr den packen. An seiner Eitelkeit. Dann macht er vielleicht einen Fehler.«

»Du klingst schon fast wie ein Profiler«, kommentierte Knudsen mampfend. »Und warum denn nun gerade Filipinos? Hast du da auch eine Theorie?«, fragte er neugierig, mit herabhängenden Nudeln über den Teller gebeugt.

»Das ist die Frage. Irgendein Trauma oder Schlüsselerlebnis vielleicht. Wobei, ganz ehrlich, die Filipinos, die mit mir früher auf den verschiedenen Schiffen gefahren sind, das waren fast alles ganz feine Kerle, die mochte ich immer gern.«

»Siehst du. Haut irgendwie nicht hin, deine Theorie.«

Er drehte eine Gabel Nudeln.

»Warum plastiniert er die Toten?«, fuhr Knudsen fort. »Warum diese stubenreinen, aseptischen Leichen? Die kannst du so, wie sie sind, zu deinem Schrumpfkopf stellen. Hast du den eigentlich noch?«

La Lotse nickte etwas beschämt.

»Du meinst Roberto?«

»Mann, Mann, Mann, Oke, den musst du beerdigen, wo hast du den noch mal her?«

»Ecuador, eine meiner ersten Fahrten für die Weiße Flotte der Horn-Linie. Damals noch unter deutscher Flagge und mit deutschen Matrosen. Wir haben Bananen aus Guayaquil geholt.«

»Und Schrumpfköpfe«, meinte Knudsen trocken und wischte sich den Mund ab, »nicht wirklich respektvoll und keine gute Idee!«

»Einen einzigen. Den hat mir die Mannschaft zum Geburtstag geschenkt, mitten auf dem Atlantik. Was sollte ich denn machen? Umkehren?«

»Zum Beispiel? Das ist doch kein Souvenir!«

»Der Reeder wäre begeistert gewesen, wenn ich dem gesagt hätte, sorry, Chef, ich muss zurück. Ladung kommt diesmal vier Wochen später. Dafür ein bisschen reifer als sonst, perfekt als Babybrei-Banane.«

Knudsen grinste.

»Ja, finde ich, das hättest du. Wie soll denn die arme Seele sonst zur Ruhe kommen? Hast du kein Schiss, dass der dich heimsucht?«

La Lotse schüttelte den Kopf.

»Ne, deswegen haben die denen früher den Mund zusammengenäht, damit genau das nicht passiert und der Rachegeist genau da bleibt, wo er ist. Im Kopf eingesperrt. Und selbst wenn, der hat es ja gut bei mir.«

»Stimmt. Kann ich bestätigen. Schmeckt übrigens mal wieder eins a dein Steinpilz-Pesto. Danke.«

»Immer gern.«

»Weißt du, was mich wundert? Du hast dein ganzes Leben auf Schiffen verbracht und in vierzig Jahren kein einziges Mal den Kochlöffel selbst geschwungen, und es schmeckt trotzdem à la bonheur.«

»Habe ich dir eigentlich mal erzählt, wie unser Koch krank wurde, ich mich an einer Paella versucht habe und wie danach die ganze Mannschaft Dünnpfiff hatte und kein Klopapier mehr an Bord war, praktisch von Rio bis Rotterdam?«

Hatte er. Aber die Details variierten. Knudsen schüttelte den Kopf, schnappte sich ein zweites Bier, lehnte sich entspannt zurück und bekam als Nachtisch eine Geschichte aus *La Lotses* Arbeitsleben vorgesetzt, die es mühelos mit Käpt'n Blaubärs Seemannsgarn aufnehmen konnte.

* * *

Fuck me, dachte Hauber. Langsam wurde es langweilig. Observation einer Zielperson war wie Nachsitzen. So ziemlich das

Ödeste, was man – vom Innendienst mal abgesehen – als Kriminalbeamter machen konnte. Da hätte man auch gleich eine Uniform anziehen und bei der Schutzpolizei anfangen können, dachte er: Verkehrsunfälle, Partys auflösen, vermöbelte und eingepisste Penner auf die Wache fahren, Mütter beruhigen, denen ihr absurd teurer Kinderwagen aus dem Flur geklaut wurde. Und Kindern über die Straße helfen. Polizei Osterei – dein Freund und Helfer. Klar, war auch wichtig. Aber ohne ihn. Damals, als er sich für die Kripo entschieden hatte, dachte Hauber, dass man es mit Raub, Mord, Vergewaltigung, Drogendelikten und den ganz schweren Jungs zu tun bekommen würde – Räuber und Gendarm für Erwachsene. Dem Stoff, aus dem unser Fernsehen ist. Nur in echt. Und jetzt das. Die Banalität des Bösen – im Leben eines Kripobeamten. Gesetzlich war die Observierung einer Person so geregelt, dass sie stets als letztes Mittel in Betracht gezogen wurde. Bei einem erhärteten Verdacht und schwerer Straftat durfte bzw. musste laut richterlichem Beschluss auch länger als vierundzwanzig Stunden observiert werden. Dies war bereits seine dritte Schicht in zwei Tagen. Scheiße auch. Da wäre jeder Zen-Meister an seine Grenzen gekommen, dachte Hauber.

Observation war ungefähr so spannend wie Andy Warhols Underground-Kunstfilm über einen nackten, schlafenden Freund: *Sleep*. Sechs Stunden lang. Haubers Schicht dauerte viereinhalb Stunden. Das war im Prinzip Folter. Und wahrscheinlich hätte man bei der Polizeigewerkschaft Beschwerde einreichen können. Auf absurde, fast schikanöse Weise bewahrheitete sich, was damals im Anforderungsprofil eines Kriminalbeamten gestanden hatte, dass man starke Nerven für den Job brauchte. Vor allem, wenn man gemeinsam mit Kollegin Attay observierte.

Der Deutsch-Türkin neben ihm, mit der er einfach nicht warm wurde. Was für ein Desaster: zusammen mit ihr in einem blauen Kombi sitzen, sich sukzessive auf den Keks zu gehen und in einer wenig charmanten Siedlung in Neugraben eine Haustür zu observieren. Und da drin hockte dieses kleine Schlitzauge und verarschte sie.

Scheiß die Wand an, dachte Hauber. Noch schlimmer als das Observieren einer Zielperson war die Überwachung eines Gegenstandes. Wie etwa ein Schließfach. Weil Schließfächer sich in der Regel nicht an der Mosel, am Falkensteiner Ufer oder im Jenischpark befanden, sondern oft äußerst unschön und zugig an Bahnhöfen. Einziger Trost, dass Kaffee und Klo nie weit waren. Und trotzdem: Wenn sich ganz normale Menschen schon beschwerten, wenn der Zug mal eine läppische Stunde zu spät kam, was, bitte, sollte er denn dann sagen!? Wenn nach Tagen immer noch niemand zum Scheißschließfach kam.

Im Falle dieses Jeffrey Rosario zuckte Hauber innerlich fast freudig bis pawlowisch zusammen, wenn sich die Tür des zu observierenden Objekts, Distelacker 3, erster Stock, auftat, und dann war es doch wieder bloß die bescheuerte Nachbarin aus der Parterrewohnung, die ihren senilen Labradoodle aus führte, der, wie um Hauber zu verhöhnen, in grotesk krummer und breitbeiniger Haltung in den Vorgarten schiss. Das eklige i-Tüpfelchen, dass er schon deswegen am liebsten seine Waffe gezogen hätte. Stattdessen ließ er seinen Frust gegen jeden und alles verbal ab: »Labradoodle – warum nicht gleich Lepradoodle oder Diddl-Maus?«, meinte Hauber zu Meral Attay neben ihm und ihrerseits leicht genervt, aber in ihrem Fall ob dieser unnatürlichen Nähe zu einem Mann, der ihr schon rein körperlich unangenehm war. Und von dem sie wusste, dass er ein rassistischer Arsch war, der sich bei ihr mühsam zurückhielt, um keinen Ärger zu kriegen.

In der Hoffnung, er würde nicht in ihre Richtung reden, gab sie sich besonders wortkarg. *Ich doof Türkin, nix sprechen Deutsch,* dachte Meral Attay. Obwohl Labradoodle wirklich bescheuert und sein Einwand berechtigt war, ertrug sie seine willkürlich geäußerten Gedankengänge nicht und wischte lieber in raketenartiger Geschwindigkeit mit ihrem Daumen über das Handy, als sei sie auf der Flucht, als ginge es um ihr Leben. Und gewissermaßen war das ja auch so. Auch Arbeitszeit war Lebenszeit, die sie nun neben Hauber im Auto abhockte.

»Jeffrey Rosario, das Missing Link«, murmelte der jetzt wieder. »Gott weiß, was der jetzt gerade macht. Winterschlaf, oder was?«

Seine Art, daran zu erinnern, dass sie im Dienst waren. Um zu testen, ob sie ihm überhaupt zuhörte, fügte er hinzu: »Man hätte den doch nur ein bisschen härter rannehmen müssen, dann säßen wir jetzt nicht hier.«

Meral Attay zuckte, ohne aufzusehen, mit den Schultern. Das konnte er nicht ernst meinen, der Idiot. Drauf gewettet hätte sie allerdings nicht.

»Im Ernst. Was macht der Vogel denn bloß? Muss der sich von seinem Schreck erholen? War Knudsen doch zu grob beim Verhör?«

Meral zuckte mit den Schultern. »Vielleicht hat er Angst?«

»Was? Vor Knudsen, dem?«

»Quatsch!«

Ein Wort – mit dem sie ihm ihre ganze Gereiztheit wie einen Kuhfladen vor den Kopf knallte.

»Wovor denn?«

»Dass er der nächste ausgestopfte Filipino ist«, sagte sie ohne aufzusehen.

»Wie?«

»Na, falls der mit dem Täter unter einer Decke steckt, und dieser Hellberg hat mitbekommen, dass sein Haus gestürmt und sein Assistent verhört wurde, und das hat er garantiert, würdest du da nicht Schiss kriegen? Der passt doch genau ins Beuteschema.«

Hauber nickte und dachte nach.

»Zumal, wenn sie diesem Typen als Kronzeugen eine Aufenthaltsgenehmigung anbieten, falls nötig. Dann fängt der an zu singen. Wetten?«, ergänzte Attay.

»Dann klopf doch mal an und mach dem Fidschi ein schönes Angebot.«

Höchste Zeit, dass sie endlich abgelöst wurden, dachte Meral Attay. Länger hielt sie den humorlosen, rassistischen Kollegen auch nicht aus. Nach vier Stunden im Auto hatte sie nach seiner letzten, klebrigen Bemerkung regelrecht ein Bedürfnis, ihn abzuwaschen. Mit Abflussfrei am besten. Sie freute sich auf ihre Wanne zu Hause, dann bettschwer bis bleiern den Wecker stellen, damit nicht der ganze Tag futsch war. Sie ahnte nicht, dass dieser Tag noch jede Menge zu bieten hatte.

* * *

Hauber wurde langsam ungeduldig. Alle Fingernägel waren bis ans Bett abgekaut.

»Wenn der nicht langsam kommt, dann hole ich den!«

»Irgendwann kommt der schon raus.«

»Aber bestimmt nicht Sonntagmorgen um acht Uhr, weil er zur Kirche will.«

»Weißt du was«, antwortete Meral. »Ich hole uns mal einen Kaffee und ein Franzbrötchen, oder was willst du haben? Irgendein Bäcker wird schon aufhaben.«

Es war auch ein Friedensangebot. Bevor sie Hauber an die Gurgel ging. Und ihn vorher zwang, eine Flasche Odol zu exen. Meral schätzte ihren Kollegen weder als Menschen noch als Polizisten. Egal, wie deutsch und überlegen er sich fühlte und aufführte. Das war schon seine erste, wenn auch nicht gravierendste Fehleinschätzung. Er erkannte Situationen nicht gut. Mangelndes Einfühlungsvermögen, schlechte Intuition. Kein bisschen sensibel. Hauber war eher jemand, der gern bei *The Wire* mitgemacht hätte. Typ *bad cop* am ehesten. Noch lange vor der Pension zynisch geworden. Dem das reale Berufsbild eines Hamburger Kriminalpolizisten in Hamburg, »dem Dorf an der Elbe«, fast zu langweilig war mit gerade mal zwanzig verübten Morden pro Jahr, von denen die Täter, wie fast überall, im unmittelbaren häuslichen Umfeld anzutreffen waren, restbesoffen, heulend, oft vollgerotzt, dass man denen eher ein Taschentuch als Handschellen reichen wollte.

»Kaffee klingt gut. Aber wir werden doch bald abgelöst!«

»Um zehn, Hauber. Das sind noch knapp zwei Stunden. Also, *last order*, was darf's sein, Herr Kollege?«

Die Aussicht auf einen Kaffee und bald Feierabend hob ihre Laune.

»Flat White und Franzbrötchen ist gut, Geld kriegst du später. Aber bleib nicht so lange.«

Meral Attay war keine zwei Minuten weg und auf der Suche nach *Dat Backhus* im Rückspiegel gen Hauptstraße abgebogen, als im Distelacker 3 plötzlich die blaue Haustür aufging und statt dem Labradoodle-Frauchen Jeffrey Rosario in Jeans und Baseballjacke erschien. Sofort brannte Hauber, der sich gerade eine Zigarette hatte anzünden wollen, so lichterloh wie die Flamme des Feuerzeugs vor ihm.

»Na guck, Mäuschen, sag mal Piep«, sagte er voller Freude, dass der Typ endlich aus seinem Bau kam. Erst im zweiten Moment realisierte er, dass seine Kollegin dafür gerade ausgeflogen war. Als hätte Rosario das absichtlich so getimt. Der ging zu einem Fahrradständer und schloss ein graues Mountainbike los.

»Scheiß-Fidschi! Warum gerade jetzt?«

Hauber griff zum Handy.

»Komm, geh ran, Sugar.«

Tat sie dann auch. Leicht genervt.

»Was is? Doch lieber Cappuccino?«

»Nein, Rosario fliegt aus«, sagte Hauber fast freudig erregt, wie Meral Attay später rekonstruierte.

»Scherzkeks, ich hab einen Bäcker gefunden. *Allwörden*, da gibt's gute …«

»Meral, komm, vergiss den Bäcker. Kehrt marsch, husch, husch … wie weit bist du weg? Der setzt sich gerade auf ein Mountainbike.«

»Wer?«

»Unser Mann, Jeffrey, der Fidschi, wer denn sonst?«

»Im Ernst? Welche Richtung?«

»Jedenfalls nicht deine, entgegengesetzt … Meral, ich muss Schluss machen, der steigt gerade aufs Rad. Ich nehme die Verfolgung auf. Setze dich ins Café.«

»Hauber, warte!«

»Ne, sorry, genau das geht gerade nicht. Der tritt ordentlich in die Pedale. Der will abhauen.«

Das war's. Hauber warf das Handy hektisch auf den Beifahrersitz, ohne die Verbindung zu beenden. Das tat Meral Attay ebenfalls nicht. Sie behielt das Handy am Ohr, drückte es noch ein Stück dichter und hielt sich das andere Ohr zu. Zumal Hauber noch immer redete. Aber nicht so, als hätte er absichtlich auf die Freisprechanlage gedrückt, dafür war die Qualität zu schlecht. Ein groteskes Hörspiel begann. Ungleich gruseliger als die *Drei ???,* die sie als Kind so geliebt hatte.

* * *

Das Erste, was Meral Attay von ihrer Liveschaltung mitbekam, war, dass Hauber beschleunigte. Der Motor röhrte. Auf Abstand bleiben, dachte sie. Jetzt keinen Scheiß bauen, Hauber. Nicht durchdrehen. Quietschende Reifen am Sonntagmorgen gehörten schon mal nicht dazu. Nur weil das Kaninchen aus dem Bau und du allein mit ihm bist und keiner auf dich aufpasst, Hauber. Keinen Blödsinn machen. Als ahnte sie schon so was. Weil Hauber ständig in Sachen Action »unterzuckert« war. Ruhig, Blonder!

Meral Attay startete einen Versuch, ihn einzufangen.
»Hauber, Mensch, hörst du mich?«
Der reagierte nicht, fing dann aber plötzlich an zu reden.
»Na, Freundchen … ganz schön flott unterwegs, wohin des Weges?«
»Hauber, hallo, Hauber … hörst du mich?«
Meral Attay versuchte es erneut. Da hatte sie nur noch drei Prozent Akku. Das war hinterher mit das Schlimmste, wie sie später dem Polizeipsychologen gestand.
Attay hörte, wie Hauber sagte: »Sag bloß, du willst in die Kirche.«

Sie wurde jetzt drängender:
»Hauber, du Arschloch, hörst du mich?«
Dann war ihr Akku leer.

* * *

Jeffrey Rosario bog dann, nicht wie Hauber kurz vermutete, links gen *Duckdalben*, sondern rechts in den Moorburger Elbdeich ein. Er radelte unter der Autobahn hindurch, selbst da hielt sich der Verkehr in Grenzen. Hauber hielt rund dreihundert Meter Abstand. Der Typ war verdammt fit. Klein und drahtig. Wie ein Kickboxer. Vielleicht auch Martial Arts. Immerhin fuhr der im Schnitt knapp vierzig km/h und das schon eine ganze Weile. Oder sollte das schon sein Fluchtversuch sein?, dachte Hauber und überlegte schon, was er machen sollte, wenn der plötzlich vom Deich runter und offroad fuhr. Irgendeinen Grund musste es ja für das Mountainbike geben.

Auf leeren Straßen ging es Richtung Altenwerder. *Hamburgs einzigem Stadtteil ohne Einwohner.* Linker Hand das Gelände der CTA. Wo einst die Kühe weideten und Störche auf Froschfang gingen, stapelten sich Container im modernsten Terminal der Welt. Mitte der 1970er Jahre wurde mit der systematischen Umsiedlung der Bevölkerung begonnen, um Platz für die Hafenerweiterung zu schaffen. Letzte Erinnerung an das alte Fischerdorf waren die unter Denkmalschutz stehende Kirche und der dazugehörige Friedhof. Die St.-Gertrud-Kirche konnte man schon von weitem gut zwischen Brachland und Industrie-Ödnis ausmachen.

»Sag bloß, du gehst beten … als ob das jetzt noch nützt.«

Hauber hielt an und stieg aus. Der Kirchturm wurde von

einem riesigen Windrad überragt, das sich träge bewegte, als würde es widerwillig vom Heiligen Geist betrieben. Was für ein bizarrer Ort, dachte er. Eine Kirche im Niemandsland.

Wo steckte der bloß? Dieser Jeffrey Rosario. Wieso hatten die eigentlich alle so Namen wie Schlagersänger? Vorsichtshalber zückte Hauber seine Dienstpistole.

Der Westeingang der Kirche war geschlossen, wegen Einsturzgefahr. Ansonsten sah aber alles noch picobello in Schuss aus. Ganz normale Kirche samt Obstgarten und schönem Gottesacker dahinter mit ins Gras gelassenen Grabplatten. Ein schöner Friedhof.

Hauber ging erst einmal um die Kirche herum. Da entdeckte er das graue Mountainbike. Es lehnte an einem Schild. Darauf stand: »Brautpaare, die in Altenwerder heiraten, pflanzen hier Bäume der Hoffnung.« Der Haupteingang der Kirche war offen. Hauber schlich hinein.

Das Innere war überraschend freundlich. Wie frisch renoviert. In Weiß und Hellgrau gehalten, sehr skandinavisch, fast schon IKEA, dachte er. Man wurde sofort von einer sakralen Stille umarmt, wie sie nur in Kirchen anzutreffen ist.

Da!

Rosario.

Hinten in der Ecke stand er. Der Unterkörper verdeckt vom Taufbecken. Den Kopf an die Wand gelehnt. Andächtig. Die Arme ausgebreitet. In seinem Hoodie mit schwarzer Kapuze. Von hinten sah er aus wie ein Zisterzienser-Mönch. Scheinbar in inniger Zwiesprache mit seinem Schöpfer.

Hauber ging auf ihn zu. Die Waffe erhoben. Schon merkwürdig, dass sich der Typ nicht umdrehte. Der muss ja eine lange Wunschliste an den lieben Gott haben, dachte Hauber.

»Ey, Sportsfreund, genug gebetet, wie wäre es, wenn du jetzt mir beichtest?«

Keine Reaktion. War der eingeschlafen?

»Hallo, Rosario, hörst du mich …«

Das Taufbecken verdeckte nun den Unterleib des Mannes nicht mehr.

Dann sah er es.

Keine Beine. Nur Hosen, aus denen Stroh quoll. Ebenso aus den Armen. Stroh da, wo die Hände sein sollten. Eine Vogelscheuche! Rosario hatte seinen verdammten Hoodie über eine Vogelscheuche aus dem Obstgarten draußen gestülpt und die gegen die Wand gelehnt.

Er fuhr herum.

Im selben Moment traf ihn – ganz humorlos – ein Spaten am Kopf.

ER STAND ALLEIN IN SEINEM LABOR. Der Raum war schalldicht. Heute konnte er sich nicht an seiner Schöpfung erfreuen. Jeffrey, dieser Idiot. Sie hatten ihn verhaftet. Was musste der Kerl auch im Haus sitzen bleiben und eine seiner bescheuerten Serien gucken? Er hatte ihm nur aufgetragen, ihm ein paar Dinge von dort zu holen, an die er damals nicht gedacht hatte, als er sein altes Leben aufgab. Das war der Plan. Und nun das! Doch Jeffrey war zwar leichtsinnig, aber gerissen und widerstandsfähig, wenn es darauf ankam. Er würde nicht reden. Trotzdem musste so etwas in Zukunft verhindert werden. Vielleicht sollte Jeffrey seinen Landsleuten folgen auf ihrem Weg in die Ewigkeit. Er würde darüber nachdenken. Er hatte den kleinen Mann damals bei seinen Besuchen im *Duckdalben* für eine andere Mission erwählt. Er sollte ihm dienen. Denn Jeffrey – das hatte er gleich erkannt – war ein Entwurzelter, ein Suchender. Einer, der alle Brücken abgebrochen hatte und perfekt für ein neues Leben war. Und es klappte. Jeffrey Rosario war ein perfekter Gehilfe, der ihm treu ergeben war. Er agierte für ihn in der Welt da draußen. Die, die er verlassen hatte. Er sprach im *Duckdalben* die Seeleute an und lockte sie in sein Auto. Ein Getränk mit K.o.-Tropfen, und dann lagen sie im Auto, bereit für ihre Erlösung. Rosario war der perfekte Köder. Einer von ihnen. Aber da war leider dieser Hang, sich nicht hundertprozentig an seine Anweisungen zu halten. Es fing mit Kleinigkeiten an,

Trödeleien, Unvorsichtigkeiten. Und jetzt das. Die Polizei würde sicher ein Auge auf ihn haben. Er hatte Ausschnitte aus der Pressekonferenz gesehen. Da saßen sie. Die Leute, die ihn jagten. Dieser gelackte Staatsanwalt, der mürrische Kommissar und seine herbschöne Kollegin. Die zu erlösen würde ihm Freude bereiten. Noch war keine Frau hier unten in das Stadium der Ewigkeit gewechselt. Es wurde Zeit. Doch nun musste er sich erst um Jeffrey kümmern. Und sehen, welche Folgen seine Fehler haben würden.

Er löschte das Licht im Labor, verließ den Raum und sicherte die Tür. Er stand nun in der Halle. Hier in diesem scheinbar verlassenen Gebäude lebte er jetzt. Inmitten einer Großstadt und doch weit weg vom Lärm, dem hektischen Treiben und all diesen Menschen, die nichts wussten, nichts ahnten, nichts konnten.

Er sah hinaus durch ein schmales Fenster. Eine Ratte huschte vorbei, schnupperte an einem alten Reifen und verschwand in einem Loch im Boden. Er lächelte.

··· — — — ···

Als Hauber wieder zu sich kam, dauerte es eine Weile, bis er wusste, wo er war. Ein Motor, klar – ein Automotor, sein Dienstwagen? Ja, sein blauer Passat. Aber so steil nach oben, wie er die Hände hielt, konnte er unmöglich selbst fahren. Und so restbesoffen wie er war. Hauber fühlte sich, als würde er aus einem sibirischen Winterschlaf mit viel Wodka aufwachen. Und sein nächster Gedanke war noch viel schlimmer: Oder war das gar kein Kater? Er konnte sich gar nicht an eine Feier erinnern. Hatte ihm jemand K.o.-Tropfen in den Drink gemixt? Welche Drinks denn? War ich nicht sogar zuletzt in ... einer Kirche? Und wieso lag er auf dem Rücken? Warum ruckelte es so? Hauber realisierte: Der Wagen fuhr. War das Attay? Saß die am Steuer?

»Meral ...?«

»Träum weiter ...«

Die klang aber auch verkatert. Fast männlich. Und dann dämmerte es ihm. Langsam. Wie in Zeitlupe. Das war das Seltsame am Bewusstsein. Ausknipsen ging ganz schnell, aber anknipsen war wie ein steiler Anstieg. Noch dazu, wenn einem der Schädel brummte und er nicht mal die Augen auf den Himmel des Wagens scharf stellen konnte. Als bräuchte er über Nacht eine Brille. War das überhaupt eine Nacht gewesen. Wie lange ...? Sein Blickwinkel wirkte auch enger als sonst, fast zugeschnürt. Und ähnlich eingeschränkt waren seine Gedanken. Als seien die Gedankengänge noch vor lauter Blutgerinnsel verstopft, als würde nur jede zweite oder dritte verwertbare Information an das Koordinationszentrum senden. Als arbeitete Haubers Unterbewusstsein mit ganzer Kraft gegen das Bewusste. Als sollte er in seinem Zustand möglichst schonend auf die missliche Situation vorbereitet werden, in der er sich gerade befand. Erst nach und nach setzte sich das Abbild seiner Situation in seinem schmerzenden Schädel zusammen. Und es war kein schönes Bild, das da entstand. Wie aus einem Horrorfilm.

Hauber lag auf der Rückbank seines Dienstwagens und realisierte, dass er mit seinen eigenen Handschellen an dem Festhaltegriff über der Tür fixiert war. Unmittelbar hinter dem Fahrersitz. Dieser Scheißgriff, dachte er, der nie gebraucht wurde, seitdem man sich auch auf der Rückbank anschnallen konnte. Er versuchte, sich hinzusetzen. Ging auch nicht. Was war da los? Wieso konnte er seine Beine nicht bewegen? Er drückte sein Kinn auf die Brust und sah, dass beide Fußfesseln mehrfach mit dem Gurt wie ein eilig geschnürtes Paket umwickelt und angeschnallt waren.

»Rosario?«

»Kleinen Powernap gemacht?«, fragte der. Es klang fast freundlich. Fehlte nur die Frage, ob er was Schönes geträumt hatte.

Hauber reagierte nicht. Er musste sich erst mal Orientierung verschaffen. Wie sollte er sich gegenüber dem Kerl verhalten? Machte es Sinn, irgendwie nett zu sein? Was hatten sie noch mal zum Thema Kidnapping auf der Polizeischule gelernt? Wie man deeskalierend auf den Kidnapper einwirkte? La-Le-Lu singen langte hier wohl nicht. Und Theorie war sowieso nie Seins gewesen. Als Mann der Tat – momentan mit begrenzten Möglichkeiten. Sollte er Contenance bewahren oder um sein Leben betteln? Rein statistisch lag die Chance bei fifty-fifty, ob man auf Rot oder Tod setzte. Sollte er seinem Entführer selbst in auswegloser Situation nicht besser Bescheid geben, wo Barthel den Most holte? Ihm erklären, wie wenig Spaß der deutsche Staat verstand, wenn man sich an einem seiner Polizeibeamten verging? Aber wie viel Aussicht hatten Drohungen bei einem Illegalen, der sowieso nicht vorhatte, hinterher in seine Wohnung zu gehen, zu duschen und sich dann beim Arbeits- und Sozialamt zu melden?

Klar war nur: Hauber, der Große, lag – wehrlos wie ein Käfer – auf dem Rücken. Und alle, wirklich alle James-Bond-Filme halfen ihm einen Scheiß. Da sah man mal, wie unendlich weit Fiction und Faction wirklich auseinanderklafften. Bond hätte sich wahrscheinlich vom jeweiligen Girl noch eine Zigarette anzünden und beim Rauchen helfen lassen.

Haubers Hirn lief auf Hochtouren. Langsam floss die Kraft zurück in seinen Körper. Er überlegte, ob er in der Lage wäre, mit einem Ruck den Griff loszureißen, um dann in einer fließenden Bewegung Jeffrey Rosario, bevor der wusste, wie ihm geschah, seine Handgelenke samt Handschellen von hinten über den Kopf zu legen und ihn zu würgen. Ihn praktisch wie einen Gaul mittels Zaumzeug am Hals, auf Höhe des Kehlkopfes, zum Bremsen zu bewegen. Und falls der auf leichten bis mittleren Druck nicht reagierte, hätte es spätestens ein energischer Ruck getan. Man musste nur eine Stelle abwarten, wo keine Bäume waren.

»Wo fahren wir überhaupt hin?«

»Was glaubst du wohl? Ab geht's in die Hölle!?«

Aber lag die nicht eher in der Unterwelt?

Hauber hatte plötzlich das Gefühl, dass sie einen Berg hochfuhren oder abheben würden. Er konnte die Steigung spüren, und wenn er aus dem Fenster sah, kam da nur Himmel. Für eine Autobahnauffahrt war das zu steil. Schade, dachte Hauber, weil bestimmt schon bald nach ihm gefahndet werden würde. Dann sah er den ersten Pfeiler der Köhlbrandbrücke, die demnächst abgerissen werden musste. Die Schiffe wurden zu groß und passten nicht mehr drunter.

»Wohin soll ich dich denn bringen? Nach Hause?«

Jetzt machte der auch noch Witze. Hörte er da wirklich Jeffrey Rosario, der bei der Vernehmung so tat, als sei er irgendwo im philippinischen Urwald vom Baum geschüttelt worden und auf dem Kopf gelandet? Wieso sprach der auf einmal so druckreif Deutsch?

»Ich würde lieber in die *Ritze* auf der Reeperbahn.«

Das! Das war James Bond.

»Du bringst mich zu Hellberg, stimmt's?«

»Hellberg, hm, nie gehört«, antwortete Rosario.

Jetzt verarscht der mich wieder, dachte Hauber. So hatte er sich die Vernehmung nicht vorgestellt.

»Wer bist du, Arschloch?«, stieß Hauber hervor.

»Erst beobachtet ihr mich drei Tage, und plötzlich weißt du nicht mehr, wer ich bin, Hauber?«

Wieso klang der Typ plötzlich wie verwandelt? Nicht so, als hätte er gerade gestern den Volkshochschulkurs »Deutsch für Ausländer« angefangen. Und Haubers Namen kannte er auch. Wahrscheinlich hatte er sich Portemonnaie, Dienstmarke und Waffe geschnappt. War es so gewesen? Langsam dämmerte es Hauber, wie dämlich er gewesen war.

Er startete einen zweiten Versuch, sich zu befreien, obwohl seine Handgelenke noch vom ersten schmerzten. Hauber presste die Lippen zusammen und riss am Handgriff. Leider vergeblich.

»Was wolltest du eigentlich von mir? Liegst du gut?«, fragte Rosario fröhlich.

»Ich wollte mir dir reden ... das würde ich immer noch gern.«

Hauber versuchte nett zu klingen, irgendwie menschlich.

»Was denn?«, fragte Rosario. »Schieß los. Was sollte das denn vorhin für ein Gespräch sein, wenn du von hinten mit einer Pistole in der Hand auf mich zukommst?«

»Eigentlich interessiert mich nur eine Frage: Wo führt das hier hin?«

Rosario kicherte.

Hauber versuchte, sich mit den Beinen loszustrampeln.

Jeffrey Rosario schien auch hinten Augen zu haben. Ohne sich umzudrehen, sagte er: »Bemüh dich nicht. Ich bin Seemann, ich weiß, wie man einen guten Knoten macht.«

»Wohin fahren wir ...?«

»Ich kenne eine schöne Stelle am Wasser. Die ist tief genug für dich und dein schönes Auto ...«

»Ich kann sagen – also aussagen, du hast kooperiert. Ich kenne den Staatsanwalt. Für Kronzeugen gibt es in Deutschland gute Konditionen.«

»Ach, eine Einzelzelle? Danke, kein Interesse.«

Jeffrey Rosario lachte. Doof war der nicht.

»Warum fahren wir über die Köhlbrandbrücke?«, fragte Hauber, ein bisschen wohl auch, um anzugeben, dass sein kriminalistisches Gespür selbst unter erschwerten Bedingungen noch funktionierte.

»Stimmt«, antwortete Rosario. »Das war die Köhlbrandbrücke.

Hast du am Druck der Ohren gemerkt, oder? Da, wo wir hinfahren, wartet eine Überraschung auf dich, Hauber.«

Und Carsten Hauber, ledig, 37 Jahre, Kriminalbeamter des LKA Hamburg, die Hoffnung aller Zukurzgekommenen und Selbstgerechten, wusste, dass es keine gute werden würde.

* * *

Die Verbindung sei plötzlich abgebrochen, erzählte Meral Attay. Sie zitterte.

Knudsen schickte sie erst einmal in ihr Büro. Auf ihr Verhalten würden sie später zu sprechen kommen. Jetzt war sie erst einmal gestraft genug.

Ein Kollege war verschwunden. Der Polizeiapparat lief mit größtmöglicher Intensität an. Streifenwagen rasten in den Hafen zur Altenwerder Kirche. Die *Libelle*, Hamburgs Polizeihubschrauber, stieg auf. Rolfing ordnete eine Ringalarm-Fahndung an. Die Leitstelle der Polizei legte dafür sofort einen Radius von dreißig Kilometern um den Ort des Verschwindens fest. An sämtlichen Straßen wurden alle Fahrzeuge angehalten und kontrolliert. Zuallererst hielt man natürlich Ausschau nach Haubers Auto. Knudsen versprach sich nicht viel von der Aktion. Er wusste: Nur die ganz Blöden fuhren nach einer Tat mitten in die Ringfahndung der Polizei hinein. Rosario, der sie offenbar perfekt getäuscht hatte, würde nicht so dämlich sein, mit Haubers Auto lange Zeit in der Gegend herumzufahren. Etwas Zeit hatte er, bis die Fahndung anlief und alle Kontrollpunkte eingerichtet waren. Das wusste der Kerl sicher. Die meisten Täter wechselten schnell das Fahrzeug, setzten sich entweder zu Fuß oder mit öffentlichen Verkehrsmitteln ab oder versteckten sich. Er erinnerte sich noch gut an einen gesuchten Sexualverbrecher. Nach einem Hinweis aus der Bevölkerung war dessen Haus gestürmt worden. Der Mann war aber vorher hinten raus, auf den Baum eines Nachbars gestiegen und hatte sich dort drei Stunden versteckt. Sie hatten ihn später trotzdem erwischt, weil er bei seiner Mutter aufgetaucht war, die observiert wurde. Der Mann hatte ihnen dann im Präsidium genüsslich unter die Nase gerieben, wie er »die Bullen« von seinem Baum aus in aller Ruhe beobachtet hatte. Am nächsten Tag stand die Blamage in der *Morgenpost*.

Irgendeiner redete immer.

Die Ringfahndung ergab nichts. Hauber, sein Auto und Jeffrey Rosario waren verschwunden. Sichergestellt wurde lediglich Rosarios Fahrrad. Was war in der Kirche von Altenwerder geschehen?

Staatsanwalt Arnold Rolfing stürmte mit hochrotem Kopf in dem Raum und stand nun vor Knudsen: »Was für eine Scheiße. Wie konnte das passieren?«

Er sei, behauptete er in lupenreiner Vorwärtsverteidigung, von vornherein nicht wirklich davon angetan gewesen, Jeffrey Rosario noch mal nach Hause zu schicken und überwachen zu lassen. Und jetzt das! Ein Kriminalbeamter, der erst einen Alleingang hinlegte und dann wie vom Erdboden verschluckt war. Mitsamt einem Verdächtigen. Sowie eine Kollegin, die ihren Posten verließ.

»Das darf doch nicht wahr sein, Knudsen. In der Stadt sprießen die plastinierten Toten wie Pilze aus dem Boden, und jetzt fangen wir bei null an. Und Sie sind auch noch blamiert. Ganz großes Kino. Sie haben Ihren Laden im Griff, wirklich, Knudsen, Respekt. Was fällt denn diesem Hauber ein, seine Kollegin im Café sitzen zu lassen und dann einen auf James Bond zu machen? Und wieso holt die überhaupt Kaffee während einer Observation?«

»Ich weiß es beim besten Willen nicht.«

Vorsichtshalber enthielt sich Knudsen erst einmal gewisser Details. Er gestand zwar, notgedrungen, dass nur einer der abgestellten Beamten die Verfolgung von Jeffrey Rosario aufgenommen hatte. Aber das Gedächtnisprotokoll der Kaffee trinkenden Kollegin Meral Attay musste er erst einmal sacken lassen. Ihr Hauber-Hörspiel. Nach den Angaben, die sie gemacht hatte, musste man leider davon ausgehen, dass Hauber die klare Absicht gehabt hatte, den Verdächtigen, den er mehrfach als »Fidschi« bezeichnet hatte, nicht länger bloß zu observieren, sondern auch zu drangsalieren. Er versprach sich davon anscheinend Erkenntnisse über den Aufenthalt des Hauptverdächtigen Hellberg. Aber dabei war offenbar etwas ziemlich aus dem Ruder geraten. Der »Fidschi« hatte ganz offenbar ganz andere Pläne gehabt, als sich von einem durchgeknallten Hamburger Bullen misshandeln zu lassen.

»Alles, was wir bisher wissen«, sagte Knudsen zu Rolfing, »ist, dass es zu einem Kontakt zwischen Hauber und Rosario gekommen ist.«

»Und?«, fragte Rolfing. »Könnte es sein, dass sich die beiden spontan verliebt und in der Kirche praktischerweise gleich das Ja-Wort gegeben haben? In Kürze können wir bundesweit nach denen fahnden. Ich hoffe, das ist Ihnen klar, Knudsen.«

Knudsen schrumpfte regelrecht angesichts der Wortwut, die da auf ihn einprasselte. Sonst nicht seine Art. Aber Arnold Rolfing war richtig angefressen und rüffelte im großen Stil. Das Wort *Dilettantismus* fiel. Für seine Verhältnisse war Thies Knudsen regelrecht kleinlaut. Es war ja auch verdammt viel schiefgegangen. Und er wollte auch Attay schützen. Die wusste, dass sie einen Fehler gemacht hatte. Aber er hatte selber schon bei Observationen mal Kaffee geholt. Und manchmal musste man eben auch einfach nur mal pinkeln gehen. Hauber auch noch in Schutz zu nehmen – dazu verspürte er eigentlich nicht die geringste Lust. Nach allem, was Meral ihm erzählt hatte. Er hatte gewusst, dass der Kerl schwierig sein konnte. Aber nicht, dass er so ein rassistisches Arschloch war. Aber das alles würde noch früh genug zur Sprache kommen. Erst einmal mussten sie Carsten Hauber, den Mann, der sich überschätzt hatte, finden.

Und das würden sie auch. Die Frage war nur, in welchem Zustand.

Knudsen hatte kein gutes Gefühl.

* * *

Vier Stunden später standen Knudsen, Eichhorn und Spusi Diercks am abgelegenen Veddelkanal und sahen zu, wie die Feuerwehr Carsten Haubers Auto mit einem Kran aus dem Wasser zog. Taucher hatten den Wagen nach einem Hinweis eines Angestellten gefunden, der gegenüber vom Kanal bei einer Spedition arbeitete und aus einem Fenster gesehen hatte, wie auf der anderen Seite ein Auto ins Wasser gefahren war und sich ein Mann dann zu Fuß davongemacht hatte. Es hatte allerdings etwas gedauert, bis es der Hinweis von der Wasserschutzpolizei bis zum LKA geschafft hatte.

Mit einem dumpfen Geräusch wurde der Wagen auf den Boden gesetzt. Wasser floss aus dem Innern. Spusi zog sich Handschuhe an und ging zum Auto. Sie blieb stehen und sah hinein. Dann ging sie zur Rückseite des Autos, öffnete vorsichtig, fast ängstlich, den Kofferraum und schüttelte den Kopf. Sie sah zu Knudsen und Eichhorn rüber und rief regelrecht erleichtert:

»Leer. Der Wagen ist leer. Kein Hauber.«

Es klang wie ein Stoßseufzer.

* * *

Das Auto war wieder aufgetaucht. Hauber verschwunden. Knudsen wäre es logischerweise lieber gewesen, wenn es umgekehrt gewesen wäre. Das durfte alles nicht wahr sein: Aus ehemals einer gesuchten Person waren plötzlich drei geworden: Hellberg, Rosario, Hauber. Obwohl die Reihenfolge offiziell anders lauten sollte: Hauber war plötzlich der Vermissteste von allen und musste wieder her. Schnell und dringend. Egal wie. Hauptsache lebendig. Und dann meinetwegen auch als der Held, der er gerne hatte sein wollen, dachte Knudsen.

Unwahrscheinlich, aber nicht unmöglich. Idealerweise schaffte er es, Rosario zu überwältigen und Hellberg am besten gleich mit, dann hatte Hauber seine Heldengeschichte. Konnte erzählen: War alles so geplant und ein ganz gewiefter Plan eines genialen Cops. Sich absichtlich überwältigen und entführen zu lassen vom Missing Link, der einen dann direkt zum Täter kutschierte. Frei Haus. Und er, Hauber – das trojanische Pferd. Ein Happy End, obwohl er sich wie ein Trampeltier aufgeführt hatte.

Doch um über disziplinarische Maßnahmen nachzudenken, war es nicht die Zeit. Das waren sozusagen Luxussorgen. Konnte man dann immer noch sehen. Ein verschwundener Polizist war ein verschwundener Polizist. Und Kollege. Auch wenn

Knudsen Hauber am liebsten höchstpersönlich einen Einlauf verpasst hätte. Egal, wie reuig sich der Mann geben würde, Knudsen hätte ihn trotzdem mit Kusshand an die Schutzpolizei verschenkt und dafür gesorgt, dass Hauber den Rest seines Lebens an einer kaputten Ampel den Verkehr regeln würde. Bei halbem Gehalt. Und dann am liebsten in Wilhelmsburg, einem Stadtteil mit bunter Bevölkerung und maximalem Migrationshintergrund.

Aber Knudsen rechnete nicht damit, dass Hauber als Held heimkehrte, sondern mit dem Schlimmsten. Bei gleichzeitiger Weigerung, sich das Schlimmste vorzustellen. Als ahnte er schon, dass ihm das ohnehin kaum gelungen wäre, weil die Realität fast immer grausamer ist als alle Gräuel, die sich Menschen ausdenken können. Ein wenig tröstlich an der ganzen misslichen Situation war, dass Hauber wenigstens keine Frau und Kinder hinterließ, wenn es zum Äußersten kommen sollte.

* * *

Dringlichkeitssitzung der »Soko Boje«. Knudsen, der Gewalt jedweder Art verabscheute, sprach plötzlich von Kriegsrat. Es galt, Hauber um jeden Preis zu finden. Und wo Hauber war, war auch Rosario. Und Rosario war die kürzeste Verbindung zwischen zwei Unbekannten, der Weg zu Hellberg, diesem Spinner mit Gotteskomplex, wie *La Lotse* gesagt hatte.

»Vorschläge!«, sagte Knudsen und sah in die Runde. »Wir haben den Hafen umgekrempelt. In fast jede Lagerhalle geguckt…«

»Was ist mit den Containern? Vielleicht gibt es irgendwo welche, die ausrangiert werden«, schlug Dörte Eichhorn vor.

»Gute Idee, kümmer du dich bitte drum, sprich mit der HHLA und den Reedern, was die mit ihren ausgemusterten Containern machen.«

»Was noch?«

»Der Hausboothafen in Harburg, wo Gunter Gabriel gewohnt hat«, schlug Meral Attay vor.

»Jipp, hin da … willst du das machen? Zeigt die Fotos von Rosario rum.«

An dieser Stelle meldete sich Staatsanwalt Arnold Rolfing zu Wort und entmündigte Knudsen vor versammelter Mannschaft.

»Fotos rumzeigen reicht nicht. Zu mühselig, die Fahndung muss öffentlich gemacht werden. Wir gehen an die große Glocke – die Presse und die TV-Anstalten. Heute noch. Jeder Tag, den wir verlieren, ist einer zu viel. Und rufen fünfzehntausend Euro Belohnung aus. Für Hinweise, die zum Täter oder Hauber führen. Und Hellbergs Foto als unser Hauptverdächtiger geht gleich mit raus.«

Knudsen zuckte schon bei dem Wort *Presse* zusammen. Er wusste – Rolfing hatte recht: Die Zeit drängte, aber es störte ihn trotzdem. Für ihn war das irgendwie eine Bankrotterklärung: Die Polizei bittet die Mitbürger um ihre Hilfe. Und dann noch mit Kopfgeld. Rosarios Foto würde Wasser auf die Mühlen derer sein, die dann alle Filipinos, ach was, Asiaten über einen Kamm scheren würden (sehen doch eh alle gleich aus, die Scheißschlitzaugen, fressen Gürteltiere und bescheren uns Corona usw.).

»Halten Sie das wirklich für eine gute Idee?«, sagte er dennoch.

»Solange Sie keine bessere haben, Herr Knudsen, halte ich das sogar für eine hervorragende Idee!«

Zack, abgewatscht. Herr Knudsen, setzen, Fresse halten.

Knudsen sah ein, dass Diskutieren zwecklos war.

»Aber dann hätte ich einen Vorschlag«, sagte er. »Wenn wir die Fahndung öffentlich machen, sollten wir bei der Gelegenheit Hellberg versuchen zu provozieren und aus der Reserve zu locken.«

»Na, da bin ich aber mal gespannt«, antwortete der Staatsanwalt.

Knudsen räusperte sich. Alle sahen ihn an. Am liebsten hätte er das Wort an *La Lotse* weitergereicht. Ihn per Videoschalte dazugeholt. Schließlich war es seine Idee gewesen, die Knudsen nun durchreichte.

»Es gibt Grund zu der Annahme, dass unser Täter eine Art Gotteskomplex hat, also glaubt, aufgrund seiner persönlichen Fähigkeiten gottgleich zu sein, und entsprechend handelt.«

Knudsen schwieg erst einmal und wartete auf Widerspruch. Da kam aber nichts. Also fuhr er fort:

»Unser Täter ist Perfektionist, versteht das Handwerk der Plastination, betrachtet seine Geschöpfe als Kunstwerke, stellt sie aus und signiert sie.«

»Worauf wollen Sie hinaus?«, drängelte der Staatsanwalt.

»Hochmut kommt vor dem Fall«, sagte Knudsen. Das war exakt das, was *La Lotse* gesagt hatte.

»Soll heißen?«

»Was jetzt kommt, ist Spekulation, aber allemal einen Versuch wert. Mein Vorschlag wäre, dem Täter öffentlich die Anerkennung abzusprechen. Ich gehe davon aus, dass der sich in der medialen Aufmerksamkeit suhlt. Genüsslich bei einem Glas Crémant jeden Artikel ausschneidet und eine lückenlose Dokumentation anfertigt.«

»Ja, und weiter. Was ist jetzt Ihr Vorschlag, Knudsen?«

»Wir müssen Hellberg, wie gesagt, provozieren, ihn öffentlich als Stümper diffamieren, der seine medizinischen Kenntnisse von der Volkshochschule hat. Ein Dilettant und Autodidakt, bei dessen Plastinationen in kürzester Zeit der Verwesungsprozess einsetzen wird. Oder was weiß ich. Kann man sich ja mal bei diesem Institut erkundigen, was so als No-Go in der Szene gilt. Das Ganze muss natürlich subtil geschehen. Kleine Nadelstiche und idealerweise von einer Frau vorgetragen, vielleicht machst du das, Dörte!? Ich könnte mir vorstellen, dass einen von dieser Sorte das noch mehr provozieren dürfte. Aber das ist nur ein Bauchgefühl.«

Knudsen rechnete mit Protest. Er sah auffordernd in die Runde, bereit, seinen bzw. *La Lotses* Ansatz auseinandernehmen zu lassen. Aber alle schwiegen. Lediglich der Staatsanwalt sagte:

»Und Ihr Gotteskomplex, den führen Sie auf die Signatur zurück, ja?«

»Man signiert keine Werke, auf die man nicht stolz ist. Die vernichtet man. Ich bin sicher, unser Täter wähnt sich als was Besseres, ein Wesen höherer Ordnung mit anderer Moral und Ethik.«

»Was unter Medizinern ja nicht so ungewöhnlich wäre«, sprang der ebenfalls anwesende Polizeipräsident ein, um indirekt seinen Segen für das Provokationsmanöver zu geben.

»Und was versprechen Sie sich davon?«, fragte Rolfing.

»Dass Hellberg reagiert, einen Fehler macht«, antwortete Knudsen. »Vielleicht rechtfertigt oder beschwert er sich, kommt irgendwie aus seiner Deckung. Schreibt einen Brief, eine Mail oder ruft an. Vielleicht gäbe uns das irgendeinen Hinweis.«

Knudsen schwieg und starrte aus dem Fenster.

»Aber die Aktion gefährdet möglicherweise Hauber«, warf Meral Attay ein.

Knudsen nickte.

»Womöglich. Aber er ist auch jetzt schon in großer Gefahr. Und Hellberg tötet und plastiniert Seeleute. Auf die ist er fixiert. Es ist ein Risiko, das wir eingehen müssen. Was sollen wir sonst tun?«

Attay schwieg.

Rolfing straffte sich.

»Versuchen Sie das. Mir fällt auch nichts Besseres ein.«

* * *

Abends stand Knudsen vorm Spiegel und überschlug kurz, ob schon weitere Kummerfalten und graue Haare dazugekommen waren. Er versuchte, in Feierabendmodus zu kommen. Wichtig, abschalten! Damit die Synapsen nicht heiß liefen. Das Gehirn brauchte Pausen, wenn er schon nicht besonders gut schlief, was immer es damit auf sich hatte. Alter? Senile Bettflucht? Bluthochdruck? Ganz normale Zivilisationskrankheiten, weil wir alle zu heiß liefen und nicht mehr abschalten konnten? Außer mit Yoga oder Pillen.

Thies Knudsen blieb bei seinem Feierabendbierchen aus dem Kühlschrank, Füße hoch und Glotze an.

In den allermeisten Fällen funktionierte das Narkotikum Nachrichten. Gewissermaßen zur Relativierung und Beschwichtigung der eigenen Sorgen. Dass die vergleichsweise klein waren. Irgendein Wahnsinn war ja immer in der Welt los. Aber mit der Verschleppung Haubers war der Wahnsinn in Siebenmeilenstiefeln einen Schritt dichter an Knudsen herangetreten. Geradezu galoppiert. Als wenn in dem Fall nicht genug Druck auf dem Kessel war. Staatsanwalt Rolfing stand täglich zwei- bis dreimal auf der Matte oder rief an. Jetzt, nach dem Verschwinden Haubers, konnte man praktisch eine Standleitung einrichten.

Der Fernseher lief, und Knudsen merkte, dass er überhaupt nicht bei der Sache war. Vielleicht sollte er auch mit Kampfsport anfangen wie Kollegin Eichhorn. Denn offenbar verhielt es sich so: Je mehr der Körper gefordert wurde, desto weniger Energie blieb für den Kopf. Hinterher war man so ausgepowert, dass man wie ein Baby schlief, behauptete jedenfalls Eichhorn. Dienst ist Dienst, und Schlaf ist Schlaf, hatte sie gesagt. Sonst sei sie überhaupt nicht zu gebrauchen, wenn sie nicht wenigstens sieben Stunden bekäme.

Sieben Stunden! Knudsen war froh, wenn er auf fünf kam. *La Lotse* schlief sogar acht Stunden. Deswegen wirkte der auch immer so ausgeruht. Und wach, im wahrsten Sinne. Weil der den Schlaf der Gerechten schlief. Da fiel Knudsen ein, dass er seinen Kumpel noch anrufen konnte. Ihm berichten, dass er seinen Vorschlag, Hellberg öffentlich zu provozieren, aufgegriffen hatte. Er stellte den Fernseher leiser und holte das Telefon.

»Hi, Oke, Hauptkommissar Knudsen an der Strippe.«

»Thies, Tachchen, na, brennt die Bude?«

»Frag nicht. So was von … ich wollte dir nur sagen, dass wir das machen.«

»Was machen?«

»Deinen Vorschlag umsetzen.«

»Welchen Vorschlag?«

»Oke! Schon vergessen? Du meintest doch neulich, unser Plastinator, Hellberg, sei ein eitler Geck mit Gotteskomplex.«

»Stimmt, bleibe ich auch dabei, würde ich sogar drauf wetten.«

»Für morgen ist eine Pressekonferenz angesetzt. Wir werden

zum einen Rosarios Bild an die Medien geben. Zum anderen wollen wir Hellberg aus der Reserve locken, indem wir ihn provozieren und durch die Blume als Stümper bloßstellen. Und wehe, das funktioniert nicht, dann ...«

»Tut es, pass auf. Nach allem, was ich über Männer und Mediziner weiß. Und wie genau wollt ihr den aus der Reserve locken?«

»Bin noch nicht sicher. Wenn Spusi oder der Chef von der Gerichtsmedizin sich hinstellt und da vor versammelter Mannschaft eine Stilkritik abhält, dann wirkt das ein bisschen plump oder!?«

»Schon, ja, würde ich auch denken. Setzt doch einfach jemand zwischen die Journalisten, der eine Frage stellt, die darauf abzielt.«

»Stimmt, die können ja gar nicht abwegig genug fragen.«

»Soll ich ... ich könnte doch.«

»Ne, komm, lass gut sein, Oke. Die kennen sich doch alle untereinander, wenn da plötzlich ein neues Gesicht auftaucht, für welches Medium überhaupt – die *Apothekenumschau*?«

Andersen lachte.

»Ist ja nur ein Vorschlag.«

»Ich kenne einen Polizeireporter, der ist mir noch was schuldig.«

»Darf ich einen Vorschlag machen? Ich weiß auch schon, was ihr den fragen lassen könntet.«

La Lotse gab den Regieassistenten.

»Ihr müsst den degradieren. Koryphäen hassen Konkurrenz, weil das deren Einzigartigkeit in Frage stellt. Ihr könntet beispielsweise behaupten, die Plastinate seien Regionalliga bzw. Kreisklasse gegen die von Gunther von Hagens. Hier wurde gepfuscht, da tropft noch Leichenwasser aus den Ohren oder was weiß ich. Die taugen bestenfalls als Dünger, was in der Art, bisschen geschmackvoller vielleicht.«

Knudsen musste schmunzeln.

»Oh Mann, Oke. Schöne Vorstellung, ich stehe da auf dem Podium und meckere rum, dass unser Täter ein Kurpfuscher ist und seine Opfer bestenfalls als Dünger taugen.«

»Ich wette mit dir, der ruft dich danach persönlich an und verlangt eine Richtigstellung.«

»Sehr pietätlos. Das ist doch sonst nicht deine Art.«

»Der Zweck heiligt die Mittel, Thies. Aber mir egal, wie ihr das macht. Du verstehst meinen Ansatz.«

»Generell klingt das nicht verkehrt. Vielleicht solltest du doch noch Privatdetektiv werden auf deine alten Tage.«

La Lotse lächelte.

»Gut, dass du nicht *Miss Marple* gesagt hast. Das nehme ich mal als Kompliment. Aber mir langt ehrlich gesagt schon, wenn ich ab und zu deinen Hiwi oder Honk machen kann oder wie das bei euch heißt.«

»Honk?«, fragte Knudsen. »Wie kommst du denn darauf?«

»Habe ich neulich erst gelernt. Das ist ein Akronym. Weißt du, wofür das steht?«

»Ne, sag an?«

»Hilfskraft ohne nennenswerte Kenntnisse.«

Knudsen musste herzhaft lachen. Seit langem mal wieder. Trotz allem oder gerade deswegen. Am besten funktionierte das immer noch mit Oke Andersen.

Oke »Honk« Andersen ab jetzt.

* * *

Es war, als hätten sich Hamburgs Medien in kürzester Zeit vermehrt. Der Saal K1 war gerammelt voll. Diesmal gab es nichts zu knabbern. Keine Familienpackungen »Wir-Kekse«. Als Einzigen der anwesenden Journalisten begrüßte Knudsen dezent Polizeireporter Jenssen, der instruiert war, gegen Ende mit seiner Frage rauszurücken. Dörte Eichhorn hatte die Antwort extra auswendig gelernt, damit sie nicht ins Stocken geriet. Damit das ganz beiläufig rüberkam, als beantworte man die Frage nur, weil Pressekonferenzen dafür da waren, selbst die abseitigsten Fragen von Reportern zu beantworten.

Die Tatsache, dass dies keine normale Pressekonferenz war, sondern eine inszenierte, polizeitaktische Ermittlungsstrategie, machte die Sache für Knudsen wesentlich erträglicher. Er saß regelrecht gut gelaunt auf dem Podium, gab sich jedenfalls Mühe, nicht wie der letzte Griesgram zu erscheinen.

Sogar die Sitzanordnung auf dem Podium war beinahe dieselbe wie bei der letzten PK. Ganz links Polizeipressesprecher Henning Flocke, daneben Staatsanwalt Rolfing, Kommissar Knudsen und zu seiner Rechten Kollegin Dörte Eichhorn. Wieder »aufgehübscht«. Himmel, hilf, dachte Knudsen. Sie sah noch bezaubernder aus als letztes Mal.

So wie einem Judith Rakers den Horror dieser Welt kokett lächelnd ins Wohnzimmer servierte, hatte Eichhorn das Potential, über den ganzen Verwaltungskram eines Kriminalbeamten hinwegzutäuschen.

Flocke eröffnete. Sprach mit Bedauern von einer unglücklichen Wende und Zuspitzung der Situation.

»Wie Sie wissen, ist unser Kollege unter bisher ungeklärten Umständen verschwunden. Wir vermuten, dass er vom flüchtigen Jeffrey Rosario entführt wurde.«

Er sah zu Knudsen hinüber.

Und ehe der sichs versah, schwenkten ungefähr doppelt so viele Kameras wie beim letzten Mal auf ihn.

»Hauptkommissar Knudsen wird Ihnen kurz erörtern, wie es dazu kommen konnte.«

»Ja, danke, ich tue mein Bestes. Ich muss Ihnen sicherlich nicht groß darlegen, wie besorgt wir sind und wie sehr uns die Situation umtreibt. Wir wissen zu dem jetzigen Zeitpunkt nichts über den Verbleib unseres Kollegen. Aber wir haben Grund zur Annahme, dass der Flüchtige samt seiner Geisel weiterhin im Hafengebiet befindlich sein muss.«

Eins-a-Beamtendeutsch ... befindlich sein muss, dachte Eichhorn. Sie sah Knudsen schon druckreif bei *Aktenzeichen XY* vorsprechen, wenn sie nicht bald was Substanzielleres zu bieten hatten als »Grund zu Annahmen« und die üblichen Polizeiphrasen. Das war alles ganz schön dünn.

Knudsen hatte keine sieben Sätze gesprochen, da grätschte ihm der Blood-Blogger dazwischen. Süffisant und spöttisch. Aus der ersten Reihe.

»Sorry, kurze Zwischenfrage. Wie konnte das denn überhaupt passieren? Dass sich die Räuber-und-Gendarm-Situation so dramatisch umgekehrt hat?«

Knudsen blieb cool.

»Zu diesen Fragen kommen wir noch.«

»Aber das ist doch eine entscheidende Frage, das will man doch wissen, wie derjenige, der einen Verdächtigen beschattet, plötzlich samt dem Gesuchten verschwindet.«

»Wir haben Grund zur Annahme, dass unser Kollege überwältigt wurde, als er Jeffrey Rosario gefolgt ist.«

»Aha!«, tönte der Blöd-Blogger.

An dieser Stelle mischte sich der Pressesprecher kurz ein und rettete die Situation, ehe Knudsen sich zu Bemerkungen hinreißen ließ, die nicht hilfreich sein würden.

»In der Pressemappe finden Sie ein Bild des Flüchtigen Jeffrey Rosario. Der Mann ist zweiundvierzig Jahre, stammt von den Philippinen, ist eins zweiundsiebzig groß und hält sich illegal in Deutschland auf. Wir haben Grund zur Annahme, dass er ein Komplize unseres Hauptverdächtigen ist. Dieser Mann heißt Gottfried Hellberg. Sein Foto und Angaben zur Person finden Sie ebenfalls in der Mappe und auf der Website des LKA. Wir bitten Sie, beide Fotos zu veröffentlichen.«

»Handelt es sich um eine Entführung, gibt es bereits irgendwelche Forderungen?«

»Dass die Toten ein Museum kriegen, oder was?«

Knudsen merkte, wie ihm schon wieder der Kragen schwoll. Er kam sich vor wie ein Lehrer, der einen renitenten Schüler am liebsten in die Ecke gestellt hätte. Gesicht zur Wand. Kamera aus. Rest der Stunde Klappe halten. Der Blöd-Blogger konnte froh sein, dass er den Schutz der Öffentlichkeit genoss. Aber: vor laufenden Kameras die Contenance zu verlieren, nicht gut. Er wusste, dass er sich zusammenreißen musste.

Mittlerweile fühlten sich auch andere Journalisten ermutigt, wild drauflos zu fragen. Vielleicht ganz gut. Knudsen versuchte, den Polizeireporter Jenssen mit einem Kopfnicken zu seiner Frage zu animieren.

»Ruhe, bitte, nicht alle durcheinander ...«, ermahnte der Pressesprecher die Anwesenden. »Sofern es uns möglich ist, beantworten wir gern all Ihre Fragen. Und gern nacheinander.«

Es kehrte etwas Ruhe ein. Verschiedene Journalisten meldeten sich. Einer wollte wissen, in welchem Verhältnis Rosario zu

Hellberg stand. Knudsen antwortete, dass er darauf zurzeit keine Antwort geben könne.

Jetzt meldete sich auch Jenssen.

»Ich würde gern noch mal auf die Opfer zu sprechen kommen.«

»Bitte.«

»Was geschieht eigentlich mit den Opfern, nachdem sie identifiziert wurden? Werden sie zurück zu ihren Familien geschickt?«

»Da bin ich gar nicht so genau im Bild«, tat Knudsen überrascht. »Aber das kann Ihnen bestimmt meine Kollegin Dörte Eichhorn sagen.«

»Ja, das kann ich, danke. Zunächst«, fing Eichhorn ohne zu zögern an, »wurden die Familien natürlich über das Auffinden und den Tod ihrer Angehörigen informiert, von denen sie teilweise schon über ein Jahr nichts gehört hatten. Sie zeigen Verständnis, dass wir die Opfer vorerst noch hier bei uns in der Gerichtsmedizin behalten müssen. Ihnen ist natürlich besonders daran gelegen, dass wir den mutmaßlichen Täter so schnell wie möglich überführen. Sobald der Fall abgeschlossen ist, werden die Toten von Gerichtsmedizin und Staatsanwaltschaft freigegeben und in ihre Heimat übersandt. Entweder bereits eingeäschert oder im ... also ... im jetzigen Zustand.«

Und dann folgte der einleitende Satz möglichst beiläufig, weil ja nur eine Randnotiz: »Das ist allerdings nicht ganz einfach ...«

An dieser Stelle endete Dörte Eichhorns Ausführung abrupt. Das war der entscheidende Satz, die Aufforderung nachzuhaken, auch wenn es sich um eine scheinbar nebensächliche Angelegenheit handelte.

Jenssen gab sich skeptisch.

»Wieso? Was kann denn daran problematisch sein?«

Dörte Eichhorn warf einen Blick zu Knudsen, als wollte sie fragen, ob sie die Frage beantworten könne, der nickte, und die Anwesenden hörten:

»Das gehört eigentlich nicht hierher. Aber bei zwei der Leichname wurden bereits Verwesungsprozesse festgestellt. Weiter möchte ich das hier aus Pietätsgründen nicht ausführen. Nur so viel: Der Flug auf die Philippinen ist lang und ein gekühlter Transport möglicherweise nicht unproblematisch.«

»Haben Sie nicht bei der letzten Pressekonferenz betont, die Toten seien perfekt plastiniert?«, fragte Jenssen. »Und jetzt sprechen Sie sozusagen von … Montagsmodellen.«

Der Begriff war so nicht vorgesehen, brachte die Provokation aber auf den Punkt.

»Das dachten wir auch, mittlerweile ist die Gerichtsmedizin zu einer anderen Erkenntnis gekommen. Bitte sehen Sie es mir nach, mehr möchte ich dazu nicht sagen.«

Der Köder war ausgelegt. Jetzt musste und würde sich zeigen, ob *La Lotse* als Profiler taugte und Hellberg drauf ansprang.

Dessen Reaktion ließ nicht lange auf sich warten.

* * *

Das Video ging per Mail von einem unbekannten Absender an die Polizeipressestelle des LKA in Hamburg. Kriminalobermeister Hartmut Berger, der Beamte, der das Video als Erster öffnete, begriff erst gar nichts. Er sah Bilder aus irgendeinem Labor: medizinisches Gerät, Infusionsständer, Gestalten auf Tragen. Bis er eine der Gestalten erkannte. Berger sprang auf und rannte aus seinem Büro.

Wenige Minuten später standen die Mitglieder der »Soko

Boje« zusammen im Konferenzraum und starrten auf einen noch leeren Bildschirm an der Wand. Ein IT-Techniker saß vor einem Laptop, murmelte »Moment noch« und klickte dann eine Datei an, die ihm Berger gesendet hatte. Ein Video, offenbar von einem Handy gefilmt, startete. Der Bildschirm wurde kurz schwarz, dann sah man eine Tür.

Thies Knudsen lief ein Schauer über den Rücken. Ein Mann sprach aus dem Off. Die Stimme klang fest und entschlossen, dabei jedoch sehr emotionslos, wie ein Dozent, der sich den neuen Eleven vorstellte:

»Mein Name ist Gottfried Hellberg. Dem Namen nach dürfte ich einigen von Ihnen bekannt sein. Sie werden mir nachsehen, wenn ich mich nur aus dem Off zu erkennen gebe. Aber letztlich geht es nicht um mich, sondern um meine Arbeit.«

Kurze Kunstpause, als wollte Hellberg der »Soko Boje« Gelegenheit geben, den ersten Schock zu verdauen. Um Kraft für den nächsten zu sammeln.

»Mit einiger Verärgerung habe ich registriert, dass Sie öffentlich meine Expertise mit Unwahrheiten in Zweifel gezogen haben. Ihnen fehlt offenbar jede fachliche Kompetenz. Deshalb diese kleine Nachhilfestunde. Sie zwingen mich zu diesem Schritt: eine kleine Gegendarstellung. Jeder, der es gewagt hat, meine Schöpfung als amateur- oder stümperhaft zu bezeichnen, kann sich jetzt vom Gegenteil überzeugen.«

Man hörte Schritte. Eine schwere Stahltür. Ein Griff wurde gedrückt. Dunkelheit. Atmen. Das Klicken eines Lichtschalters. Es wurde hell. Eine kurze Unschärfe. Dann fokussierte die Kamera und erleuchtete einen großen, hell gestrichenen Raum. Man sah Wasch- und Seziertische, Beutel mit verschiedenfarbigen Flüssigkeiten an Infusionsständern, Wände mit großen Fächern,

Hebevorrichtungen, Kühlvitrinen und – wie die Soko-Mitglieder später lernten – so genannte Leichenmulden, Metallrahmen aus Chromnickelstahl mit Haltegriffen, in denen tote Körper auf die Tische gewuchtet und dort fixiert und bearbeitet wurden.

In zwei dieser Leichenmulden lagen Gestalten. Die Kamera zoomte an eine Leiche heran. Sie befand sich bereits in einem fortgeschrittenen Stadium der Bearbeitung. Das Bild zeigte rötlich eingefärbte Organe und schwenkte dann zum Kopf des Toten. Dessen Gesicht war etwas zur Seite geneigt und schien den Zuschauer anzustarren. Die Kamera fuhr nun vom Kopf des Toten langsam zum Oberkörper bis hinunter zu den Füßen.

»Sie sehen hier ein bereits vorbehandeltes Geschöpf, das in wenigen Tagen ins Azetonbad kommt«, referierte Hellberg sachlich – ohne jede Emotion, wie jemand, der ganz bei seiner Arbeit ist. »Jeder Experte wird erkennen, wie sauber und professionell hier gearbeitet wurde. Präparation aus dem Lehrbuch.«

Knudsen sah irritiert zu Meral hinüber, die mit zusammengepressten Lippen auf den Bildschirm sah und angefangen hatte, ganz unmerklich mit dem Kopf zu schütteln.

»Aber ich will Ihnen noch etwas zeigen«, hörte man Hellbergs Stimme wieder. »Hier haben wir ein weiteres Geschöpf, das Ihnen wohlbekannt sein dürfte.«

Die Kamera schwenkte nach rechts zu einem anderem Tisch. Zuerst sah man nur einen nackten Männerkörper bis zum Hals. Dann fuhr die Kamera hoch zum Gesicht.

Da lag Hauber! Carsten Hauber. Bleich. Die Augen geschlossen.

»Ihr vorwitziger Kollege«, sagte Hellberg, »kurz vor seinem Weg in die Unendlichkeit. Schauen Sie hier: Aus diesem Behälter wird gleich Formalin in sein Arteriensystem fließen. Nachdem ich ihm alles Blut aus seinem recht ordentlich trainierten Körper entnommen habe. Das Freilegen der Muskulatur wird mir später eine Freude sein.«

Meral Attay gab ein würgendes Geräusch von sich und rannte aus dem Raum. Man hörte, wie sie sich draußen übergab.

Die anderen Mitglieder der Soko standen da wie gelähmt. Sie mussten sich zwingen, das Video zu Ende zu sehen. Versuchten, emotionale Distanz zu wahren, was unter den Umständen unmöglich war. Es war, als würden sie selbst dort liegen.

»Das wird alles noch ein wenig dauern. Und die weiteren Schritte auch. Bevor ich Ihnen Ihren Kollegen fertig plastiniert zurückschicke, wird es ein paar Monate brauchen. Ich bin kein Stümper. Ich beherrsche mein Handwerk und lasse die nötige Sorgfalt walten. Wie Sie hier gleich sehen können.«

Die Kamera löste sich von Hauber. Hellberg durchschritt den Raum und hielt vor einer weiteren Tür inne.

»Hier sehen Sie mein Werk in Vollendung.«

Die Tür wurde geöffnet. Licht flammte auf, und Knudsen, Eichhorn und ihre Kolleginnen und Kollegen sahen ein Kabinett des Grauens: plastinierte, menschliche Körper in verschiedenen Positionen. Einige saßen, andere standen, manche machten theatralische Gesten. Bizarre anatomische Studien und Opfer eines offenbar Wahnsinnigen.

»Wer will jetzt noch behaupten, dass ich mein Handwerk nicht verstehe?«, hörte man Hellberg wieder, dessen Stimme jetzt lauter und emotionaler wurde. Wut mischte sich in Stolz auf seine Geschöpfe.

»Da, seht doch, ihr Ignoranten. Perfekte Geschöpfe, die euch alle überdauern werden. Wagt es nie wieder, mich einen Amateur zu nennen. Nie wieder. Sonst kann ich diese Lehrstunde jederzeit wiederholen. Einen guten Tag noch.«

Dann brach die Aufnahme ab.

Im Konferenzraum war es still. Kollektives Entsetzen. Als Leiter der »Soko Boje« ergriff schließlich Knudsen das Wort:

»Dieses Video«, presste er hervor, »muss unter allen Umständen unter Verschluss bleiben. Das darf nie an die Öffentlichkeit geraten.«

»Zu spät«, sagte Eichhorn und sah auf ihr Handy. »Ich habe eben die Nachricht bekommen, dass das Video bereits im Netz zu sehen ist. Hellberg hat es offenbar gestreut und auch diesem Scheißblogger aus der Pressekonferenz neulich geschickt, und der hat es online gestellt.«

»Verdammt!«

Es war der Super-GAU für die »Soko Boje«. Hellberg verhöhnte sie mit dem eben gesehenen Video, einer perversen, öffentlichen Inszenierung seiner Verbrechen, vollzogen an einem Kollegen.

»Kann man zurückverfolgen, von wo aus das geschickt wurde?«, fragte Rolfing.

»So doof wird der nicht sein, aber unsere IT checkt das natürlich«, antwortete Knudsen.

Gottfried Hellbergs Video war bald bundesweit das Thema Nummer eins. Auch wenn seriöse Medien den Film nicht zeigten, wurde doch überall darüber berichtet, und es gab genug »reichweitengeile Arschlöcher«, wie Eichhorn es formulierte, die es doch in Auszügen zeigen, bis es ihnen gerichtlich verboten wurde.

Die Kommentare in der Presse und den sozialen Netzwerken waren vernichtend.

Rolfing tobte. Knudsen und sein Team standen mit dem

Rücken zur Wand. Selten, dass ein Vorschlag seines Freundes Oke so nach hinten losgegangen war, dachte Knudsen.

Das Video war der größtmögliche Unfall. Ein Worst-Case-Szenario. Mit Abstand das Schlimmste, was Knudsen in seinem Polizistenleben bisher erlebt hatte.

* * *

»Lass es einfach. Langt doch, wenn ich das nicht aus dem Kopp kriege!« Mit diesen Worten hatte Knudsen seinen Freund *La Lotse* schon am Telefon gewarnt, er möge sich das Video nicht angucken. Auf keinen Fall! »Wofür!? Was soll das bringen, Oke!?« Aber am Ende ließ sich Andersen nicht davon abbringen. Es war weniger voyeuristische Neugier als auferlegte Strafe, dass er sich das Video gleich mehrfach angeguckt hatte, solange es noch im Netz zu finden gewesen war. Er wollte sehen, was auch oder vor allem auf seinem Mist gewachsen war.

Ihr nächstes Treffen hatte sich entsprechend angefühlt wie bei einer Selbsthilfegruppe. Knudsen sah mitgenommen aus, als er *La Lotse* in Övelgönne besuchte. Tiefe Ränder unter den Augen. Keine Frage nach Essen, lediglich das Bier, das ihm Oke Andersen hinhielt, nahm er wortlos entgegen.

»Morgen muss ich nach Leipzig, Haubers Eltern aufsuchen. Ich habe jetzt schon Schiss. Was soll ich denen denn sagen? Stell mal vor, die haben das Video gesehen …«

»Stelle ich mir lieber nicht vor …«

»Was sagt man denen? Dafür ist ihr Sohn jetzt so berühmt, wie er immer sein wollte …«

Reste von Knudsens Galgenhumor. Sonst wurde man ja verrückt.

»Ich erzähle denen doch nicht, wissen Sie, also Ihr Sohn hat sich selbst in die Scheiße geritten. Hätten Sie den besser erzogen ...«

La Lotse, sonst nicht um Worte verlegen, schwieg.

»Weißt du, was mich gerade am meisten umtreibt?«

Andersen schüttelte den Kopf.

»Meine größte Sorge ist gerade, dass wir diesen Irren nicht schnell genug schnappen und der Hauber tötet und in aller Seelenruhe plastiniert. Und wenn ich ehrlich bin ... wahrscheinlich ist es eh schon zu spät. So eine Scheiße ...«

»Sag mal, dieses Video ...«

»Wird analysiert, ob da irgendwelche Hinweise zu finden sind«, ergänzte Knudsen den Satz.

»Ich habe ja auch geguckt.«

»Und?«

»Ein Labor ... ohne Tageslicht. Muss ein Keller oder so sein.«

»Na, dann kann ich ja die Kavallerie ausrücken lassen.«

Knudsen war eindeutig nicht gut auf *La Lotse*s detektivische Hobbyanalysen zu sprechen. Und *La Lotse* sah ein, dass er sich besser vorerst zurückhielt. Knudsen war gereizt. Schon bei der Erwähnung des Wortes *Video* konnte er kaum an sich halten und verspürte große Lust, seine ganze Wut, sein ganzes Versagen dem Blood-Blogger um die Ohren zu hauen. Als sei der schuld. Er wusste natürlich, dass er es selbst war, der es versemmelt hatte. Trotzdem: Am liebsten hätte er den mit gezückter Pistole persönlich dazu gebracht, das Video von seiner Scheißseite zu nehmen. Das hatten andere übernommen. Weniger gewalttätig. Das Video verschwand von der Blogger-Seite. Aber wer wollte, konnte es im Netz immer noch finden. So war das eben heute.

»Und der Besuch bei Hellberg senior ... im Altenheim, welches war das noch mal – hat nichts gebracht?«, fragte *La Lotse*.

Knudsen schüttelte gedankenverloren den Kopf. Dachte sich nichts dabei.

»Im *Sankt-Josef-Hof* ... nee, hat keinen Kontakt, weiß nichts, will nichts wissen, und als wir dem gesagt haben, dass sein Sohn verdächtigt wird, die toten Filipinos in Hamburg zu verteilen, hat der nur mit den Schultern gezuckt und gesagt, der sei schon immer ein bisschen wunderlich gewesen.«

»Und das kauft ihr dem ab?«

»Was? Dass sein Sohn wunderlich ist?«, spottete Knudsen. »Schon, ja, doch, dem würde ich beipflichten.«

»Dass der keinen Kontakt zum Sohn hat.«

»Was sollen wir denn machen? Der Mann ist vierundachtzig, unverdächtig, extrem schlecht gelaunt ... ein *grumpy old man*, der während der Vernehmung ein paar Mal eingenickt ist. Das war die skurrilste und unergiebigste Befragung meiner Karriere bisher.«

La Lotse nahm das zur Kenntnis, nickte beiläufig, und im selben Moment kam ihm eine Idee, die er aber erst mal selbst überdenken wollte. Knudsen verabschiedete sich schließlich mit den Worten: »Oke, ich bin drüber! Tut mir leid. Ich denke, du verstehst, wenn ich heute nicht in Bestform bin.«

»Was Wunder. Versuch, heute Nacht mal 'ne Mütze Schlaf zu kriegen.«

La Lotse brachte Knudsen zur Tür. Kaum dass er allein war, setzte er sich an seinen Rechner und googelte die Adresse des *Sankt-Josef-Hofs*. Wie und was genau er da anstellen wollte, war ihm noch nicht ganz klar. Vielleicht einfach mal vorsprechen und eine kostenlose Führung mitmachen. Vorgeben, man würde sich für das Haus interessieren. Ganz unverbindlich. Schließlich sei er auch nicht mehr der Jüngste. Und lieber selbst kümmern, solange man dazu noch in der Lage war.

Die wahren Gründe konnte er ja erst mal für sich behalten.

* * *

Am nächsten Tag fing Oke Andersen an zu recherchieren und öffnete die Seite des *Sankt-Josef-Hofs*. Schon über einen der ersten Sätze stolperte er:

Auf fünf Wohnbereichen pflegen und betreuen wir Bewohner mit multimorbiden und chronischen Krankheitsbildern und Menschen mit Demenz.

Oha, dachte er, multimorbide. Ob das so geschickt formuliert war? Oder war das nur eine ehrliche Beschreibung des Altersprozesses im fortgeschrittenen Stadium? Wer wollte denn freiwillig in ein Heim, in dem lauter Multimorbide hausten? Schon der Anruf kostete Andersen Überwindung. Er wählte die Nummer des Seniorenheims und erfuhr: Man könne jederzeit vorbeischauen und sich umsehen. Selbstredend. Man sei ein offenes Haus. Für Multimorbide, dachte *La Lotse*.

»Melden Sie sich einfach beim Empfang, und fragen Sie nach Frau Paulich, unsere Leiterin. Entweder die oder ich führe Sie rum.«

»Ihr Name war noch mal?«

»Ich bin Lisa!«

»Fein, dann würde ich mich gleich auf den Weg machen«, sagte Oke Andersen und legte auf. Mit etwas ungutem bis mulmigem Gefühl.

La Lotse ging den Schulberg hoch zur Elbchaussee. Sein tägliches Fitnessprogramm. Sein Wagen parkte in einer Tiefgarage in der Liebermannstraße. Musste sein. An lauen Abenden nach einem Parkplatz suchen, war wie ein Geduldsspiel. Außerdem verlangte die Versicherung das für seinen Wagen mit H-Kennzeichen. Opel Kapitän P II 2.6 von 1962. Sein Straßenschiff. Den Wagen hatte er damals von seinem Vater zum bestandenen Patent bekommen. Die meiste Zeit seines Lebens war der Oldtimer abgemeldet. Mit gerade mal vierundfünfzigtausend Originalkilometern, zu denen jetzt weitere achtzehn dazukamen.

La Lotse fuhr die Elbchaussee elbabwärts Richtung Rissen und dann zum *Sankt-Josef-Hof.*

Früher hatte sich kein Mensch nach dem Wagen umgedreht. Das war heute anders, wenn Oke Andersen mit weit aufgerissenem Haifischmaul cruiste. Das war mit das Lästigste – die Blicke. Andererseits – egal, wie und wo man fuhr, man hatte immer Vorfahrt, die Menschen lächelten einen an, manche winkten, verziehen Fahrfehler viel schneller und hielten den Daumen hoch. Schwer vorstellbar, dass einem das als Porschefahrer passierte.

Sein Opel war irgendwie ein Kommunikationsvehikel, wie Knudsen es mal ausgedrückt hatte. Man komme überall damit ins Gespräch. Das sollte sich auch für seine Mission Hellberg senior bewahrheiten.

Oke Andersen stellte sich einen Plausch unter Kapitänen a.D. vor. Das hieß – Flasche Whisky dabei, Highland Park, ein schöner Single Malt.

Die Anlage des Heims war terrassenförmig angelegt. Mit sonnigen Appartements, umgeben von Grün und Blick auf den Golfplatz. Siebziger-Jahre-Architektur mit Flachdächern und großzügigen Terrassen, auf denen die Anwohner theoretisch Rollator-Rennen abhalten konnten. Auf den ersten Blick sah das alles aus wie eine in die Tage gekommene Ferienanlage an der Costa del Sol. Gekreuzt mit einer hanseatischen Antwort auf Thomas Manns »Zauberberg«. Drumherum viel Grün; man hörte in der Ferne Menschen beim Golfabschlag.

Plopp. Heile Welt. Betuchter Hamburger Westen. Die Aura der Pfeffersäcke.

La Lotse ließ die schwere Tür des Kapitäns zufallen, schloss das Auto ab, betrat das Gebäude und kam sich gleich dreißig Jahre jünger und rüstiger vor. Mindestens. Sein Gang war fast federnd, die Haltung etwas gerader als sonst, die Haare voller, die Stimme kräftiger. Altenheime und Pflegeheime waren so gesehen wie ein Jungbrunnen, eine Frischzellenkur fürs Ego. Und gleichsam ein abschreckendes Beispiel für das Alter, egal, wie gut so ein Haus geführt war oder nicht und wie würdevoll darin gealtert werden konnte. Das Alter selbst hielt sich oft genug überhaupt nicht daran.

Der Empfang war leer.

»Sie müssen da klingeln«, sagte eine Dame mit langem, silbernem Zopf und sah Andersen aufmerksam an. Er fühlte sich regelrecht gemustert.

»Wollen Sie jemand besuchen?«

»Nein, niemanden spezifisch. Ich wollte mich nur umsehen.«

»Für sich selbst?«

Oke Andersen machte eine eierige Kopfbewegung. Übersetzt bedeutete die: Na ja, so weit bin ich ja hoffentlich noch lange nicht. Aber man weiß ja nie, und die guten Einrichtungen haben ja lange Wartelisten.

»Das Haus ist gut geführt. Wir sind sehr zufrieden.«

War das Pluralis Majestatis oder für die Allgemeinheit gesprochen? Die Dame sah so adelig aus, irgendwie nach Gräfin.

Sie war offensichtlich in Plauderlaune, und Andersen nutzte die Gelegenheit.

»Es ist so, ich schreibe an einem Buch über Seefahrt, damals und heute. Ich bin selbst lange zur See gefahren und …«

»Oh, ein Kapitän!«

La Lotse nickte.

»Dann haben Sie bestimmt viel gesehen.«

Das war der Klassiker, eine sehr stereotype Vermutung, klassenübergreifend. Oft gefolgt von der Frage, wo es ihm denn am besten gefallen habe, woraufhin *La Lotse* gern »in meiner Kabine« sagte, womit sich die wenigsten zufriedengaben, und dann sagte er einfach Belize oder Tuamotus. Weil das kaum einer kannte, und dann war das Gespräch schnell zu Ende. Wenn er das Gegenüber sympathisch fand, fügte er noch »die Südsee« hinzu. Da fingen sofort immer alle an zu seufzen. Südsee löste regelrecht einen Pawlow'schen Paradiesreflex bei den Menschen aus.

»Schon, ja, man kommt ganz gut rum. Wissen Sie, ob es hier im Haus zufällig …«

»… andere Seeleute gibt?«

Die Dame war auf Zack.

»Ich kenne ja nicht alle, aber ein, zwei sollten dabei sein. Bestimmt. Wir sind ja hier in den Elbvororten. Ich glaube, doch, ja, der etwas, wie soll ich sagen, stieselige Herr in der zweiten Etage, der nie an Veranstaltungen teilnimmt, immer nur Fernsehen guckt. Ich weiß noch nicht mal seinen Namen. Aber bei über hundert Einwohnern nicht verwunderlich. Es heißt, der hatte neulich schon Besuch von der Polizei. Probieren Sie es mal bei dem. Viel Glück.« Und schon verließ sie ihn.

Stieselig, dachte Andersen, so so, war aber nicht weiter überrascht ob dieser Auskunft. Im Alter verfestigen sich oft gewisse Charaktereigenschaften, noch dazu, wenn man als Kapitän in einem Pflegeheim havariert war. Schiffsführer waren generell eher eine besondere Spezies, mehr Eigenbrötler und selten der Sascha-Hehn- oder Florian-Silbereisen-Typ, wie man beim Traumschiff vorgegaukelt bekam.

Jetzt hatte am Empfang eine junge Dame mit Namensschild hinter dem Tresen Platz genommen: Fr. Rogalski.

»Guten Tag, sind Sie zufällig Lisa? Wir hatten telefoniert.«

»Nein, aber wie kann ich helfen?«

»Ich würde mich gern ein bisschen umsehen, ich schaue mir gerade verschiedene Einrichtungen an.«

»Für sich selbst?«

»Ja, ich habe gehört, es gibt bei Ihnen längere Wartelisten.«

»Das ist richtig ... ca. drei, vier Jahre. Aber so genau weiß man das nie. Sie sehen aber doch noch recht munter aus.«

»Ja, ich dachte ja nur, ich guck erst mal«, sagte Andersen. Die Frau lächelte nur.

»Wohnen bei Ihnen auch Menschen, die früher zur See gefahren sind?«

»Ja, schon. Wir haben hier einen alten Kapitän. Aber der ist nicht sehr redselig, um es mal vorsichtig auszudrücken.«

»Ja, das kenn ich. Gibt viele Grummler unter uns. Ich würde trotzdem gern mal mit dem reden.«

»Sind Sie von der Presse?«

»Nein, wieso das denn? Sehe ich so aus? Ich kann Ihnen gern mein Seefahrtsbuch zeigen.«

»Nur weil, na ja, erst kürzlich war die Polizei hier, wegen, na ja, der Name geht ja gerade durch die Presse, Hellberg. Der kriegt sonst fast nie Besuch, deswegen.«

»Hellberg, sagt mir nichts. Was wollte denn die Polizei?«

»Ach, nichts, wir wollen hier im Haus auch nicht die Pferde scheu machen, schon gut.«

»Na ja, geht mich auch nichts an. Hauptsache, der Herr Hellmann ...«

»Hellberg.«

»... der Herr Hellberg hat Lust, aus dem Seekästchen zu plaudern. Wissen Sie, die See lässt einen nie ganz los. Mich irritiert bis heute, dass meine Wohnung nicht schwankt.«

»Der und plaudern!«, sagte die Dame. »Aber was soll's? Ich frag mal. Vielleicht hat der alte Miesepeter ja wenigstens Lust auf einen anderen Käpt'n.«

Die junge Dame blätterte in einer Liste neben dem Telefon.

»Herr Hellberg, störe ich? Hier ist Silke ... ja, genau, ich stehe hier am Empfang, und hier ist Besuch für Sie.«

Lange Pause.

Silke sah auf den Boden.

»Nein, kein Journalist. Ein Herr, ein ehemaliger Kapitän. Der will vielleicht bei uns anheuern und mit einem Kollegen plaudern.«

Sie grinste.

La Lotse lächelte zurück.

»Was, ja, kann ich fragen, Moment.«

Sie hielt die Muschel des Telefonhörers zu, sah *La Lotse* an und meinte: »Ich soll fragen, mit welchem Auto Sie vorgefahren sind. Ob das der alte Opel ... wie war das?«

Oke Andersen musste schmunzeln.

»Ja, ein Opel Kapitän, stimmt.«

»Ach ja, Kapitän.« Sie widmete sich wieder dem Hörer. »Ja, Herr Hellberg, da haben Sie richtig beobachtet. Gut, sag ich ihm.

Soll ich ihn hochschicken oder kommen Sie runter? Okay, sag ich ihm.«

Die Dame tat überrascht.

»Sie haben Glück, es muss an Ihrem Auto liegen. Sie können hochkommen. Zweite Etage. Dann nach links, an der Tür ist ein Leuchtturm. Manche von unseren Bewohnern sind etwas tüttelig und kommen mit den Zahlen durcheinander.«

»Alles klar, danke, finde ich. Mit Leuchttürmen kenne ich mich aus. Hab in meinem Leben noch nie einen übersehen.«

* * *

Als Oke Andersen aus dem Fahrstuhl stieg, stand der alte Hellberg schon im Flur. Breitbeinig wie John Wayne, weit vornübergebeugt, sein Rollator vor sich wie eine Waffe, als ob er jeden Moment damit auf den unbekannten Besucher zurasen und einen Gladiatorenkampf beginnen wollte. Er verzog keine Miene, was Oke Andersen dazu veranlasste, für zwei zu lächeln.

»Herr Hellberg?«, fragte er schon von weitem wie ein Vertreter.

»Wer will das wissen?«, dröhnte es knochentrocken zurück.

»Andersen mein Name, guten Tag. Entschuldigen Sie den Überfall, aber man sagte mir, Sie seien früher zur See gefahren.«

»Und? Kann sein. Lange her.«

Kein Wort zu viel. Und so vorgetragen, dass es *La Lotse* nicht weiter verwundert hätte, wenn das Gespräch hier bereits zu Ende gewesen wäre.

»Es ist so, ich bin auch lange zur See gefahren und suche sozusagen Gleichgesinnte.«

Hellberg nickte, mäßig interessiert. Da nicht jeden Tag jemand bei ihm anklingelte und ein Gespräch suchte, schien er minimal neugierig geworden zu sein, worauf das hinauslief.

»Als!?«

»Als Kapitän, dann später als Lotse – die Elbe hoch.«

Hellberg nickte.

»Und warum erzählen Sie mir das?«

»Ich spiele mit dem Gedanken, ein Buch zu schreiben.«

»Ach Gottchen.«

Hellberg nickte verächtlich und machte eine wegwerfende Handbewegung.

»Noch so ein spätberufener Künstler. Na, wunderbar, da sind Sie hier gut aufgehoben.«

Oke Andersen war irritiert. Mit der Reaktion konnte er nichts anfangen.

»Wie muss ich das verstehen?«

»Das wollen sie hier alle im Haus. Ihre Memoiren schreiben, damit die Enkel das mal lesen können. Denken die. Nach dem Motto, wer schreibt, der bleibt. Die bieten sogar einen Workshop an.«

Oke Andersen ging über den provozierenden Tonfall hinweg und fragte: »Haben Sie auch Enkel?«

Hellberg verzog das Gesicht.

»Nicht, dass ich wüsste. Muss ich auch nicht wissen. Was wollen Sie denn jetzt genau von mir? Was für ein Buch soll das denn werden?«

Andersen zuckte mit den Schultern. Auch wenn er nicht vorhatte, ein Buch zu schreiben, fühlte er sich doch irgendwie nicht ernst genommen.

»Manche Menschen haben wahrscheinlich ein bewegtes Leben und erst im Alter die nötige Ruhe zu reflektieren.«

»So, so, und als Kapitän hat man ein besonders bewegtes Leben, meinen Sie. Auf der nach oben offenen Beaufortskala.«

Geistig war der Alte erstaunlich wendig. Aber von einem Sympathieträger oder gewinnenden Wesen konnte man wirklich nicht sprechen, dachte Andersen.

»Muss ja nicht sein, niemand zwingt Sie. Ich wollte mich einfach austauschen. Ich bin unglücklich, was aus der christlichen Seefahrt geworden ist.«

Hellberg nickte. Das war die erste nicht abweisende, feindselige Reaktion. Vorsichtshalber legte *La Lotse* noch mal nach.

»Die Arbeitsbedingungen, die kurzen Liegezeiten, die Container, die ganze Elektronik an Bord. Demnächst fahren die Kähne wie Drohnen ferngesteuert über die Ozeane. Muss ich Ihnen kaum sagen. Für wen sind Sie denn damals gefahren, wenn ich fragen darf?«

So langsam ging das fast in Richtung Gespräch. Der alte Hellberg stand immer noch grummelnd da, wirkte wie ein abgesetztes Alphatier, dessen Aura eines Kommandierenden fast zu einer rostigen Rüstung geworden war. Wie ein König im Exil, der über seinen Statusverlust noch immer nicht hinweg war. Immerhin ging er auf die Frage ein.

»Mit einer Ausnahme ausschließlich unter deutscher Flagge: *Hapag Lloyd*, *Hamburg Süd*, die *Rickmers-Gruppe*. Und zum Schluss ein paar Fahrgastschiffe. Für eine tschechische Reederei. Flussfahrten. Ich kann nicht so lange stehen, vielleicht kommen Sie doch kurz rein, und wir setzen uns auf die Terrasse.«

»Gern«, sagte Andersen, und so langsam ließ sein Herzklopfen nach.

»Übrigens, schönen Wagen haben Sie, der dunkelblaue Kapitän. Das waren Sie doch eben auf dem Parkplatz?«

»Danke, ja, und den habe ich schon ziemlich lange. Ich hatte nie einen anderen.«

La Lotse betrat das Einzimmerapartment und versuchte, sich nicht allzu auffällig umzusehen. Anfängliche Neugierde wich schnell Ernüchterung. Halb Hotelzimmer – halb Krankenhaus. Mit elektrischem Bett, um die Rückenlehne hochzustellen. Alles barrierefrei und rollatorgerecht. Genügend Raum zum Manövrieren. Richtig gemütlich war das alles nicht. An der Wand hing nichts Privates. Lediglich ein Flachbildschirm als Tor zur Welt. Es gab einen Kleiderschrank, einen kleinen Tisch und einen Stuhl. Das Zimmer sah aus wie für die Durchreise gemacht, und gewissermaßen traf genau das auch zu. Eine Art Foyer des Jenseits. Bis dann der Befehl von ganz oben kam: der Nächste bitte.

»Am besten wir setzen uns auf die Terrasse. Es sei denn, Sie wollen die dreckigen Details meiner Reisen aufschreiben. Dann bleiben wir besser drin. Sie glauben gar nicht, wie neugierig die hier alle sind. Die Wände haben hier Ohren. Manchmal vermute ich, ein paar Insassen tun nur so, als seien sie schwerhörig. Schrecklich.«

Oke Andersen nickte und sagte:

»Draußen ist gut!«

»Und ich dachte schon, Sie sind von der Polizei oder Presse.«

»Ich, nein, um Himmels willen, wieso das denn, nicht doch.«

Ein paar zu viele Verneinungen, dachte Andersen selbst.

Der alte Hellberg setzte sich auf einen hölzernen Deckchair, deutete auf einen zweiten und sah Andersen dabei ungläubig an:

»Lesen Sie keine Zeitung?«

»Nicht täglich, nein. Versuche ich mir gerade abzugewöhnen. Um einem gewissen Pessimismus keine neue Nahrung zu geben, wenn Sie verstehen.«

»Verstehe ich sehr gut. Was wollen Sie wissen? Haben Sie denn kein Notizbuch dabei oder ein Diktiergerät?«

Scheiße, dachte *La Lotse*. Wie unprofessionell. Hatte er nicht. Das lag daran, dass er sich das, was er zu erfahren erhoffte, garantiert auch ohne Notizbuch würde merken können.

»Doch, im Auto. Ich dachte, wir machen erst mal ein Vorgespräch, ob Sie überhaupt Lust und Zeit haben.«

»Mehr Zeit als Lust, würde ich sagen. Man wird ja nicht Kapitän, wenn man eine Plaudertasche ist. Reden Sie gern über sich?«

»Geht. Kenne ich, das Gefühl. Sie können mich jederzeit rausschmeißen, wenn Sie sich belästigt fühlen.«

Der alte Hellberg grummelte irgendwas, ging kurz wieder in sein Zimmer und reichte ihm dann einen Block und einen Stift.

»Hier, dann müssen Sie nicht noch mal runter zum Auto. Schießen Sie erst mal los, was genau wollen Sie denn von mir wissen?«

Den Part hatte Oke Andersen zu Hause vorbereitet, für den Fall, dass er es bis hierhin schaffte. Ein paar Gemeinplätze als Vorwand: Welche Länder er früher am liebsten angesteuert hätte. Welche Reederei am besten gezahlt und für die beste Verpflegung an Bord gesorgt hatte. Ob man zweite Klasse oder auch mal Business nach Hause oder in den Urlaub geflogen wurde. Ob man noch mal zur See fahren würde.

»Nun, würde ich wahrscheinlich ... mit einem Unterschied.«

»Der wäre?«

»Ich würde nicht vorher heiraten.«

»Darf ich fragen, weshalb nicht?«

Der alte Hellberg schaute durch seine leicht verschmierte Brille und sah Andersen fragend an.

»Das fragen Sie im Ernst? Des Seemanns Braut ist die See. Vereinfacht gesagt – meine Frau fühlte sich erst von meiner Uniform angezogen und dann vernachlässigt.«

Oke Andersen nickte und wartete, ob da noch was kam.

»Sie sprach immer vom Vorwitwengefühl, wenn ich auf See und sie oft über Monate allein zu Hause war. Um sich abzulenken, ging sie weiterhin mit einer Freundin im *Café Keese* tanzen. Sagt Ihnen sicher was, oder? Sie sind doch aus Hamburg, nicht wahr!?«

Andersen nickte. Na klar. Sichtlich zufrieden mit der Richtung, die das Gespräch eingeschlagen hatte. Das *Café Keese*. Der seriösere Schwof- und Kuppelschuppen schlechthin auf der Reeperbahn mit Tischtelefonen und nummerierten Tischen. Diese geniale Erfindung. Wo die schüchternen Herren der Schöpfung mit Sichtkontakt aus der Deckung via Standleitung den ersten Kontakt aufnehmen konnten, indem sie die Tischnummer wählten. Und falls der Abend nicht erfolgreich verlief, konnten Sie sich immer noch für die professionellen Damen an manchen Tischen entscheiden. Wo weniger gekichert und mehr geraucht wurde, wie es der alte Hellberg formulierte.

Einmal im Monat war Damenwahl, und die Frauen durften zum Hörer greifen.

»So habe ich meine Frau Greta kennengelernt. Der berühmte Ball Paradox.«

Der alte Hellberg fing an zu schmunzeln.

»Kennen Sie sicher auch: Wenn ich in Uniform ausging, klingelte mein Telefon fast doppelt so oft, als wenn ich das Etablissement in Zivil betrat.«

Andersen nickte.

»Immer wieder erstaunlich, was so ein paar Schulterklappen und vier goldene Rangschlaufen an den Ärmeln eines Sakkos für erotische Anziehungskraft entfalten konnten. Zumindest bis es ernst wurde«, fuhr Hellberg fort.

»Bis es ernst wurde? Wie meinen Sie das?«

»Kennen Sie nicht den Spruch: Aus Spaß wurde Ernst, und Ernst kann jetzt laufen?«

La Lotse lächelte.

»Spätestens nach der Geburt unseres Sohnes fiel es meiner Frau schwer zu akzeptieren, dass ich immer noch auf weltweite Fahrt ging und monatelang unterwegs war. Später machte sie mir sogar Vorwürfe deswegen. Unserem Jungen, meinte sie immer, fehle ein Vater als Vorbild.«

Hellberg blickte auf einmal nachdenklich zu Boden, als überlegte er, ob er überhaupt zum Vorbild taugte.

»Einen Leuchtturm nannte sie das.«

Andersen glaubte plötzlich einen Ton von Reue herauszuhören. Ein paar Zwischentöne, wie altersbedingte Risse in der Fassade eines alten Seepuckels und Fahrensmanns. Er räsonierte, dass es bestimmt ein Fehler gewesen sei, dass er das Kind so lange in der Obhut der Mutter gelassen habe. Mutterseelenallein sozusagen.

»Da ist was dran. Heute füllt das Thema ganze Bücher: der abwesende Vater. Wenn ich mal Landurlaub hatte, hat mich mein Sohn behandelt wie einen Fremden. Das war bitter. Er reichte mir zur Begrüßung die Hand und siezte mich …, obwohl ich ihm aus jedem Hafen einen Brief per Luftpost schickte und ihm von jeder Reise etwas mitgebracht habe. Von jeder! Unter anderem sein Lieblingskuscheltier. Aus Australien einen echten ausgestopften Koalabären, mit dem er so lange rumgekuschelt hat, bis dem Tier das Fell ausging und das konservierte Leder an verschiedenen Stellen zum Vorschein kam.«

Der alte Hellberg lachte.

»Werde ich nie vergessen. Gruselig sah das aus. Ein Koalabär mit einer Art Tonsur wie ein katholischer Kleriker. Der sah aus wie Martin Luther. Den hat er abgöttisch geliebt.«

Andersen nickte amüsiert.

»Aber, wissen Sie, was? Der Junge war schon immer etwas wundersam. Bisweilen dachte ich, dass der gar nicht von mir ist. Und so abwegig war es gar nicht. Meine Frau ging nach unserer Hochzeit weiterhin ins *Café Keese*. Nur zum Tanzen, betonte sie. Das nahm ich ihr nicht ganz ab. Konnte es ihr andererseits nicht verdenken oder verbieten. Sie fühlte sich nun mal wie eine verheiratete Witwe.«

Der alte Hellberg tauchte plötzlich in seine Erinnerungen ab, sah Andersen an und fragte:

»Was ist mit Ihnen? Haben Sie Kinder?«

»Ja, ich habe eine Tochter, Maria, aber wir sehen uns selten. Zu selten.«

»Ich habe den Jungen ab und an mitgenommen. In den Sommerferien. Hatte gehofft, er würde sich für die Seefahrt, große Schiffe, die weite Welt interessieren. Dem war aber nicht so. Kann sein, dass ich ein bisschen streng war. Der hat ja von morgens bis abends in seiner Kabine gehockt und gelesen. Ich dachte, die Mutter hätte ihn verzogen. Er hatte immer nur Heimweh und war seekrank, kaum dass wir abgelegt hatten. Wollte zurück zur Mama. Fast dachte ich, die hätten ein inzestuöses Verhältnis, so wie er dann um sie getrauert hat. Als sie dann gestorben ist.«

Andersen nickte.

»Wissen Sie, meine Frau fing dann das Trinken an, nahm Tabletten gegen die Depressionen. Und in jener Nacht, als sie starb, hatte sie es übertrieben. Aber nach außen, nach außen musste immer alles picobello sein.«

»Inwiefern?«

»Mein Sohn durfte nicht mal erfahren, wo wir uns kennengelernt haben. *Reeperbahn* klang zu verrucht.«

Anderson nickte.

»Dabei war das ganz normal, wissen Sie. Alle Welt ging doch ins *Café Keese*. Weit über fünfzigtausend Ehen wurden damals in diesem Etablissement gestiftet. Weiß ich noch genau. Die Heiratsanzeigen wurden gesammelt. Hunderte von ›Keese-Ehepaaren‹ wurden zum fünfundzwanzigjährigen Jubiläum eingeladen. Unter anderem auch wir. Jedes Ehepaar erhielt sofort eine Flasche Jubiläumssekt. Auf dem Etikett war das Jahr der Hochzeit verzeichnet. In unserem Fall 1968. Aber da war es um die Ehe längst geschehen und so gesehen unser ganz persönlicher Ball Paradox. Kurz darauf ist sie dann gestorben.«

Nach zwei Stunden hatte *La Lotse* fast mehr erfahren, als er verdauen konnte. Alles, was der Alte gesagt hatte, klang nach einer Mischung aus Rechtfertigung und Entschuldigung. Und *La Lotse* wurde hinterher das Gefühl nicht los, als hätte er dem alten Hellberg regelrecht eine Art Beichte abgenommen. Aber die entscheidende Information bekam er von dem Alten in einem schlichten Satz. Eigentlich hatte der ja gegenüber Knudsen betont, schon seit längerer Zeit keinen Kontakt mehr zu seinem Sohn zu haben. Aber dann kam dieser eine verräterische Satz: »Bis heute«, brummte der Alte kopfschüttelnd, »geht Gottfried immer noch jede Woche zum Grab seiner Mutter in Nienstedten.«

* * *

Nur eine halbe Stunde später stand Oke Andersen in der beginnenden Dunkelheit vor dem Eingang des Friedhofs Nienstedten, unweit der Elbchaussee. Nach einem Anruf bei der Friedhofsverwaltung hatte er erfahren, dass die Ruhestätte durchgehend geöffnet war. Und er hatte die Nummer des Grabes von Greta Hellberg bekommen: 26b. Andersen durchschritt das Eingangstor. Sofort wurde er von der merkwürdigen Stille umhüllt, die Friedhöfen zu eigen ist. Eine Stille, nur unterbrochen vom Rauschen des Windes in den hohen Bäumen und dem gelegentlichen Krächzen von Krähen, die wie Wächter in den Baumkronen hockten und das Treiben am Boden zu beobachten schienen.

La Lotse passierte einen massiven Rundbau, die Friedhofskapelle, orientierte sich an den Beschriftungen und bog schließlich in einen schmalen Weg ein, der von hohen Grabsteinen gesäumt war. Vor einer Gruft saß eine steinerne Frauenfigur, versunken in stillem Andenken. »Familie Kröger« stand auf dem großen Stein. Typisch hanseatisch schlicht, dachte Andersen und ging weiter. Er sah nach vorn. Hier irgendwo, am Ende des Weges, musste es sein: Greta Hellbergs Grab. Und dann fand er es, verdeckt von zwei Hecken zu beiden Seiten. Ein schlichter Grabstein, nur das Geburts- und Sterbedatum standen darauf.

Und vor dem Stein lag ein Blumengebinde! Schon etwas vertrocknet. Also einige Tage alt. Vom alten Hellberg konnten die schlecht sein. Hieß das, dass sein Sohn … Ein Schauer durchfuhr Andersen. Gepaart mit der freudigen Aufregung seiner inoffiziellen Ermittlungen.

War Gottfried Hellberg hier gewesen?

La Lotse dachte nach. In alle Richtungen. Eine der ersten Überlegungen: Sollte er Knudsen anrufen und seinen Teilerfolg vermelden? Was, wenn er voreilig die Pferde scheu machte und bloß eine Cousine oder die Freundin die Blumen hier hingelegt hatte? Gewissermaßen als maßgeschneidertes Alibi für seinen nächsten Gedanken, Knudsen womöglich den gesuchten Killer auf dem Tablett zu servieren. Und er hatte auch schon eine Idee, eine geniale Idee, ohne zu viel zu riskieren, Zeit und Leben, und sich womöglich selbst auf die Lauer zu legen. Sollte seine Strategie aufgehen und er Ergebnisse liefern, konnte Knudsen so sauer werden, wie er wollte, Oke Andersen würde sich die Tiraden geduldig anhören und am Ende bloß »Ja, aber …« entgegnen können. »Ein aktuelles Foto ist allemal besser als ein altes. Stimmt's oder habe ich recht!?«

Sein Entschluss stand. Der Jagdinstinkt war geweckt. Andersen verließ eiligen Schrittes den Friedhof und fuhr nach Hause in seine Wohnung. Dort angekommen, begann er sofort, die unterste Schublade seines Schreibtisches zu durchwühlen. Er fand schnell, was er suchte: Eine Wildkamera. Die hatte er sich mal angeschafft, um herauszubekommen, wer oder was auf dem Dachboden seines Wohnhauses sein Unwesen trieb und ihn in der Nacht durch Getrappel und Gekratze um den Schlaf brachte. Es war ein Marder, was gut auf den Fotos zu erkennen war. Die Kamera wurde mit Batterien betrieben und begann zu fotografieren, sobald sich etwas im Sichtfeld des Suchers bewegte. Die Bilder wurden auf einer SD-Karte gespeichert und konnten auf jedem Computer angesehen werden.

Andersen tauschte zur Sicherheit die Batterien der Kamera aus, packte sie in eine Tasche und fuhr wieder los.

Eine halbe Stunde später stand er erneut vor Greta Hellbergs Grab. Die Blumen lagen noch da. *La Lotse* blickte sich um. Gegenüber standen, dicht nebeneinander, drei noch kleine Bäume. Perfekt!

Andersen befestigte die Kamera mit dem dazugehörigen Gurt am Ast eines Baumes und richtete sie direkt auf das Grab. Trotz des hellen Mondlichtes war das Gerät kaum zu erkennen, zumal ein paar Blätter es seitlich bedeckten. *La Lotse* aktivierte die Kamera und verließ den menschenleeren Friedhof, der still und dunkel dalag.

* * *

Am nächsten Morgen erwachte Andersen früh. Er duschte, zog sich an, trank einen Kaffee und fuhr los.

Zu dieser Zeit war der Friedhof in Nienstedten noch kaum besucht. Er traf auf dem Weg zu Greta Hellbergs Grab nur eine alte Frau, die mit einer Gießkanne und einer Harke wortlos an ihm vorbeiging.

Dann erreichte er das Grab 26b.

Sofort sah er, dass frische Blumen darauf lagen. Jemand war hier gewesen und hatte das alte Gebinde entfernt. *La Lotse* fuhr herum. Die Kamera! Ja, da hing sie noch. Andersen demontierte das Gerät und fuhr mit klopfendem Herzen zurück in seine Wohnung in Övelgönne. Etwas fahrig schloss er die Kamera an seinen Computer an. Der Foto-Ordner der SD-Karte zeigte die Symbole von vierundzwanzig Fotos an. *La Lotse* klickte das erste Foto an.

Eine Katze.

Er klickte weiter.

Wieder die Katze. Sie schien sich an irgendetwas am Boden heranzupirschen.

Er klickte das dritte Foto an. Keine Katze, dafür ein anderes, weit größeres Raubtier. Eine Gestalt! Erst nur zur Hälfte. Ein

Bein, ein Oberkörper. Die Gestalt hatte bei der Annäherung an das Grab den Bewegungsmelder der Kamera ausgelöst, die sofort zu fotografieren begann.

Die weiteren Fotos ließen keinen Zweifel aufkommen. Ein Mann, bekleidet mit einer Jacke, war an das Grab getreten. Er stand mit dem Rücken zur Kamera. Man sah, dass er etwas auf den Boden legte und etwas anderes aufhob.

Er tauschte die Blumen aus!

»Treffer«, murmelte *La Lotse*. »Jetzt dreh dich bitte um.« Weitere Fotos zeigten, dass der Mann offenbar eine Weile regungslos vor dem Grab stand. »In stiller Andacht«, dachte Oke Andersen.

Die letzten drei Fotos entpuppten sich dann als Volltreffer! Der Mann blickte beim Verlassen der Grabstelle direkt in die Kamera.

Oke Andersen war sich sicher: Er hatte den Serienkiller Gottfried Hellberg fotografiert! Seine Wildkamera hatte das richtige Raubtier eingefangen.

* * *

Thies Knudsen war fassungslos.

»Du hast was?«

Sein Kumpel *La Lotse* hatte ihn noch am Vormittag etwas zerknirscht, aber mit deutlicher Begeisterung in der Stimme angerufen und ihm kurzerhand erklärt, dass er sich nach seiner Recherche im Altenheim als Hobby-Ermittler versucht und dabei offenbar den Mann fotografiert hatte, nach dem das LKA seit Tagen fieberhaft suchte.

»Bist du wahnsinnig, Oke? Nicht nur, dass das gefährlich war … nein, es war auch absolut bescheuert, so etwas im Alleingang durchzuziehen.«

»Weiß ich ja«, antwortete Andersen kleinlaut.

»Hast du mal kurz den Gedanken erwogen, deinen alten Freund Knudsen anzurufen und ihn darüber zu informieren, was der alte Hellberg dir so alles erzählt hat? Und zwar bevor du eine derart bescheuerte Solonummer machst?«

»Ja, hatte ich«, entgegnete *La Lotse*, »aber ich wollte das mit der Kamera einfach mal versuchen, um sicherzugehen. Ich hätte ja selber nicht geglaubt, dass der Typ schon in derselben Nacht auftaucht. Irgendwie hatte mich der Jagdinstinkt gepackt. Tut mir leid, Thies.«

Der schwieg.

»Aber«, fuhr Andersen fort, »der Zweck heiligt die Mittel, oder nicht? Immerhin hast du jetzt vermutlich ein aktuelles Foto von Hellberg. Schenk ich dir …«, versuchte er, die etwas angespannte Stimmung aufzulockern.

»Ein Foto, das du jetzt sofort zu uns ins Präsidium bringst, du Hobby-Detektiv. Ich will diese Kamera und alles, was darauf ist, sofort hier haben. Und während ich auf dich warte, muss ich den Kollegen hier irgendwie erklären, warum mein Freund Oke Andersen sich mal wieder in unsere Arbeit eingemischt hat.«

»Eine Katze ist da auch noch drauf«, sagte *La Lotse*.

Thies Knudsen knallte wortlos den Hörer auf sein Diensttelefon.

»Ärger?«, fragte Dörte Eichhorn, die gerade das Büro betrat.

»Setz dich mal hin«, antwortete Knudsen. »Ich muss dir was erzählen.«

* * *

Eine Stunde später starrten die Mitglieder der »Soko Boje« auf *La Lotse*s Fotos von Gottfried Hellberg, die – ausgedruckt und vergrößert – an der Wand hingen. Und obwohl es sich um bei Nacht geschossene Aufnahmen handelte, gab es keinen Zweifel: Der Mann im Mantel, der sie dort ansah, war zweifellos Gottfried Hellberg.

Dörte Eichhorn hatte sich zuvor kopfschüttelnd angehört, was Thies Knudsen über *La Lotse*s Alleingang erzählt hatte. Ein paar sarkastische Bemerkungen musste er sich dann von ihr anhören (»Sherlock Oke Holmes ermittelt, und du bist Watson, oder was?«). Aber nachdem Knudsen versprochen hatte, seinen Kumpel »noch mal ordentlich ins Gebet zu nehmen«, beschloss sie, die Sache auf sich beruhen zu lassen. Denn immerhin hatten sie jetzt den Beweis, dass Hellberg in der Stadt war, und sie wussten, wie er zurzeit aussah.

Knudsen hatte die Fotos ausdrucken lassen und die Kolleginnen und Kollegen informiert, und da saßen sie nun und betrachteten den Mann, den sie so verzweifelt suchten. So sah er jetzt also aus. Älter natürlich als auf dem Foto des Einwohnermeldeamtes, aber unverkennbar.

»Das Grab von Greta Hellberg wird ab sofort Tag und Nacht überwacht«, ordnete Knudsen an.

»Wie es scheint, kommt er dort ja einmal in der Woche hin. Vielleicht haben wir ja Glück.«

»Und während wir auf diesen Glückstreffer warten«, antwortete Dörte Eichhorn, »sollten wir uns noch mal dieses Video ansehen. Vielleicht gibt es da ja doch irgendeinen Hinweis, den wir bisher übersehen haben.«

Und das taten sie auch. Immer wieder. Auch, wenn es schwerfiel.

Jedes Bild wurde nacheinander einzeln ausgewertet, die Tonspur nach Geräuschen durchforstet. Neben Hellbergs Stimme war nur das Brummen irgendwelcher Aggregate zu hören. Zwischendurch Atmen. Schritte. Ein Rascheln oder Kratzen, wenn Hellberg sich bewegte oder etwa eine der Leichenmulden berührte. Keine verräterischen Verkehrsgeräusche oder Ähnliches. Knudsen dachte an einen Fall zurück, bei dem auf einem mitgeschnittenen Erpresseranruf ein sehr leises, aber mit Hilfe der Technik dann doch identifizierbares Geräusch einem Ort zugewiesen werden konnte. Es war die Lautsprecherdurchsage einer Hamburger U-Bahn-Station gewesen. Ein Hinweis, der entscheidend war und letztendlich mit zur Ergreifung des Täters führte.

Hier gab es bisher nichts dergleichen. Auch optisch fanden sie nichts Verwertbares. Einige Apparaturen trugen Logos der Hersteller, aber was nützte es zu wissen, dass die Kühlfächer von der Firma Bosch stammten? Natürlich versuchten die Beamten zu recherchieren, wer wann solche Kühlapparaturen an wen und wohin geliefert hatte. Aber es war schnell klar, dass das ein äußerst zeitraubender Prozess werden würde. Nicht nur der Hersteller, sondern auch Händler und Zwischenhändler mussten kontaktiert werden. Ganz zu schweigen vom Gebrauchtwarenmarkt.

Trotzdem machten sie weiter. Sahen sich das Video immer wieder an, vergrößerten Details – bis die Kollegin Katrin Stein endlich gegen Ende des Films etwas fand. In einem kurzen, schnellen Schwenk von Hellbergs Handy, den Stein in einzelne Bilder zerlegt hatte, entdeckte sie im Hintergrund an einem Stützpfeiler ein kleines gelbes Etwas. Rechteckig. Ein Schild?

»Hier«, sagte Stein zu Knudsen und Eichhorn, die auch im Raum standen und sich leise unterhielten. »Das könnte vielleicht was sein.«

Die beiden Kommissare traten zu ihr an den Bildschirm. Sechs Augen starrten auf den Monitor, als wollten sie ihn beschwören, endlich sein Geheimnis preiszugeben. Knudsen fiel es schwer, scharf zu stellen. Wie viele Stunden machten sie das jetzt schon?

»Wo?«, fragte Eichhorn.

»Das Gelbe da. Das könnte womöglich ein Schild sein.«

»Kannst du es vergrößern?«, fragte Knudsen.

Stein nickte, bewegte den Cursor, gab Befehle auf ihrer Tastatur ein, und nach wenigen Sekunden erschien das gelbe Etwas vergrößert auf dem Schirm. Stein erhöhte den Schärfegrad, ein paar Pixel wurden dazugerechnet, und schließlich sahen die Ermittler, dass es sich tatsächlich um ein Schild handelte. Ein Schild, wie es häufig in Heizungskellern, Montagehallen oder ähnlichen Orten hing.

Darauf stand:

»*Pozornost! Kouření a otevřený oheň zakázáno!*«

»Wie bitte!? *Pozornost* … das klingt weit weg. Was ist das für eine Sprache?«, fragte Knudsen aufgeregt und gleichzeitig frustriert.

Lisa Stein zuckte mit den Schultern, tippte die Worte ab, gab sie bei Google ein und ergänzte »Übersetzung«. Die Sprache war Tschechisch.

Doch nicht ganz so weit weg, dachte Knudsen. Und der Satz hieß übersetzt: »Achtung! Rauchen und offenes Feuer verboten!«

»Scheiße«, stöhnte Knudsen. »Hellberg ist im Ausland? Kann das sein? In Tschechien?«

»Aber das ergibt keinen Sinn«, antwortete Eichhorn. »Er war

offenbar am Grab seiner Mutter. Und warum dann die ›Bojenmänner‹ und die anderen Toten in Hamburg? Und wie hat er Hauber so schnell und trotz des Fahndungsdrucks aus dem Land bekommen?«

Knudsen schüttelte den Kopf.

»Oder will der uns verarschen und hat das da selbst montiert … der Mann ist Perfektionist. Lass uns alle zusammenrufen. Vielleicht hat ja irgendeiner eine Idee. Der wird ja schlecht in einer Botschaft hocken. Gibt es hier eine tschechische Gesellschaft für … was weiß ich? Ein Restaurant vielleicht, eine Bierhölle«, sagte er versehentlich (er meinte *Halle*). Bei Tschechien dachte zumindest er sofort an gutes Bier.

»Dafür sieht das Schild zu alt aus. Und wo Bier ausgeschenkt wird, durfte früher auch geraucht werden.«

»Hm, auch wieder wahr.«

Und so ging das noch eine ganze Weile. Das große tschechische Rätselraten. Alles, was einem zu dem Land einfiel, wurde da durchdekliniert. Bis hin zu billiger Prostitution. Aber niemand kam auf die Lösung. Das Labor, so die einzig plausible Annahme, musste sich wohl irgendwo in der Tschechischen Republik befinden.

* * *

Stunden später saß Thies Knudsen missmutig zu Hause, als sein Handy klingelte. »*La Lotse*« stand auf dem Display. Er überlegte kurz, nicht ranzugehen. Er hatte gerade keine Lust zu reden und zu referieren, dass sie wieder mal stecken geblieben waren. Außerdem war er hundemüde. Und noch immer etwas sauer.

Dann nahm er das Gespräch doch an.

»Hallo, Pater Brown. Oder soll ich dich lieber Miss Marple nennen, du Privatermittler?«, brummte Knudsen.

»Immer noch sauer?«

»Ehrlich gesagt: ja.«

»Hast du schon gegessen, Thies?«

»Willst du mich bestechen?«

»Klar. Mit Bratkartoffeln und Roastbeef. Und mit selbst gemachter Remoulade. Dazu ein kaltes Flens. Ich kann es aber auch allein verdrücken.«

»Na gut, wenn du mich so fragst. In zehn Minuten bin ich da, du Honk!«

Knudsen konnte Andersen einfach nicht lange böse sein, stand auf, zog sich Schuhe und Jacke an und radelte los nach Övelgönne. Konnte ja sein, dass es nicht bei einem Bier blieb. Irgendwie war ihm heute nach ein paar mehr.

Es schmeckte, wie immer, großartig. Sichtlich besser gelaunt, saß Thies Knudsen nun in Andersens Wohnung beim zweiten Bier, schwieg und sah hinaus in die Dunkelheit. *La Lotse* hatte es extra vermieden, seinem Freund irgendeine Frage zu Hellberg und dem Stand der Ermittlungen zu stellen. Er wollte es Knudsen überlassen, ob er über das Thema reden wollte.

Was der dann auch schließlich tat: »Du willst natürlich wissen, ob es was Neues gibt.«

»Ach, nee, lass man. Heute reden wir mal nur über Fußball«, antwortete *La Lotse*.

»Das tun wir doch nie«, sagte Knudsen grinsend.

»Können ja mal damit anfangen.«

Knudsen schüttelte den Kopf.

»Irre, wie du dich beherrschen kannst. Du platzt doch vor Neugier.«

»Eher von den Bratkartoffeln«, antwortete *La Lotse*. »Aber wenn es was zu erzählen gibt und du es loswerden musst – ich bin ganz Ohr.«

»Wir haben was auf dem Video gefunden. Einen möglichen Hinweis auf Hellbergs Aufenthaltsort. Das etwas andere Bilderrätsel.«

La Lotse sah ihn an.

»Erzähl!«

Und Knudsen erzählte …

»Aber … Tschechien, das macht doch gar keinen Sinn«, murmelte *La Lotse* wenig später kopfschüttelnd. »Kann ich irgendwie nicht glauben.«

»Schlag was Besseres vor. Was gibt es sonst für eine andere Erklärung?«, fragte Knudsen.

La Lotse schwieg, stand auf, ging in die Küche, öffnete den Kühlschrank, nahm zwei Bier raus und hielt plötzlich inne.

Bei Bier musste er an Tschechien und Budweiser denken. Wie gern er das früher getrunken hatte. Und viel entscheidender in dem Moment: Wo!

»Das könnte passen«, murmelte er.

»Was könnte passen?«, fragte Knudsen.

La Lotse kam mit den Bieren ins Wohnzimmer zurück.

»Erinnerst du dich …«, fing er an und setzte sich wieder, »ich hab dich da sogar mal mitgenommen.«

»Wohin?«

»Hier mitten in Hamburg gibt's ein kleines Stück Tschechien. Das weiß kaum einer. Ich hab's auch nur mal durch Zufall erfahren: der Tschechen-Hafen. Auch Moldau-Hafen genannt. Der gehört tatsächlich zu Tschechien. Früher war da gut was los. Wir waren da mal zusammen, Thies. Denk nach. Ich hab dich da hingeschleppt. Bestimmt zwanzig Jahre her.«

»Tschechen-Hafen? Hier in Hamburg?«

»Heute ist das ein verlassener Teil des Hafengeländes. Ein einsames Stück Osteuropa mitten im Reich der Pfeffersäcke.«

Knudsen, eben noch satt und etwas müde vom Bier, war auf einmal hellwach. Und etwas beunruhigt, dass er sich so gar nicht erinnern konnte.

»Hab ich da viel getrunken?«

»Womöglich, das erinnere ich wiederum nicht so genau. Glaub schon.«

Knudsen schüttelte den Kopf.

»Mann, ein tschechischer Außenposten bei uns nebenan. Ein Hafen im Hafen? Wieso überhaupt?«

»Moment.«

Oke Andersen ging zu seinem Bücherregal, zog einen dicken Wälzer heraus, las ein wenig und wandte sich wieder seinem Freund zu. Es war Zeit für ein Spontanreferat: Angefangen, so referierte er, habe alles mit dem Ersten Weltkrieg. Und mit Artikel 363 des Versailler Vertrags. Das Deutsche Reich musste nach seiner Niederlage den Tschechen einen zollfreien Zugang zum Meer ermöglichen.

»Zunächst wurde ihnen der östliche Teil des Spreehafens in Berlin angeboten«, erzählte *La Lotse*, »den wollten sie logischerweise aber nicht. Die Tschechoslowakei bevorzugte lieber was Ordentliches: einen Hafen für Hochseeschiffe. Hier bei uns in Hamburg. Verständlich, wenn man bedenkt, dass die Elbe für dieses kleine Binnenland die einzige Option für eine schiffbare Verbindung zu den Weltmeeren ist – als Drehscheibe sozusagen, für den unmittelbaren Durchgangsverkehr für ihre Waren. Die ČSPLO – das Kürzel steht für die *Tschechoslowakische Elbe-Schifffahrtsgesellschaft* oder so ähnlich, verfügte in den 1980er Jahren in ihrer Blütezeit über mehr als sechshundert Binnenschiffe und Transportschuten und gehörte zu den drei größten Binnenschiffsreedereien Europas.«

»Und was ist da jetzt los im Tschechen-Hafen?«, fragte er.

»Nicht mehr viel«, antwortete *La Lotse*. »Mit der politischen Wende im Ostblock begann dann die Zeit des Niedergangs. Die staatliche Reederei wurde, o Wunder, privatisiert. 1993 trat die Tschechische Republik die Rechtsnachfolge der Tschechoslowakei an. In den neunziger Jahren lohnte sich die Binnenschifffahrt allerdings nicht mehr. Die Waren konnten schneller und günstiger mit Lastwagen transportiert werden. 2001 musste die ČSPLO Konkurs anmelden. Die verbliebenen Schiffe und Anlagen wurden zu Geld gemacht. Sehr beliebte Methode nach Zusammenbrüchen kommunistischer Systeme. Und seitdem liegt der Tschechen-Hafen im Dornröschenschlaf.«

»Und es passiert dort nichts?«, fragte Knudsen ungläubig.

»Eigentlich sollte hier in der Gegend irgendwo das olympische Dorf gebaut werden, wenn Hamburg den Zuschlag bekommen hätte«, antwortete Andersen. »Aber dazu ist es ja bekanntlich nicht gekommen. Die Hamburger wollten ja kein Olympia bei sich. Ich kann's verstehen.«

»Und wie lange liegt das hier noch brach?«

»Noch lange. Man verhandelt. Aber mit dem Erlöschen des Versailler Vertrags nach dem Zweiten Weltkrieg hat der Pachtvertrag den Charakter eines privatrechtlichen Vertrags zwischen der Hansestadt Hamburg als Grundeigentümerin und der Tschechischen Republik angenommen.«

»Das heißt konkret?«

»Das heißt, der Vertrag gilt noch ... warte, lass mich rechnen ... bis 2028.«

Knudsen schwieg und ließ das Gehörte erst mal sacken.

»Okay«, sagte er dann. »Das Schild auf dem Video könnte ein Hinweis auf diesen Hafen sein. Ich wiederhole: könnte. Bevor wir da aufgrund eines vagen Verdachts mit der ganzen Kavallerie einmarschieren und diplomatische Verwicklungen heraufbeschwören, sollten wir erst mal gucken. Ganz vorsichtig. Ich geh da morgen mit Dörte sozusagen mal spazieren.«

»Ich ...«, begann *La Lotse*.

»Nein«, sagte Knudsen. »Du nicht. Du bleibst schön zu Hause, Pater Brown.«

* * *

Kaum zu glauben. An allen Ecken der Stadt wurde gebaut und geboomt, modernisiert, geplant und erweitert: Hafencity, Hafenerweiterung, Elbvertiefung ... überall Expansion, Bauwut und Luxuswohnungen mit Rekordpreisen von bis zu fünfunddreißigtausend Euro am Wasser (pro Quadratmeter – nicht die Einzimmerwohnung). Betongold. Nur an dieser Stelle herrschte Stillstand. Totenstille könnte man fast sagen. Little Tschechien. Eine Brache. Die vergessene Schmuddelecke Hamburgs. Wie eine urbane Narbe aus der Vergangenheit lag das Gelände im Dornröschenschlaf. Ein Ufergrundstück mit Seeblick. Wenn auch nicht dergestalt, dass Investoren und Bauherren von einem One-Million-Dollar-View gesprochen und sofort zu sabbern begonnen hätten. Und selbst wenn, bis 2028 mussten sie sich noch gedulden. Knudsen hätte auch lieber einen anderen Ort wachgeküsst Als ausgerechnet den Tschechen- oder Moldau-Hafen, der wie ein Geschwür inmitten einer prosperierenden Hafencity lag. Gutartig zwar. Und nicht besonders groß. Dreißigtausend Quadratmeter vielleicht, von einem löchrigen Zaun umrandet. Man wusste kaum, wo man zuerst weggucken sollte. Verwaiste, von Möwen zugeschissene Anleger, Wasserbecken, die mehr und mehr verschlammten, eine kaputte Telefonzelle, verblasste Schilder mit tschechischer Aufschrift, löchrige Zäune, rostige Schilder. Ein Stück Niemandsland. Inmitten der Stadt. Der Anblick war nicht schön, sondern maximal morbide. Bei günstiger Windrichtung, dachte er, hätte man nur einmal mit Anlauf über die Elbe spucken müssen, um die neue Elbphilharmonie zu treffen. Mit ihrer ach-so-fantastischen-Akustik. Im alten Tschechen-Hafen, unweit der Elbbrücken nahe Veddel, war die Akustik genauso trostlos wie die Optik. Der Ort war wie gemacht für ein zweites Guantanamo oder Abu Ghraib, dachte Knudsen. Behielt diesen Gedanken aber für sich, um seine Kollegin nicht noch nervöser zu machen. Aber es stimmte. Egal, welche Foltermethoden hier angewandt würden – von den Schreien und Erschießungen auf dem Gelände hätte man keinen Mucks gehört. Alles Leid und Geschreie, jeder Hilferuf würde vom Fernverkehr verschluckt. Gleich neben dem Gelände rauschten pausenlos LKWs und Güterzüge vorbei, jene Transportmittel, die den Verfall dieses Hafens einst bewirkt hatten. Dieser endlose Reigen von LKWs, die ratternden Güterzüge voller Container, das Hintergrundrauschen eines unermüdlichen Verkehrs. Die Kakofonie des Kommerzes. Ging man an den leeren Verwaltungsgebäuden und Lagerschuppen vorbei, ließen sich Glanz und Gloria, die goldene Ära der siebziger und achtziger Jahre nur noch grob erahnen. Wo einst täglich Dutzende Binnenschiffe lagen, befand sich heute ein verschlammtes Hafenbecken, das genauso gut zu einem Klärwerk hätte gehören können. Und bei Ebbe sahen die Sedimente, der Schlick, auch genau so aus, samt fauliger Gasentwicklung. Beladene Schiffe konnten die beiden Becken kaum mehr befahren. Oder nur mit sehr geringem Tiefgang. Bei Hochwasser. Vom einstigen Klubschiff, das hier fünfzig Jahre lang lag und den Hafenarbeitern ein Stück Heimat vermitteln sollte – keine Spur. Heute erinnerten nur noch die rostigen Ketten an den Pfählen an den alten Standort sowie das schiefe Schild vom Parkplatz für ehemalige Mitarbeiter des Klubschiffs. Selbst der einstige Stolz der tschechischen Hafenarbeiter hatte schwer eingebüßt, das weiße Werkstattschiff, auf dem die Binnenschiffe repariert wurden. Wie ein abgestürzter, ehemals fliegender Holländer, dem man die Segel, Masten und somit die Flügel gestutzt hatte, lag es ziemlich runtergekommen im Moldau-Hafen. Ein Wunder, dass der Kahn noch schwamm.

»Und du bist sicher, wir sind jetzt in Tschechien, ernsthaft?«, fragte Dörte Eichhorn ungläubig, als sie das Gelände durch ein Loch im Zaun betraten.

»Merkt man doch sofort. Sieh dich um. Dieser spröde Ostblock-Charme. Hier könnte man gut einen Endzeitfilm drehen. So stell ich mir, ehrlich gesagt, Tschernobyl vor. Ideal für Katastrophentourismus.«

»Hab ich neulich erst was drüber gelesen«, sagte Eichhorn. »*Dark tourism* heißt das heutzutage.«

»Aber irgendwie auch ein ideales Gebiet, um heimlich Leichen zu plastinieren«, fügte Knudsen hinzu.

»Auch das«, antwortete Eichhorn und fügte, mehr um sich selbst zu beruhigen, hinzu, »glaub ich aber nicht. Mediziner mögen es doch gern ordentlich und aseptisch. Also klinisch. Wie Architekten.«

Knudsen zuckte mit Schultern.

»Man munkelt übrigens, dass auch der tschechische Geheimdienst hier im Moldau-Hafen aktiv war.«

»War oder ist?«, fragte sie.

»Werden wir womöglich bald wissen.«

Wenn Hamburg das Tor zur Welt war – dann war der Tschechen-Hafen das Tor zur Unterwelt, dachte Knudsen.

Je weiter man auf das Gelände entlang einer Lagerhalle vordrang, desto kleiner wurden die Schritte. Automatisch. Unter ihnen knirschten zerbrochene Scheiben wie eine Alarmanlage, so laut, dass man sich trotz Straßenlärms selbst nach einem Spurenlese- und Indianerseminar unmöglich hätte anpirschen können. Neben ihnen die üblichen Graffitis, respektive Schmierereien. Urban Art. Von Anfängern. Unter Ausschluss der Öffentlichkeit. Genauso gut hätte man die relativ frische Notdurft vor ihnen, mit Zeitungspapier abgedeckt, als Kunst bezeichnen können.

»Hier ein Lebenszeichen«, versuchte Knudsen, die etwas angespannte Situation aufzulockern. »Wenn du aufs Datum der Zeitung guckst, wissen wir sogar, von wann.«

»Igitt. Knudsen … bah. Du bist eklig. Solche Scherze kannst du mit Andersen machen. Aber nicht mit einer … Dame.«

»Dame«, wiederholte Knudsen. Sieh an. Auf die Definition wäre er jetzt nicht unbedingt gekommen. Eine Dame namens *Dörte Harry*.

»Und du meinst nicht, dass das hier nicht doch besser was fürs SEK ist?«

»Was, Klopapier auswerten?«, fragte Knudsen belustigt. »Mann, hier einfach durch den Zaun zu steigen und auf tschechischem Hoheitsgebiet …

»In Scheiße zu treten.«

»Rumzulatschen.«

Knudsen zuckte demonstrativ lässig mit den Schultern.

Er war der Ansicht, dass sie mit dem Anfordern von SEKs ein bisschen zurückhaltender sein sollten. Sonst fühlten die sich noch verarscht. Sie hatten nicht mehr als einen vagen Hinweis. Kein Grund für das SEK, aber Grund genug, sich hier mal umzuschauen. Und er machte gerade ganz gern ein bisschen auf Django. Bekam er nicht so oft die Gelegenheit dazu.

»Wieso, Tschechien gehört doch zur EU? Es gilt das Schengen-Abkommen. Freier Personenverkehr … gibt keine Binnengrenzen.«

Dörte Eichhorn nickte nur, war aber nicht wirklich bei der Sache, wie Knudsen merkte. Fünf von fünf Sinnen widmen sich der Sicherung des Geländes und gewissermaßen der eigenen Grenzen und möglichen Grenzüberschreitungen. Ihr Instinkt sagte ihr: Obacht, Gefahr im Verzug, hier stimmt was nicht, wofür man die Polizeischule allerdings nicht mit eins plus mit Sternchen absolviert haben musste. Im Film hätten sie längst die Pistolen in die Hand genommen, damit auch der stumpfeste Zuschauer wusste: Hier war was faul im Staate Tschechien. Und damit war nicht der etwas abgestandene Geruch vom Brackwasser im Hafenbecken gemeint.

Thies Knudsen schaltete jetzt auf Volkshochschullehrer: »Bei den deutschen Arbeitern, hat mir *La Lotse* erzählt, waren die Jobs im Moldau-Hafen sehr begehrt, weil die Tschechen besser bezahlten als ihre eigenen Landsleute. Und guck mal … telefonieren konnten die auch.«

Knudsen deutete auf eine schief stehende Telefonzelle. Der Hörer fehlte.

Sie gingen weiter. Knudsen blieb vor einem Schuppen stehen, an dem ein auffällig neues Schloss hing.

»Ja, sehe ich, sieht ziemlich frisch aus.«

»Müsste man mal … knacken.«

Knudsen sah sich um.

»Wie, knacken? Ohne Durchsuchungsbefehl?«, flüsterte Dörte Eichhorn. Selbst nach sieben Jahren gemeinsamen Ermittelns hatte sie es noch nicht geschafft, Knudsen komplett zu deuten. Ob das jetzt Ironie oder ernst gemeint war.

»Müsste man theoretisch haben, klar, könnte praktisch aber kompliziert werden. Wir sind hier in Tschechien, schon vergessen? Streng genommen hat unsere Staatsanwaltschaft keine Befugnisse, glaube ich. Und da hier sowieso alles marode ist … bis auf das Schloss.«

»Was schlägst du vor?«

»Sag ich doch, kurzer Dienstweg, knacken. Wer weiß, was sich dahinter verbirgt. Ich meine, die Plastinierten müffeln ja nicht so wie sonst unsere Opfer.«

»Komm, lass das Schloss, dieses Labor wird kaum in einem Schuppen sein. Wir gucken erst mal weiter.«

Wieder ließ Dörte ihn vorgehen. Motto: Bitte, nach Ihnen, Herr Knudsen. Womit er überhaupt kein Problem hatte, im Gegenteil. Er genoss das. Heimlich. Mal den Helden markieren zu dürfen. Die Möglichkeit, sich in seiner gleichberechtigten Welt oder Weltwahrnehmung etwas männlicher zu geben, als normalerweise erlaubt oder politisch korrekt war, fühlte sich – ausnahmsweise – richtig und richtig gut an. Und sooft es einem in Filmen, Serien und Büchern auch vorgegaukelt wurde – man bekam als waschechter Mordermittler im wahren Leben so gut wie nie die Gelegenheit, sich wie Starsky und Hutch zu profilieren. Die Sendung war einer der Hauptgründe, weshalb Thies Knudsen als Jugendlicher erstmals über das Berufsbild »Polizist« nachgedacht hatte. Ein Leben lang Räuber und Gendarm spielen. Bei den »Guten«, dachte er.

Je vermeintlich schwächer seine Kollegin, desto größer sein Beschützerinstinkt. Bei einer Schießerei hätte sich Knudsen, ohne zu zögern, schützend vor sie gestellt oder ihr zumindest, ganz Gentleman, in seine Schussweste geholfen. Das war der andere Aspekt von Angst. Dieses ungemein vitalisierende Moment. Männlichkeitsmoment. *La Lotse* hatte ihm das mal bei einer seiner Balkonvorlesungen erklärt. Die Angst könne den Menschen laut dem Philosophen Søren Kierkegaard auch zur Freiheit erziehen. Wenn es jemanden an seiner Seite gab, der Angst für zwei hatte, wurde man selbst um ein paar Nuancen kühner und vorwitziger, als Knudsen es allein gewesen wäre. Vor allem, wenn es sich dabei um Dörte Eichhorn handelte.

In Wahrheit hätte er auch gern das SEK dabeigehabt bzw. vorgeschickt, um das unübersichtliche Gelände zu sichern. Und sie wären nur als Nachhut hinterhergedackelt, wenn das Objekt geräumt worden war und der Täter mit dem Gesicht auf dem Boden lag. Tot oder lebendig, je nach Gegenwehr. Insgesamt sehr geringes Risiko für einen Kommissar. Ging gegen null. Das Gleiche galt allerdings auch für Adrenalin- und Testosteronausschüttungen. Je größer das SEK, desto größer die Bedeutungslosigkeit des Ermittlers am Zugriffsort.

Knudsen überschlug ganz schnell, ob er sich den Scherz erlauben konnte, und entschied sich dafür. Er bot Dörte an, sich bei ihm einzuhaken. Eher Kavalier als Kommissar.

»Sehr witzig, du Scherzkeks«, sagte sie, schlug Ellenbogen und Angebot, eingehakt weiterzuermitteln, schmunzelnd mit der

Hand aus, weil Knudsen sie wieder mal ertappt hatte. Bei dem, was er das Hänsel-und-Gretel-Gefühl nannte. Das Wichtigste überhaupt in ihrem Job, wie er betonte. Die Angstantennen. Sonst wären wir schon längst ausgestorben. Also, wir Menschen. Wir sind alle Nachfahren von Angsthasen. Das sei überhaupt nicht peinlich, sondern lebensnotwendig. Und besonders in ihrem Beruf.

Knudsen genoss das richtig, mit Dörte Eichhorn einen gespenstischen Ort bzw. Unort untersuchen zu müssen. Er bildete sich sogar ein, dass sie noch etwas dichter aufgerückt war und er inzwischen ihre Körperwärme hinter sich spüren konnte, was ihn kurz aus dem Konzept brachte und von der Arbeit ablenkte. Knudsen arbeitete gern mit Eichhorn zusammen, bei Verhören, im Kommissariat, im Auto, an den Tatorten, aber wenn es brenzlig wurde, wie jetzt, wenn man wegen gewisser Verdachtsmomente verwaiste Industriegelände betrat, wenn man alle seine Sinne brauchte plus Schutzengel, dann war er gefragt. Bildete er sich ein. Und Dörte spielte mit. Ungeachtet der Tatsache, dass eher sie allen Grund gehabt hätte, sich als Knudsens Schutzengel zu betrachten, seitdem sie mal auf so beeindruckende wie beängstigende Weise mit einem einzigen Handkantenschlag auf den Kehlkopf einen Täter niedergestreckt hatte, der gerade dabei war, Knudsen an die Gurgel zu gehen. Danach grunzte und röchelte der Mann gottserbärmlich wie eine Trüffelsau auf dem Boden und wusste nicht, ob er Blut, Mandeln oder gleich sein Geständnis auskotzen sollte. Hinterher hätte man über die Definition von »Verhältnismäßigkeit der Mittel« im Fall der Selbstverteidigung nachdenken können. Seitdem wusste Knudsen: Im Nahkampfbereich konnte Dörte sehr gut auf sich aufpassen, aber nicht unbedingt, was das große Ganze, ihr Leben, betraf.

Sie näherten sich einem schmucklosen Plattenbau, dem Verwaltungsgebäude. Einst von der ČSPLO belegt, stand es heute leer. Alle Scheiben waren eingeschmissen. Ein zweisprachiges Schild wies darauf hin, dass das Betreten untersagt war: asbestverseucht. Gleich daneben lagen die ehemaligen Sozialgebäude mit Ein- und Zweizimmerwohnungen, gedacht für die tschechischen Schiffer und Lkw-Fahrer. Zur Zeit des Kalten Krieges durften nur linientreue Kommunisten in Hamburg arbeiten. Die Männer erhielten eine Arbeitsgenehmigung für ein halbes Jahr. Frau und Kinder mussten in der Heimat bleiben. Sie näherten sich dem Wasser und einem verrotteten Anleger, wo früher mal ein Schiff gelegen hatte. Die *MS Praha*.

Die *Praha* war ein Partyschiff und bot den Tschechen damals ein Stück Heimat in Hamburg. Die Hafenarbeiter wurden hier mit böhmischer Küche verwöhnt. Die 0,75-Liter-Flaschen mit feinstem tschechischem Bier hießen bei den Stammgästen »Elefantenspritze«. An Bord gab es eine Kantine, ein Kino, einen kleinen Spielsalon, das »Kasino« und Kajüten für die Schiffer nebst Bedürfnissen. Und ihre jeweiligen Begleitungen. Die Bordwährung war Kronen. Und gleich nebenan lag das Werkstattschiff, das Reparaturen auf dem Wasser ermöglichte. Inzwischen war die *Praha* zurück nach Prag getuckert, wo sie als Hotelschiff genutzt wurde. Nur das Werkstattschiff lag noch immer da. Wie eine gestrandete Arche Noah.

Und wenn Dörte Eichhorn nicht alles täuschte, brannte hinter einem Bullauge ein schwaches Licht!

Scheiße. Musste das jetzt sein? So ohne SEK?

Eichhorn blieb stehen, hielt Knudsen am Ellbogen fest, legte den Zeigefinger der linken Hand über die Lippen, zeigte auf das Licht und griff mit der rechten ihre Pistole.

Knudsen erstarrte, sah in die Richtung, in die Dörte zeigte, und griff ebenfalls zur Waffe.

Sie hatten keinerlei Befugnis, dort einzudringen, aber beiden war klar, dass sie den Tschechen-Hafen nicht verlassen würden, ohne einen Blick in diesen Kahn geworfen zu haben.

Vorsichtig betraten sie das Schiff über eine wenig vertrauenserweckende Leiter aus Stahl, blieben an Bord stehen und horchten. Da! Leise Stimmen. Von weiter achtern. Knudsen ging vor. Eichhorn folgte ihm. Bevor sie das nur spärlich beleuchtete Bullauge erreichten, verharrten beide. Knudsen spähte vorsichtig hinein.

Er sah schemenhaft Gestalten. Keine hektischen Bewegungen. Er ging näher an die Tür heran. Nur angelehnt.

»Wir gehen rein«, sagte er.

Eichhorn nickte.

Beide stellten sich links und rechts neben die Tür.

Eichhorn nickte Knudsen zu.

Der stieß die Tür auf und stürmte mit gezogener Waffe in den Raum. Eichhorn folgte ihm.

»Polizei!«, schrie Knudsen. »Keine Bewegung.«

Zwei Männer und eine Frau starrten sie an. Bewegungslos. Einer stand. Zwei hockten auf einem zerschlissenen Sofa.

Ausgemergelte, traurige Gestalten. Auf dem Tisch lagen Alufolie und eine Spritze. Eine Kerze brannte.

»Junkies«, stieß Eichhorn hervor.

Knudsen ließ die Waffe sinken.

Drei Typen, die sich Heroin spritzten, waren das Letzte, was er gerade gebrauchen konnte.

Eichhorn nahm trotzdem die Personalien der drei auf. Man konnte nie wissen. Die drei Drogensüchtigen ließen es teilnahmslos über sich ergehen. Knudsen sah sich derweil im Innern des Schiffes um. Nichts Verdächtiges. Nur Dreck und Verfall.

Resigniert verließen die beiden Kommissare das Schiff.

»Und nun?«, fragte Eichhorn.

»Hauen wir ab. Ich wüsste nicht, was wir hier noch sollten.«

Beide gingen schweigend in Richtung Ausgang und passierten dabei wieder das Verwaltungsgebäude mit dem Asbest-Warnschild. Etwas versetzt dahinter stand ein Hallengebäude. Sie waren schon fast vorbei, als Eichhorn plötzlich stehen blieb.

»Guck mal, da vorn«, sagte sie.

»Was? Wo?«

»Da, hinter dieser maroden Holzwand neben der Halle. Ist das nicht die Stoßstange eines Autos, was da herausragt?«

»Stimmt«, sagte Knudsen. »Könnte sein. Mal gucken?«

Eichhorn zögerte.

»Über den Zaun?«, fragte sie.

»Eher drunter«, antwortete Knudsen. »Schau mal. Hier vorne geht's.«

Er hob das Drahtgeflecht so an, dass Eichhorn durchschlüpfen konnte, und die ermöglichte Knudsen das Gleiche von der Innenseite aus.

Schließlich standen beide auf dem Gelände des Verwaltungsgebäudes. Kein Licht. Kein Geräusch. Nur das ferne Brausen des LKW-Verkehrs im Hafengebiet.

Der Eingang war rund zwanzig Meter entfernt.

»Los. Wir gehen nur mal zu dieser Holzwand und gucken, was sich dahinter verbirgt«, sagte Knudsen.

Eichhorn nickte und ging los. Leise und sehr vorsichtig.

Knudsen folgte ihr. Die Hand an der Pistole.

Sie näherten sich der Wand.

Dahinter stand tatsächlich ein Auto.

Ein schwarzer Transporter.

Eichhorn erstarrte, als sie auf das Heck des Wagens blickte.

»Die Karre kenne ich«, sagte sie.

* * *

Knudsen sah sie verständnislos an.

»Wie? Was? Du kennst das Auto?«

»Ja, schau, dieser bescheuerte Aufkleber da: ›Offizieller Sponsor der Bußgeldstelle‹. Ein Auto gleichen Typs mit diesem Aufkleber stand vor dem Plastinations-Zentrum in Vierlanden, als wir da waren.«

»Das kann kein Zufall sein.«

Knudsen zückte sein Handy und rief im LKA an.

»Hallo, Meral, Thies hier. Bitte mal ganz schnell eine Halteranfrage für das folgende Kennzeichen.«

Er gab die Angaben durch.

»Ja, ich warte.«

Er behielt das Handy am Ohr und spürte, wie sein Herz schneller schlug.

»Ja, Meral? Ich höre.«

Er verstummte.

»Danke, wir melden uns wieder«, sagte er dann tonlos und drückte das Gespräch weg.

Knudsen sah Eichhorn an, nickte und sagte: »Treffer. Der Wagen ist auf Dieter Gratzki zugelassen.«

»Was? Dieser grimmige Hausmeister?«, fragte Eichhorn.

»So ist es. Wenn du mich fragst, haben wir hier das Versteck unseres Plastikmörders. Und Gratzki ist neben Rosario einer seiner Gehilfen. Das könnte passen. Es wird Zeit für das SEK. Das sind genug Hinweise. Wir müssen rein in diese Halle.«

»Die Frage ist, ob Rolfing das auch so sieht. Lass uns erst mal von hier verschwinden und ihn anrufen«, antwortete Eichhorn.

Beide verließen das Gelände wieder durch den Zaun, gingen etwa hundert Meter weiter, und Knudsen rief Arnold Rolfing an.

Der hörte sich die Neuigkeiten an, überlegte lange und sagte dann: »Sie beide verschwinden jetzt sofort aus diesem Teil des Hafens. Setzen Sie sich in Ihr Auto und warten Sie. Ich muss telefonieren. Ich bin Ihrer Meinung, dass wir in dieses Gebäude rein müssen. Aber das ist heikel. Wir können nicht einfach deutsche Polizisten auf tschechischem Gebiet ein Gebäude stürmen lassen. Ich muss telefonieren. Ich melde mich.«

»Aber ...«, begann Knudsen.

»Nichts aber. Sie verschwinden dort und warten auf meine Nachricht.«

Dann legte er auf.

Eichhorn hatte kopfschüttelnd mitgehört.

»Was soll's?«, sagte sie. »Nur wir beide können hier ohnehin nichts ausrichten. Lass uns außerhalb dieses verschissenen Hafens warten.«

Dann stapfte sie los.

Knudsen blickte noch einmal zurück auf das Hallengebäude. Irgendwo dort waren mit hoher Wahrscheinlichkeit Menschen gestorben. Dort verrichtete Gottfried Hellberg sein grausiges Werk. Und hatte dort höchstwahrscheinlich ihren Kollegen Hauber getötet und war dabei, ihn zu plastinieren. Und sie mussten erst einmal tatenlos abdackeln.

Dann folgte er Dörte Eichhorn und verließ mit ihr den Tschechen-Hafen.

Ihr Wagen stand ein kurzes Stück weiter hinten an einer Straße. Sie setzten sich hinein und warteten. Von diesem Standort aus konnten sie das Verwaltungsgebäude und die Halle nicht mehr erkennen.

Eine halbe Stunde verging. Es begann zu dämmern. Der LKW-Verkehr im Hafen klang wie das Surren eines großen Insektenschwarms. Kein Mensch war auf der Straße zu sehen.

Eine gefühlte Ewigkeit später – genau genommen waren es achtunddreißig Minuten – klingelte Knudsens Handy.

»So«, begann Staatsanwalt Rolfing. »Das war eine wüste Telefoniererei. Bürgermeister. Tschechische Botschaft. Das ging am Ende bis nach Prag. Wir haben jetzt das Okay der Tschechen. Glücklicherweise findet gerade zurzeit in Hamburg ein Europol-Treffen zum Thema ›Hafensicherheit‹ statt. Es sind auch tschechische Polizisten dabei. Prag besteht darauf, dass zwei von denen bei dem Einsatz dabei sind. Dann ist das sozusagen eine tschechisch-deutsche Zusammenarbeit. Bilaterale Amtshilfe. Die beiden Kollegen werden gerade abgeholt und zum SEK gebracht. Dort werden sie mit dem Nötigen ausgestattet, und dann fahren die zusammen los zu euch.«

»Wie lange wird es dauern, bis das SEK da ist?«, fragte Knudsen.

»Etwa zwei Stunden. Alles in allem.«

»Scheiße, wir verlieren möglicherweise wertvolle Zeit. Vielleicht sind Dörte und ich ja gesehen worden. Und Gratzki wird ja nicht ewig im Tschechen-Hafen bleiben. Der hat ja seinen Job in Vierlanden.«

»Lässt sich nicht ändern«, antwortete Rolfing. »So oder gar nicht. Es war schwer genug, das alles so schnell zu klären.

Immerhin stürmen hier bald uniformierte deutsche Sicherheitskräfte tschechisches Gebiet. Das klingt einfach nicht gut. Seien Sie froh, dass die Kollegen aus Prag gerade in Hamburg sind. Warten Sie vor Ort. Wir haben Ihren genauen Standort geortet und machen so schnell, wie wir können. Ich werde ebenfalls dabei sein.«

Na, dann kann ja nichts schiefgehen, dachte Knudsen, sagte aber nur »Okay« und beendete das Gespräch.

Sie mussten warten.

Die Sonne war mittlerweile untergegangen.

Der Tschechen-Hafen vor ihnen war nun in Dunkelheit gehüllt.

* * *

Knudsen und Eichhorn warteten zweieinhalb Stunden. Ein voller Mond tauchte die Umgebung in ein diffuses, kaltes Licht. Im Tschechen-Hafen tat sich nichts – zumindest in dem Bereich, den sie von ihrem Auto noch einsehen konnten. Einmal meinten sie, das Motorengeräusch eines sich entfernenden Wagens zu hören. Aber sicher waren sie sich nicht. An ihrem Standort war bisher niemand vorbeigekommen. Dieser Teil des Hafens war wirklich ein gottverlassener Ort.

Dann endlich kamen sie: zwei schwarze Transporter mit dem SEK und zwei weitere PKWs. Alle hielten hinter Knudsens und Eichhorns Wagen. Die SEK-Beamten sprangen heraus und bereiteten ihren Einsatz vor. Waffen wurden geladen, Schutzausrüstungen angelegt, Funkgeräte gecheckt, Helme aufgesetzt. Der SEK-Chef Markus Besch kam mit Arnold Rolfing auf Knudsen und Eichhorn zu, die ebenfalls ausgestiegen waren.

»Ich brauche einen Lagebericht«, sagte Besch.

Knudsen nickte Eichhorn zu.

»Wir haben«, begann Dörte, »den begründeten Verdacht, dass sich der gesuchte Gottfried Hellberg in einer Halle neben dem ehemaligen Verwaltungsgebäude des Tschechen-Hafens dort drüben aufhält. Bei diesem Gelände handelt es sich …«

»Ich habe die Kollegen bereits instruiert«, unterbrach sie Rolfing. »Alle haben einen kleinen Grundkurs Hafengeschichte bekommen und wissen um die spezielle Situation. Der Mann dort, der sich gerade die Schutzausrüstung anlegt, ist einer der vorhin schon erwähnten tschechischen Kollegen. Es ist letztendlich nur einer von ihnen zum Einsatz mitgekommen. Sozusagen als diplomatische Absicherung der ganzen Aktion.«

»Zeigen Sie mir jetzt das Gebäude«, sagte Besch zu Knudsen und Eichhorn.

Knudsen nickte.

»Moment noch«, insistierte Rolfing und zeigte auf die SEK-Gruppe, aus der sich jetzt ein Mann löste und auf sie zukam. »Das ist Hauptkommissar Jan Vacek aus Prag«, erklärte Rolfing, als der Mann sie erreicht hatte.

»Guten Tag«, sagte Vacek mit kaum hörbarem Akzent und gab jedem die Hand. »Ich spreche Deutsch. Auf gute Zusammenarbeit in dieser besonderen Situation. Ich bin gespannt, auf wen oder was wir hier auf unserem Hoheitsgebiet treffen. Nach unseren Unterlagen hat das Gebäude eine Spedition gemietet, um dort Waren und Gerätschaften zu lagern. Als sich herausstellte, dass das Verwaltungsgebäude asbestverseucht ist, wurde vereinbart, dass das Vertragsverhältnis erst einmal ruht, bis geklärt ist, ob auch die Halle betroffen ist. Wir haben seit etlichen Jahren keinen Kontakt mehr zu der Firma. Sie hat aber offiziell noch Zugang. Aktuell haben wir dort niemanden telefonisch erreicht. Und die Adresse der Spedition hier in Hamburg ist nur ein Postfach.«

»Das wundert mich nicht. Wenn wir uns nicht irren«, antwortete Knudsen, »dann treffen wir dort nicht auf irgendwelche Spediteure, sondern auf einen Serienmörder. Ich vermute, dass sich außerdem noch mindestens eine, vielleicht auch zwei weitere Personen in dem Gebäude aufhalten. Ich zeige es Ihnen jetzt.«

Knudsen ging vor. Eichhorn, Rolfing und Besch folgten.

Wenig später beobachteten die Beamten versteckt hinter Müllcontainern die Halle, die nur spärlich von einer Straßenlaterne beleuchtet wurde.

»Alles ruhig«, sagte Rolfing. »Wo steht der Transporter, den Frau Eichhorn wiedererkannt hat?«

»Dort, hinter der Holzwand hinten rechts. Man sah vorhin noch einen Teil der hinteren Stoßstange«, antwortete Dörte Eichhorn. Sie ärgerte sich, dass Rolfing sie nicht direkt angesprochen hatte.

Markus Besch begann, das Gebäude und die Umgebung mit einer speziellen Infrarotkamera zu filmen. Die Bilder wurden direkt in eines der SEK-Autos übertragen.

»Keine Personen zu sehen. Auch das Auto wurde länger nicht bewegt. Wir müssen erst einmal das Gebäude von allen Seiten checken«, sagte Besch.

Er sprach in sein Funkgerät, und kurz darauf näherten sich drei SEK-Zweiergruppen mit Nachtsichtgeräten an den Helmen vorsichtig dem Gebäude. Minuten vergingen.

»An der Rückseite des Objektes sehe ich eine Einfahrt«, hörte man dann einen der Aufklärer aus Beschs Funkgerät. »Das Tor ist geschlossen. Neben der Einfahrt ist eine Stahltür. Ziemlich alt, aber solide. Ist vermutlich zu öffnen. Wird aber Lärm machen.«

»Eine Fensterfront an der rechten hinteren Seite kann mit Leitern erreicht werden. Etwa fünf Meter sind zu überbrücken«, sagte eine andere Stimme.

»Die Vordertür ist gut gesichert«, hörte man jetzt wieder eine andere Stimme aus dem Funkgerät. »Aber mit einer Ramme wird es gehen. Oder durch die Fenster. Auf etwa zwei Meter Höhe.«

»Okay«, sagte Besch. »Team zwei bleibt vor Ort und beobachtet das Zielobjekt. Team eins und drei zurück zu den Wagen.«

»Wie gehen wir vor?«, fragte Rolfing, als alle wieder außerhalb des Tschechen-Hafens versammelt waren.

»Es ist praktisch nicht möglich, dort geräuschlos einzudringen. Und wir wissen nicht, wer uns im Gebäude erwartet und ob die Zielpersonen bewaffnet sind«, antwortete Besch. »Ich denke, es wird das Beste sein, wenn ein Team direkt durch die Tür bei der Tiefgarage reingeht. Parallel dringt ein zweites Team vorn durch die Tür vor. Wir müssen mit Gegenwehr rechnen und extrem auf Eigensicherung achten.«

»Was nehmen wir für die Tür hinten?«, fragte einer der SEK-Beamten.

Besch überlegte.

»Ich fürchte, die Ramme wird nicht reichen. Und es muss schnell gehen. Bereitet eine Sprengung vor.«

Der Beamte nickte.

»Sobald der Sprengmeister das Go gibt, geht es los«, sagte Besch. »Einverstanden mit dem geplanten Vorgehen, Kollege Vacek?«

Der Tscheche nickte und sagte: »Lassen Sie uns da jetzt reingehen und klären, wer dort den Namen meines Landes beschmutzt.«

Besch sah Rolfing an. Der nickte ebenfalls und sagte: »Herr Vacek, bitte bleiben Sie hinter dem SEK-Team. Ebenso Knudsen und Eichhorn. Keine Heldentaten bitte, die Sie hinterher nicht mehr bereuen können.«

Er blickte zur Straße. Dort kamen ohne Sirene und Blaulicht zwei Notarztwagen angefahren und parkten hinter den SEK-Transportern. Knudsen sah Eichhorn an. Die nickte auch. Jetzt kam es darauf an. Würden sie Hellberg und seine Helfer hier und jetzt zur Strecke bringen?

* * *

Vier Minuten später erhellte ein Blitz den Tschechen-Hafen, unmittelbar gefolgt von einem lauten Knall. Die Stahltür an der Rückseite der Halle flog auf und fiel aus dem Rahmen. Ein Scheinwerfer flammte auf und erhellte nun die Szenerie. Sofort stürmten vier SEK-Beamte hinter einem Kollegen mit einem Schutzschild in das Gebäude.

»Polizei. Auf den Boden«, schrie einer der Polizisten laut. Das Standardvorgehen. Sagen, wer man ist. Ein SEK-Mann war vor ein paar Jahren bei einem Einsatz gegen einen Rockerboss durch eine noch geschlossene Tür von diesem erschossen worden, weil der Rocker vorgab, er habe das Ganze für einen Überfall einer konkurrierenden Gang gehalten. Im Gerichtsverfahren wurde dem Mann zum Leidwesen der Beamten später Notwehr zugestanden.

»Vorraum klar. Keine Personen«, rief der Mann mit dem Schutzschild. Das Gerufene wurde gleichzeitig durch das

Mikrofon seiner Multikommunikationsanlage an alle Beteiligten übertragen.

Der Scheinwerfer beleuchtete nun einen Gang.

»Sichern und vor«, befahl Besch, der alles über die Helmkamera eines Kollegen sehen konnte.

Die fünf Polizisten drangen nun weiter vor, die Gewehre im Anschlag. Vier weitere folgten.

Zur selben Zeit brach ein zweites Team am Vordereingang des Gebäudes die Eingangstür auf. Hier kam nun die zwanzig Kilo schwere Zweimannramme aus gehärtetem Edelstahl zum Einsatz, die vorn zusätzlich mit einem Brecheisen verstärkt war. Die Tür hielt nicht lange stand, und die SEK-Polizisten drangen, gefolgt von Knudsen, Eichhorn und Vacek, auch von der Vorderseite in das Gebäude ein.

Überall war es dunkel. Der SEK-Mann, der auch den hier eingesetzten Schutzschild und zudem ein Nachtsichtgerät trug, gab durch, keine Personen zu sehen. Nur die Miniescheinwerfer an den Gewehren der Beamten erleuchteten das Innere eines großen Raumes. Er war leer. Bis auf die Mitte. Dort waren Wände hochgezogen worden. Jemand hatte hier einen großen Raum im Raum errichtet.

Knudsen, Eichhorn und Vacek, die alle Schutzwesten und ballistische Helme trugen, waren ihren Kollegen mit gezückten Waffen gefolgt und standen nun mit ihren Kollegen vor den massiven Wänden des rätselhaften Raumes in der Mitte der Halle.

Plötzlich hörten sie Schüsse aus dem hinteren Teil des Gebäudes.

»Was ist da los?«, rief Besch in sein Funkmikro.

Doch die Männer im hinteren Teil der Halle hatten gerade andere Sorgen, als ihrem Chef zu antworten.

»Schwerer Beschuss aus einem Gewehr«, rief einer der Beamten nach einer bangen Minute endlich in sein Mikro.

»Verletzte?«, rief Besch.

»Negativ!«

»Setzt Blend- und Rauchgranaten ein«, befahl Besch.

»Ein zweiter Schild ist unterwegs zu euch.«

Wenig später detonierten die beiden Granaten, die ein Beamter aus sicherer Deckung in den Gang geworfen hatte. Die SEK-Leute setzten ihre Atemschutzmasken auf und rückten vor.

* * *

Das SEK-Team, mit dem Knudsen, Eichhorn und Vacek in die Halle eingedrungen waren, stürmte nach den Gewehrschüssen in den hinteren Teil der Halle. Erst jetzt registrierten die Beamten, dass sich dort hinter weißen Wänden der Eingang zu einer Art Wohnbereich befand. Sie hörten den Knall der Blend- und Rauchgranaten. Zwei SEKler tasteten sich vorsichtig vor. Dort inmitten des Rauchs, der nun aus einem Gang quoll, war irgendwo der Schütze. Gleichzeitig näherten sich ihre Kollegen von hinten. Eine extrem gefährliche und unübersichtliche Situation. Jeden Moment konnte der Täter aus dem Rauch auf sie zustürmen, aber auf ihn zu schießen würde auch ihre Kollegen gefährden. Höchste Vorsicht war geboten. Markus Besch brüllte Befehle in sein Mikro und versuchte, das Vorrücken der beiden SEK-Teams, die sich aufeinander zubewegten, zu koordinieren.

Langsam verzog sich der Rauch. Im Gang war niemand zu sehen.

Links und rechts gingen Räume ab.

»Team eins rückt vor«, hörte Knudsen aus seinem Kopfhörer.

Und dann sahen sie, wie vorsichtig hinter einem Schutzschild zwei SEK-Männer um die Ecke bogen.

»Sichtkontakt zu den Kollegen«, tönte es aus den Kopfhörern.

Beide SEK-Teams gingen nun von gegenüberliegenden Seiten aufeinander zu.

Wo war der Schütze?

Nach und nach wurden die Zimmer durchsucht. Spartanisch eingerichtete Wohnräume, zwei Bäder, eine Küche. Alle leer.

»Irgendwo muss der Kerl doch sein«, brummte Besch.

Knudsen blickte hinter sich in die Halle.

»Ich vermute«, sagte er zu dem SEK-Leiter, »dass der Schütze in diesen Raum in der Mitte geflüchtet ist.«

»Dann wird es Zeit, dass wir da reingehen«, sagte Dörte Eichhorn.

Markus Besch nickte und gab die nötigen Anweisungen.

Es gab zwei massive Türen, eine vorn und eine an der Rückseite. Beide waren verschlossen, wie eine vorsichtige Prüfung ergab.

»Wir gehen vorn rein«, entschied Besch. »Vier Männer sichern den Hinterausgang. Ich will vermeiden, dass wir unsere eigenen Leute gefährden, wenn wir gleichzeitig von zwei Seiten stürmen. Sprengung vorbereiten.«

Knudsen, Eichhorn und Vacek positionierten sich hinter den SEK-Leuten und warteten.

Zwei von ihnen brachten Sprengladungen an den neuralgischen Punkten der Tür an. Besch gab ein Zeichen. Es gab einen gewaltigen Knall. Die Tür flog nach hinten und mit ihr ein Teil der Wand.

Sofort stürmten zwei SEK-Leute hinter einem Schutzschild los, gefolgt von ihren Kollegen.

Knudsen, Eichhorn und Vacek rückten nach.

Rauch.

Halbdunkel. Diffuses Licht.

»Polizei. Auf den Boden«, schrien die Beamten, ohne jemanden zu sehen.

»Kontakt auf zwei Uhr«, schrie einer der SEK-Männer, der eine Nachtsichtbrille trug.

Er sah eine schemenhafte Gestalt in grünlichem Licht.

Im selben Augenblick begann die Gestalt zu schießen.

Einer der Polizisten wurde getroffen und von der Wucht der Kugeln nach hinten geworfen.

Seine Kollegen erwiderten das Feuer.

Das Ganze dauerte nur Sekunden.

Jemand schrie. Ein dumpfes Geräusch. Ein Körper, der zu Boden stürzte.

Dann war es still in dem großen Raum.

Dörte Eichhorn stand nahe an der Tür und tastete die Wand ab.

Da, ein Schalter! Sie drückte ihn.

Der Raum war auf einen Schlag taghell.

Und den Beamten bot sich ein Bild des Grauens.

* * *

Auf dem Boden lag – von Kugeln durchlöchert – Dieter Gratzki in einer Blutlache. Aber das allein war es nicht, was die Polizisten so schockierte.

Es war das, was noch im Raum war. Weniger der frische Tote als die präparierten. Es war wie in einem begehbaren Hieronymus-Bosch-Gemälde.

Menschliche Körper lagen auf Seziertischen, teilweise geöffnet und ohne Haut. Man sah Fässer mit Chemikalien, Infusionsständer, Hebevorrichtungen, Kühlvitrinen, Leichenmulden und große Wannen, in denen ebenfalls tote Körper in Flüssigkeiten lagen. Ein Ort des Grauens.

Das Reich des Gottfried Hellberg.

»Mein Gott«, flüsterte Vacek, »was um Himmels willen ist das hier?«

»Hier«, antwortete Knudsen, »versucht ein Wahnsinniger, Gott zu spielen.«

Hellberg aber war offenkundig verschwunden. Außer dem toten Gratzki war niemand zu sehen.

Die SEK-Beamten begannen, den Raum zu sichern, und kümmerten sich um ihren zum Glück nur leicht verletzten, Kollegen. Sie öffneten Kühlfächer, blickten angewidert in Wannen und standen mit entsetzten Gesichtern vor einer bereits plastinierten Leiche, die mit Drähten und Flaschenzügen in einer Art Siegerpose fixiert worden war. Einige der Leichen auf den Tischen waren mit Tüchern abgedeckt, andere lagen offen da und starrten mit offenen Augen an die Decke.

»Achtung«, rief plötzlich einer der Beamten, »hier ist noch eine Tür!«

Niemand hatte die bisher registriert, weil sie durch einen Vorhang verdeckt wurde.

Ein Team stellte sich in Position. Die Tür war nicht verschlossen. Drei Beamte stürmten in den Raum.

Sekunden später ging dort Licht an. Einer der SEK-Leute kam wieder heraus, trat zu Besch und sagte: »Niemand drin. Aber das müssen Sie sich ansehen, Chef.«

Besch nickte Knudsen, Eichhorn und Vacek zu, und alle betraten den Raum.

Knudsen erschauerte bei dem, was er sah. Auch die anderen schwiegen betroffen. Sie standen vor einer bizarren Trophäensammlung. Menschen, die Hellberg getötet und mit Hilfe von Chemie in groteske Kreaturen verwandelt hatte, standen oder saßen hier aufgereiht. Einer der Plastinierten betete, ein anderer wirkte wie in einem Lauf eingefroren, ein dritter sah aus wie ein erstarrter Redner, der theatralisch beide Arme erhoben hatte.

»Grauenhaft«, murmelte Dörte Eichhorn.

Die Gruppe verließ den Raum schweigend wieder. Mittlerweile war ein Notarzt mit einem Team vor Ort, die Gratzkis Leiche bargen und den verletzten Polizisten versorgten, den seine Schutzweste gerettet hatte. Auch Arnold Rolfing war erschienen und betrachtete mit blassem Gesicht Gottfried Hellbergs Labor.

Einer der SEK-Beamten trat zu Knudsen und Eichhorn und sagte: »Wie es scheint, ist Kollege Hauber nicht hier.«

Knudsen schüttelte resigniert den Kopf und sagte: »Hellberg hat sich rechtzeitig abgesetzt und seine Trophäe mitgenommen.«

Dörte Eichhorn schwieg, griff dann zu ihrem Handy und rief Spusi Diercks an. Auf die Kollegin und ihr Team würde hier eine Menge Arbeit zukommen.

Die SEK-Beamten begannen nun, ihre Ausrüstung zusammenzupacken.

Dörte Eichhorn stand neben einer Trage und beobachtete ihre Kollegen. Ein Tuch bedeckte den Körper des Toten.

Plötzlich klingelte ein Handy.

Unter dem Tuch neben ihr.

Eichhorn blickte irritiert zur Seite und sah dann Knudsen fragend an.

Der erstarrte.

Das Tuch!

Es hatte sich bewegt.
Konnte das sein?
Das Handyklingeln erstarb.
Da!
Wieder eine kurze Bewegung. Der Körper darunter war nicht tot.

»Dörte. Neben dir«, schrie er und rannte los.

Die blickte erstaunt in seine Richtung.

Im selben Moment registrierte Eichhorn neben sich eine schnelle Bewegung. Das Tuch über dem vermeintlich toten Körper wurde weggerissen, und der dort liegende Mensch sprang auf. Und er hatte etwas in seiner Hand.

Es war Jeffrey Rosario!

Und ehe Dörte Eichhorn noch reagieren konnte, stand er hinter ihr und hielt der Kommissarin ein Skalpell an die Kehle.

»Keiner bewegt sich!«, schrie Rosario.

Knudsen blieb abrupt stehen.

Auch Markus Besch und drei noch anwesende SEK-Beamte standen wie erstarrt da, hielten ihre Hände aber an den Pistolenhalftern.

Knudsen konnte es nicht fassen. Rosario hatte sich offenbar einfach teilweise entkleidet, auf eine der Tragen gelegt, ein Tuch über sich gedeckt und sich tot gestellt. Unfassbar, dass er damit durchgekommen war. Aber man konnte den Polizisten kaum einen Vorwurf machen. Dieser Raum des Todes hier mit seiner ganzen makabren Ausstrahlung und all den Leichen – das alles hatte die Beamten in ihrer Konzentration beeinträchtigt. Einer hatte das Tuch offenbar kurz angehoben, einen Blick auf einen vermeintlich weiteren Toten geworfen und ihn wieder bedeckt.

Und jetzt stand Jeffrey Rosario hinter Dörte Eichhorn und

hielt ihr ein Skalpell an die Kehle. Ein kurzer Schnitt, und seine Kollegin wäre nicht mehr zu retten.

Dörte bewegte sich nicht und schwieg.

»Was wollen Sie, Rosario?«, fragte Knudsen.

»Hier raus und dann weg mit einem von euren Autos. Niemand wird sterben, wenn hier keiner Dummheiten macht.«

»Und wo wollen Sie hin?«, fragte Rolfing. »Die Polizei der ganzen Stadt wird Sie jagen. Wir haben Ihren Namen, Ihr Foto. Sie haben keine Chance. Geben Sie auf.«

»Das lassen Sie mal meine Sorge sein«, antwortete Rosario. »Ich gehe jetzt mit Ihrer Kollegin langsam in Richtung Ausgang. Sie funken nach draußen, dass dort ein Wagen für mich bereitsteht.«

Markus Besch nickte und sprach in sein Mikro. Er schilderte die Lage und gab Rosarios Forderungen durch. Er schien völlig ruhig und sagte in freundlichem Ton. »Alles weitergegeben, genau so, wie Sie angegeben haben.«

Ein professionelles Vorgehen. Deeskalieren. Freundlich bleiben. Keine Kurzschlussreaktionen des Täters provozieren. Und vor allem: ein Schritt nach dem anderen. Besch hatte seinem Team, das an den Autos geblieben war, in seinen Instruktionen ein vertrauliches Codewort genannt. Er wusste: Draußen würde bereits ein Scharfschütze irgendwo am Boden oder auf den Dächern liegen und auf einen günstigen Moment warten. Sobald Dörte Eichhorn nicht mehr in Gefahr war, würden seine Leute die Sache beenden. Möglichst, ohne den Mann zu töten, der schließlich wissen konnte, wo Hauber war. Aber wenn es nicht anders ging, konnte die Sache auch mit dem finalen Rettungsschuss enden.

Aber dazu kam es nicht. Denn sie hatten nicht mit Dörte Eichhorns Entschlossenheit gerechnet. Äußerlich war sie ganz ruhig, aber innerlich kochte sie vor Wut. Sie spürte das Skalpell an ihrem Hals. Sie wollte nicht sterben, aber sie wollte sich auch nicht nach draußen zerren und vom Täter verschleppen lassen.

Sie wartete auf einen günstigen Moment. Knudsen wusste das. Er kannte Eichhorn zu gut. Sie sah ihn an. Er konnte es in ihren Augen sehen. Sie würde das hier nicht mehr lange mit sich machen lassen.

»Wirst du auch keine Zicken machen?«, hauchte Rosario ihr ins Ohr.

»Nein, bitte, tu mir nichts«, schauspielerte Eichhorn mit flehender Stimme.

»Dann gehen wir jetzt langsam los«, antwortete Rosario.

Er stand immer noch hinter ihr. Das Skalpell hielt er in seiner rechten Hand. Sein angewinkelter Arm beschrieb einen kleinen Bogen. Eichhorn sah die kleine Lücke zwischen ihrer Brust und Rosarios Ellenbogenbeuge. Diese Lücke war ihre Chance.

Rosario zog sie weiter.

»Los jetzt!«

Rosario ging langsam mit Eichhorn, die er dicht an sich gepresst hielt, rückwärts und behielt die Polizisten im Auge.

Noch etwa drei Meter bis zum Ausgang.

Knudsen und die SEK-Beamten rührten sich nicht.

Rosario drehte den Kopf und blickte nach draußen in die Halle, um zu kontrollieren, ob der Weg frei war.

Dörte spürte, wie der Druck an ihrer Kehle etwas nachließ.

»Jetzt«, dachte sie. Lange geübt, nie unter Echt- und Ernstbedingungen praktiziert. Sie stieß ihre Hand mit einer blitzschnellen Bewegung hoch in die Lücke zwischen ihrem Körper und Rosarios Ellbogen und schlug dessen Arm von sich weg.

Rosario schrie überrascht auf.

Eichhorn warf sich nach vorn.

Rosario hob das Skalpell.

Thies Knudsen hatte bereits seine Waffe gezogen, als er Dörtes erste Bewegung wahrgenommen hatte. Er schoss, als Rosario im Begriff war, sich mit dem Skalpell in der Hand auf seine Kollegin zu stürzen. Rosario wurde am Arm getroffen, was eher Zufall denn gewollt war, und ließ mit einem erschreckten Ausruf das Skalpell fallen. Dörte sprang auf, kickte das Skalpell mit dem Fuß weg, drehte sich zu Rosario und trat ihm in den Unterleib. Der Mann brach stöhnend zusammen.

Zwei SEK-Leute stürmten mit Gewehren im Anschlag nach vorn, fixierten Rosario und legten ihm Handschellen an.

»Du wirst uns«, zischte Eichhorn und beugte sich über ihn, »eine Menge Fragen beantworten müssen.«

Knudsen trat zu ihr.

Sie lächelte ihn an.

»Ich wusste gar nicht, dass du so gut schießt.«

»Ich auch nicht«, antwortete Knudsen. »Das muss was mit dir zu tun haben.«

* * *

Jeffrey Rosario wurde noch vor Ort von Notärzten behandelt und dann unter Bewachung in einem Krankenhaus versorgt. Die Verletzung an seinem Arm war nicht schwer. Einem Verhör stand nichts im Weg. Trotz der späten Stunde wollten Thies Knudsen und Dörte Eichhorn den Mann sofort vernehmen. Der letzte Teilnehmer auf der Anrufliste von Rosarios Handy war der Name »Chef«. Gottfried Hellberg hatte seinen Gehilfen Rosario angerufen und unfreiwillig verraten.

Knudsen und Eichhorn saßen ihm jetzt im Verhörraum gegenüber. Rosario hockte in Handschellen schweigend auf seinem Stuhl, bewacht von einem bewaffneten Beamten, der hinter ihm stand. Staatsanwalt Rolfing sah durch eine – nur von seiner Seite durchsichtigen – Scheibe aus einem Nebenraum zu. Knudsen schaltete das Aufnahmegerät an, diktierte Ort und Zeit und nannte die anwesenden Personen. Dann sah er Jeffrey Rosario an und sagte: »Herr Rosario, Sie sind eben über Ihre Rechte belehrt worden. Ist das Gesagte bei Ihnen angekommen?«

Rosario nickte.

»Sprechen Sie bitte. Ein Nicken nimmt das Gerät nicht auf.«

»Ja, verdammt«, sagte Rosario.

»Wo«, fuhr Knudsen fort, »ist Gottfried Hellberg?«

»Ich weiß es nicht.«

»Wann haben Sie ihn zuletzt gesehen?«

»Fick dich«, antwortete Rosario.

»Das tun bald andere im Knast«, sagte Knudsen. »Einer wie du ist da heiß begehrt.«

Eichhorn sah ihren Kollegen missbilligend an. Solche Sprüche schätzte sie nicht. Und schon gar nicht, wenn sie nichts brachten. Rosario wusste ganz genau, dass er in den Knast gehen würde. Keine noch so große Kooperation mit den Beamten konnte das verhindern. Rosario blickte denn auch provozierend gelangweilt an die Decke, als ginge ihn das alles hier nichts an.

Knudsen nickte Eichhorn zu. Die übernahm.

»Das Einzige, was Sie jetzt noch erreichen können«, sagte sie, »ist Strafminderung nach einem umfangreichen Geständnis und Hinweisen, die zur Ergreifung von Gottfried Hellberg führen. Also noch einmal: Wo ist dieser Mann?«

Rosario schwieg.

»Schauen wir doch mal, was wir Ihnen bisher vorwerfen«, sagte Knudsen. »Sie haben eben die hier anwesende Beamtin Eichhorn angegriffen und zu entführen versucht. Sie haben unseren Kollegen Carsten Hauber niedergeschlagen und entführt. Sie haben Ihre eigenen Landsleute getötet …«

»Ich habe niemanden getötet«, unterbrach ihn Rosario. »Und Ihren Kollegen habe ich nur an meinen Chef übergeben.«

»Gottfried Hellberg?«

»Ja.«

»Und was hat er mit dem Mann gemacht?«

»Ich weiß es nicht.«

»Ach, das wissen Sie nicht. Und Sie wissen sicher auch nicht, was Hellberg mit Ihren Landsleuten von den Philippinen gemacht hat«, sagte Knudsen.

»Sie haben immer gelebt, wenn ich sie dem Chef gebracht habe«, antwortete Rosario.

»Sie geben also zu, am Verschwinden der Seeleute beteiligt gewesen zu sein?«, fragte Eichhorn.

Rosario biss sich auf die Lippen, sah auf den Boden, knetete seine Hände.

»Ich habe nur gemacht, was der Chef gesagt hat.«

»Und was hat der Chef gesagt?«

»Dass ich ihm Matrosen bringen soll.«

»Und die haben Sie ihm gebracht?«

»Ja.«

»Wie? Und von wo!!?«

Knudsen wurde lauter.

»*Duckdalben*«, antwortete Rosario.

* * *

Es klingelte. Oke Andersen hatte sich gerade einen Feierabend-Whisky eingeschenkt, um auf dem Balkon die blaue Stunde würdig mit einem Gläschen Laphroaig zu zelebrieren. Er zögerte. Überlegte, ob er öffnen solle. So im Puschen- und demnächst Pyjamamodus. Nach 21 Uhr. Eigentlich erwartete *La Lotse* um diese Uhrzeit keinen Besuch mehr. Mehr als das. Er erwartete ohnehin keinen Besuch, der sich nicht vorher angemeldet hatte. Wie etwa Knudsen es regelmäßig tat. Wenn er Lust auf einen Drink, Reden oder Bratkartoffeln hatte.

Ab einem bestimmten Alter war Schluss mit Spontaneität und unangekündigten Überraschungsbesuchen. Kultivierte Menschen respektierten das. Ab einem bestimmten Alter wollte man eigentlich bloß seine Ruhe, so sehr, dass man dafür bereit war, als ewiger Junggeselle »mit hohem Kauz-Faktor« ins Grab zu steigen, wie ihm Knudsen mal attestiert hatte.

»Wohl dem, der mit sich in guter Gesellschaft ist«, hatte *La Lotse* pariert, ohne die genaue Quelle dafür zu benennen, Seneca oder Marc Aurel wahrscheinlich. Besser, als wenn man die ganze Zeit vor sich selbst auf der Flucht war. Ob mit Drogen, auf Reisen, Internet, Netflix ... das Drama der anderen – Hauptsache nicht zu tief in die eigenen Abgründe schauen.

Wahrscheinlich ein sehr später Kurier, der was für die Nachbarn abgeben wollte, dachte Oke Andersen. Für die Typen, die hemmungslos auf Amazon shoppten, als sei es das Normalste der Welt, die Riesenkrake zu füttern. *La Lotse* zögerte und überlegte, ob er sich nicht durch seine Gefälligkeit zum Komplizen eines Kommerzes machte, den er eigentlich verabscheute. Aber wenn er den Kurier ignorierte und ergo wegschickte, musste der Mann tags drauf wiederkommen. Abermals an der Elbchaussee einen Parkplatz suchen, in der zweiten Reihe parken, den Motor womöglich laufen lassen. Und und und. Fazit: Ein Nachbarschaftshilfe-Boykott trug auch nicht zur Weltverbesserung bei. Und schon gar nicht zur Welt des Kuriers. Kein Stück. Selbst kleinste Probleme waren heute so komplex, dass es keine einfachen Lösungen und Haltungen mehr gab. Scheiße, dachte Andersen.

Es klingelte ein zweites Mal. Da war offenbar jemand ungeduldig. Da Oke Andersen ein höflicher Mensch war und nicht lügen und so tun wollte, als sei er nicht zu Hause, stellte er sein Glas auf dem Couchtisch ab, ging unwillig gen Tür und öffnete sie. Ein Fehler, wie sich herausstellte. Denn schlechtere Gesellschaft als die, die da draußen stand, hätte man sich kaum vorstellen können. Von allen Personen, die da jenseits seiner Fußmatte auf ihn hätten warten können, stand dort ausgerechnet die, mit der er am wenigsten gerechnet hatte. Das war kein Kurier. Wenn überhaupt, war es ein Bote aus der Unterwelt, der nichts bringen, sondern was holen wollte. Nämlich ihn. Riesenunterschied. Und zu viel mehr Gedanken war Oke Andersen nicht in der Lage, nachdem er die Haustür geöffnet hatte. Schneller hatte sich die Aussicht auf den Ausklang eines gemütlichen Abends noch nie in sein Gegenteil verkehrt.

Andersen erkannte ihn sofort an der Kleidung. An der Jacke hauptsächlich. Es war exakt die gleiche, falsch, dieselbe, wie er sie auf dem Friedhoffoto trug – eine dieser britischen Barbour-Stepp- (oder Wachs-)Jacken in Military-Grün – Modell Liddesdale. Wie sie getragen wurde, wenn man sich gern etwas aristokratisch oder britisch distinguiert gab und mit seinem Land Rover zum Brötchenholen und nach dem Frühstück zum Pferdestall oder Golfen fuhr. Eine Jacke, wie sie bevorzugt von einer bestimmten Sorte Frauen in den Elbvororten getragen wurde, die Knudsen despektierlich als »Elbletten« oder »Eisenten« bezeichnete.

»Guten Abend«, sagte Gottfried Hellberg mit markanter Stimme, wie ein Schauspieler, sodass man mit geschlossenen Augen an Mario Adorf denken konnte, und fügte, durchaus süffisant, »Ich hoffe, ich störe nicht, Herr Andersen« hinzu.

Oke Andersen nickte nur, musste sich sammeln. Wusste aber nicht genau, wie und wo er damit anfangen sollte. Zu viele Gedanken schossen ihm durch den Kopf. Wie freie Radikale. Er versuchte eine Art Risikobewertung der Situation, was Hellberg ausgerechnet von ihm wollen konnte, fand aber in einer Flutwelle von Adrenalin keine Antwort. Er schwankte zwischen dem Impuls, die Tür zuzuschlagen, oder auf den Mann loszugehen.

»Was wollen Sie von mir?«, brachte Andersen schließlich heraus.

Feste Stimme. Auch wenn es schwerfiel.

»Sagen wir, dasselbe, was Sie von meinem Vater wollten!«

»Ich ... ich wollte ...«

»Privatdetektiv spielen. Ja, ja, ich weiß. Ich erfahre es, wenn jemand bei meinem Vater war.«

»Ich ...«

La Lotse fehlten die Worte.

»Falls Sie glauben, das sei clever gewesen... Haben Sie denn auf dem Video nicht gesehen, was passiert, wenn man mir nachstellt?«

»Sie können mir nicht drohen.«

»Ich drohe auch nicht, ich stelle fest. Darf ich reinkommen?«

Gottfried Hellbergs Gesichtszüge waren ruhig und kantig. Strahlten eine eigentümliche Dominanz aus. Die Augen waren durch einen Elbsegler à la Helmut Schmidt verschattet, man erkannte das Ende einer fleischigen Nase samt Nüstern. Drumherum Reste von Pickeln oder Pockennarben. Seelenruhig stand er da. Kein bisschen gehetzt oder seiner Sache ungewiss. Null Nervosität. Mit einer Sicherheit, die – selbst ohne jede Vorkenntnisse über ihn – respekteinflößend war. Beide Hände tief in der Jackentasche. Wie jemand, der sich sicher war, dass er nicht gleich angegriffen wurde. Und sei es, weil er wusste, dass er in der rechten Hand keinen Handschmeichler, sondern eine kleine Pistole hielt – Marke Kolibri – und jederzeit dezent durch die Jacke einmal abdrücken konnte. Schließlich war der Mann ein mehrfacher Mörder und kein Möchtegern- oder Gelegenheitsgauner, der einem Pensionär das Portemonnaie rauben wollte. So viel war *La Lotse* klar.

Hellberg trat auf ihn zu. Die rechte Hand immer noch in der Tasche. Die Pistole direkt auf Andersens Unterleib gerichtet.

»Ich würde mich gern drinnen mit Ihnen unterhalten«, sagte Hellberg bestimmend und zuckte einmal mit der Hand in der Jackentasche.

So einer bluffte nicht. Dass er bereit war, Menschen für seine Zwecke umzubringen, hatte er oft genug bewiesen. Allein seine Gelassenheit ließ einem die Nackenhaare steil stehen.

Es war mit Abstand die real bedrohlichste Situation, die *La Lotse* in seinem Leben erlebt hatte. Vielleicht, weil es möglicherweise die letzte war. Und da wollte man wenigstens einen guten Eindruck hinterlassen. Andersen nahm sich vor, wenigstens Stil zu bewahren und nicht die Contenance zu verlieren und mit Restwürde – besser noch Stolz wie Sokrates seinerzeit – den Schierlingsbecher mit einem Lächeln zu trinken.

Wie in einer Nahtoderfahrung ging Andersen im Schnelldurchlauf noch einmal die existenzbedrohenden Situationen seines Lebens durch: der Überfall in Belize City, Malaria Tropicana, die er sich aus Togo mitgebracht hatte, eine Blinddarm-OP, die etlichen Stürme auf See, als die Ladung bedrohlich verrutscht war und das Schiff zu kentern drohte, die eine oder andere Monsterwelle vor Südafrika, die zahllosen Passagen über das Bermudadreieck, Nebelbänke vor Neufundland. Und und und. Und doch war er seinem Untergang, dachte er, nie näher als jetzt.

Da halfen nur Galgenhumor und Ruhe bewahren. Gewissermaßen das umzusetzen, was man auf jeder Safari vom Guide lernte, nämlich dass man im Falle eines Falles – vor einem Raubtier, einem Löwen nicht weglaufen sollte. Dass man selbst auf einen angriffslustigen Hai zuschwimmen und ihn anbrüllen sollte. Dass man alles tun sollte – nur kein typisches Opferverhalten an den Tag legen.

»Hätte ich gewusst, dass Sie kommen, hätte ich einen Snack vorbereitet.«

»Danke, nicht nötig, dauert nicht lange«, erwiderte Hellberg trocken.

Scheiße, dachte Andersen. Die Frage, die ihn umtrieb: WAS dauert nicht lange?

»Bitte, treten Sie ein, Schuhe können Sie ruhig anbehalten.«

Hellberg machte eine Kopfbewegung, die klarmachte, Andersen solle vorangehen.

Das tat *La Lotse* auch. Er hörte, wie Hellberg die Tür hinter ihm schloss und gründlich die Füße an der Fußmatte abtrat, als wollte er absichtlich viele Spuren dalassen. Eine absurde Situation.

»Mögen Sie Whisky, einen schönen Single Malt …?«, fragte

Andersen, sobald sie sein Wohnzimmer betraten. »Ich könnte einen Schluck vertragen.«

»Danke, nein. Ich muss noch fahren.«

La Lotse nickte, dachte, gut, dass er nicht »morden« gesagt hatte.

»Das würde man wohl Ironie des Schicksals nennen, wenn ich wegen eines ... Single Malt aus dem Verkehr gezogen würde.«

La Lotse nickte nur.

»Ich kenne jemanden, der würde sich darüber sehr freuen.«

Hellberg lächelte vielsagend.

»Sie können gern ablegen.«

»Och, danke, netter Versuch, wie gesagt: Es dauert nicht lange.«

* * *

Kommissar Knudsen atmete tief durch. Der Kreis schloss sich. Es hatte mit einer verwaschenen Karte in der Hosentasche des ersten Toten begonnen. Und jetzt saß einer der Täter hier vor ihnen und bestätigte, dass der Seemannsclub der Ort war, an dem alles begonnen hatte. Der Ort, an dem Menschen, die nur ein wenig Ruhe und Zuwendung suchten, zu Opfern eines Wahnsinnigen und seiner Helfershelfer geworden waren.

Jeffrey Rosario packte aus. Er wusste, dass er jetzt so viel von seiner eigenen Haut retten musste wie irgend möglich. Gottfried Hellberg wusste, dass Rosario illegal im Land war, und half ihm, sich in dieser Illegalität perfekt einzurichten. Er besorgte ihm ein Zimmer, bezahlte ihn gut und machte ihn nach und nach immer abhängiger von sich. Und Hellberg testete ihn. Was war sein philippinischer Freund bereit für ihn zu tun? Wie viele Skrupel hatte sein neuer Freund? Die Aufgaben wurden andere. Ganz andere. Rosario musste Diebstähle begehen, Leute ausrauben, Gewalt ausüben. Und schließlich – so befand Hellberg – war Rosario perfekt geeignet für seinen großen Plan. Und er stellte Jeffrey seinem zweiten Mann vor: Dieter Gratzki, einen skrupellosen Sonderling, der Hellberg hündisch ergeben war, seit der sich einmal für ihn eingesetzt hatte, nachdem Gratzki eine junge Angestellte im Elb-Zentrum sexuell belästigt hatte. Hellberg behauptete einfach, er habe gesehen, wie die junge Frau mit dem Hausmeister geflirtet habe und dass die Annäherungsversuche von der Angestellten ausgegangen seien. Keiner zog die Aussagen des angesehenen Pathologen in Zweifel. Gratzkis verzweifeltes Opfer kündigte, und Hellberg hatte einen Mann gefunden, der nun bereit war, alles für ihn zu tun. Aus Dankbarkeit und aus Gier, denn Hellberg zahlte gut.

All das hatte Gratzki Rosario erzählt, in den langen Stunden, die sie in der Halle im Tschechen-Hafen miteinander verbrachten, während sie darauf warteten, bis Gottfried Hellberg seine Arbeiten an den Leichen beendet hatte.

So wurden Jeffrey Rosario und Dieter Gratzki zu den Männern, die Gottfried Hellbergs Mission erst möglich machten. Rosario lockte seine Landsleute aus dem *Duckdalben* in Hellbergs Auto. Dort wurden sie betäubt und in den Tschechen-Hafen gebracht. Rosario schwor, dass er nie einen der Männer getötet habe. Genauso wenig wie Carsten Hauber, den er seinem Chef lebend übergeben habe. Hellberg allein sei es gewesen, der die Männer mit irgendwelchen Medikamenten getötet habe. Allein schon, weil er immer betonte, er brauche die Körper unversehrt für seine »Metamorphosen«.

Gratzki und Rosario hatten Hellberg nur geholfen, die plastinierten Toten und die hölzernen »Bojenmänner« per Boot oder mit dem Auto an die Plätze zu bringen, die Hellberg zuvor nach akribischer Recherche ausgesucht hatte.

»Sie sollen alle sehen, was ich kann«, habe er gesagt. »Die Schönheit nach dem Tod!«

Hellberg, so berichtete Rosario, hatte an alles gedacht: Überwachungskameras, Schiffsverkehr, Security – nichts blieb dem Zufall überlassen. Hellberg hatte sogar extra Overalls für die drei anfertigen lassen, die sie als Angehörige der »Hamburger Port Authority« kennzeichneten, schön mit Wappen und Emblemen verziert, falls sie doch einmal jemandem auffallen sollten. Hellberg und seine Gehilfen waren zudem perfekt ausgestattet mit Fahrzeugen, Werkzeugen, Taucheranzügen und allen nötigen Hilfsmitteln, die sie für ihr makabres Werk brauchten.

Nur eine Frage konnte oder wollte Jeffrey Rosario nicht beantworten: wo Gottfried Hellberg jetzt war. Und mit ihm Kollege Hauber.

»Warum decken Sie den Mann noch?«, fragte Knudsen. »Es ist vorbei, Rosario. Es hilft Ihnen vor dem Richter, wenn Sie es ermöglichen, dass wir ihn kriegen.«

»Ich weiß es wirklich nicht«, antwortete Rosario. »Ein paar Stunden bevor Ihr Bullen die Halle gestürmt habt, befahl er uns, Hauber in ein Auto zu schaffen. Er wolle an einem anderen Ort etwas Besonderes aus dem Typen machen, sagte er. Und dann befahl er, dass wir gut aufpassen und die Halle sichern sollten. Er wäre bald zurück. Und seitdem habe ich ihn nicht mehr gesehen.«

»Und Sie haben keine Ahnung, wo er hin sein könnte? In seinem Haus ist er nicht. Das haben wir schon überprüft. Gibt es noch irgendeinen anderen Ort, an dem er sich verstecken könnte?«

Jeffrey Rosario schüttelte nur den Kopf und blickte auf seine Handschellen.

»Ich schwöre Ihnen, ich weiß nicht, wo er hingefahren ist.«

»Was für ein Auto war es? Die Marke? Das Kennzeichen?«

»Ein kleiner Transporter. Weiß. Mehr weiß ich nicht. Ich kannte das Auto nicht. Ich habe alles gesagt. Alles. Ich will nicht mehr sprechen.«

»Scheiße«, sagte Knudsen und sah den Beamten hinter Rosario an. »Bring ihn in seine Zelle.«

* * *

Hellberg hielt seine Hände weiterhin tief in den Taschen. Noch hatte Andersen keine Waffe gesehen, aber er war sich sicher, dass der Mann nicht bluffte. Warum auch? Erstens war er ein Serienmörder und zweitens auf der Flucht vor der Polizei. Andersen überlegte, wie seine Chancen standen, heil, sprich lebend, aus dieser Situation herauszukommen. Und ob es Sinn machte, dass ausgerechnet er das nächste Opfer war. Betrübliche Antwort: Doch, durchaus, machte es, nach allem, was er über Hellberg wusste. Erstaunlich, was einem in einem solchen Moment alles durch den Kopf ging und als Rettungsanker herhalten musste. Andersen überlegte, ob Övelgönne womöglich sein bester Schutz war, ein Ort, wo man nicht mal eben mit dem Auto vorfahren und auf dem Kapitänsweg einen Toten im Kofferraum verschwinden lassen konnte, um ihn irgendwo zu plastinieren. Wo sämtliche Nachbarn sofort stutzig wurden und hoffentlich die Polizei riefen.

»Wirklich kein Gläschen, ich darf aber ...«

»Laphroaig«, sagte Hellberg mit Blick auf die Flasche, »damit hätten Sie meinem Vater eine Freude gemacht, ich finde, das Zeug schmeckt widerwärtig, nach Raucherlunge mit Schuss. Habe ich nie verstanden …«

»Ich habe auch andere Sachen da, was trinken Sie denn gern?«

Hellberg ging nicht drauf ein.

»Haben Sie mal eine Raucherlunge gesehen? Ich habe welche seziert … unangenehm, sag ich Ihnen.«

Hellberg sah sich in der Wohnung um. Ließ den Kopf kurz kreisen und sagte: »Nett haben Sie es hier, nur die Holzvertäfelung, das scheint auch so ein Seemannsding zu sein. Erinnert mich an meine Kindheit.«

La Lotse hatte noch nie darüber nachgedacht. Er fand das gemütlich, schiffig, stimmte aber. Dunkle Holzpaneele hatten den Charme von …

»Man liegt doch noch lange genug im Sarg.«

»Es sei denn, man entscheidet sich für eine Feuer- und Seebestattung.«

La Lotse hob sein Glas und prostete Hellberg regelrecht provozierend zu. Fast schon tollkühn. Ein Prösterchen als Majestätsbeleidigung.

Im selben Moment erblickte Hellberg den Schrumpfkopf, den Andersen noch nicht wieder in die Vitrine geräumt hatte.

»Ach, sieh an, darf ich?«

»Bitte.«

Hellberg griff mit seiner linken Hand nach dem, was Knudsen als verkohlten Tennisball bezeichnet hatte und nie im Leben angefasst hätte. Hellberg hingegen betrachtete den Schrumpfkopf mit der Überheblichkeit eines Kunstprofessors, der gar nicht wusste, was er an der stümperhaften Arbeit zuerst kritisieren sollte.

»Entzückend!«

»Ein Geschenk meiner Mannschaft.«

»Tischtennis?«, sagte Hellberg, mehr um zu zeigen, dass auch er sich informiert hatte.

»Von meiner Crew damals«, antwortete Andersen, ohne sich seine Verblüffung anmerken zu lassen.

»Dass Sie den nicht selbst gemacht haben, habe ich mir beinahe gedacht.«

»Nein, ich habe andere Hobbys.«

»Tischtennis und Philosophie, ich weiß.«

La Lotse war verunsichert. Hatte er das Hellberg senior erzählt?

»Und der liegt hier einfach so rum ... ein Menschenschädel. Seltsame Zimmerdeko oder nicht? Eine Totentrophäe.«

»Normalerweise nicht, aber ich habe den einem Freund gezeigt. Ich weiß nicht mehr genau, wieso.«

»Ach nein, soll ich helfen? Aus aktuellem Anlass vielleicht. Könnte es was mit meiner Arbeit zu tun haben?«

»Doch, ja, wahrscheinlich.«

»Sie wissen, warum die Kopfjäger früher ihren Opfern den Mund zugenäht haben.«

La Lotse nickte.

»Ja, ich glaube, damit die wütende Seele des Toten nicht entweichen und ihren Mörder heimsuchen kann.«

Hellberg nickte anerkennend.

Es entstand eine Stille, mittendrin tat sich eine Frage wie von selbst auf.

»Jetzt wollen Sie bestimmt wissen, ob ich mich nie davor gefürchtet habe.«

»Wovor?«, fragte Andersen etwas dümmlich, er war nicht so geistesgegenwärtig wie sonst.

Er erinnerte sich daran, dass er beschlossen hatte, sich nicht einschüchtern zu lassen. Gleich zwei Gründe sprachen dafür. Erstens die Weisheit und zweitens die Philosophie – der Stoizismus mit dem praktischsten und therapeutischsten Nutzen in allen Lebens- und Sterbenslagen. Was nicht zu ändern ist, soll hingenommen werden. Nie klagt ein Stoiker über sein Los oder lässt sein Herz über seinen Verstand siegen. Also scheiß drauf, dachte *La Lotse*. Es gibt sowieso kein Happy End. Denn: *In kurzer Zeit wirst du alles vergessen haben – in kurzer Zeit wird alles dich vergessen haben.* Marc Aurel. Wenn abtreten, dann mit Stil und einem guten Single Malt in der Hand. Endlich konnte er mal beweisen, was er so innig im Privatstudium gelernt hatte. In seinem Alter noch flehentlich nach Mutti oder Knudsen zu rufen, war keine würdige Alternative.

»Sie haben meine Frage noch nicht beantwortet: Was wollen Sie von mir?«

»Das hängt ganz von Ihnen ab.«

Scheiße, dachte *La Lotse*. Was wird das denn? Ein Test?

»Ich bin ein neugieriger Mensch, wie Sie. Haben Sie sich mit meinem Vater auch über mich unterhalten?«

La Lotse schüttelte den Kopf.

»Nein? Aber das war doch sicher der Grund Ihres Besuches? Von wegen, Sie schreiben ein Buch. Sie wollten sich an meinen Vater ranwanzen und erfahren, wie und wo man mich findet.«

Leugnen wäre albern gewesen.

»Nun, dass es so prompt klappt, hätte ich nicht gedacht.«

»Die Geister, die ich rief ...«, sagte Hellberg. »Dieser Hauber war auch etwas zu beflissen, für meinen Geschmack.«

Das ließ Hellberg kurz sacken, ein Psychospielchen, wie Andersen hoffte.

»Ich würde gern wissen, ob Sie an ein Leben nach dem Tod glauben?«, fragte Hellberg rhetorisch, wie nach seinem Zusatz klar wurde. »An das Weiterleben einer zwitschernden Seele!? Und wenn sie nicht gestorben sind, dann ist im Himmel Jahrmarkt, oder?«

»Nein, ich halte es da am ehesten mit Epikur«, erwiderte Andersen so schlagfertig, wie es unter den Umständen ging. Um nicht als Schlaumeier bei Hellberg anzuecken, falls der nicht wusste, wie es Epikur mit dem Tod hielt – nämlich gar nicht, fügte er hinzu: »Solange ich bin, ist der Tod nicht. Und wenn der Tod ist, bin ich nicht mehr.«

Hellberg nickte: »So, so, Epikur. Äußerst pragmatisch! Klingt wie ein Narkotikum gegen die Angst. Und das glauben Sie?«

»Gegenfrage: Was glauben Sie denn? Dass man die Menschen erlöst, wenn man sie vorzeitig umbringt?«

Oke Andersen spürte zum ersten Mal einen Funken Wut, gewissermaßen als belebendes Lebenszeichen, dass er nicht bereit war, hier das Opferlamm zu machen.

»Erstens, ich töte nicht … ich transformiere. Zweitens, der Tod sollte meines Erachtens mehr Würde ausstrahlen«, sagte Hellberg plötzlich etwas kryptisch und schmiss den Schrumpfkopf verächtlich auf das Sofa.

»Vorsicht. Ich habe versprochen, den noch zu beerdigen.«

»An Ihrer Stelle würde ich gerade nicht mehr so viele Pläne machen. Angenommen, wir würden jetzt einen Schlussstrich ziehen, was für eine Note würden Sie Ihrem Leben geben? Mangelhaft, befriedigend, gut oder sogar sehr gut? Bis hierhin?«

La Lotse zuckte mit den Schultern, jetzt doch etwas mehr als irritiert:

»Bis hierhin … eine Eins minus!«

Hellberg zog die Augenbrauen hoch.

»Sieh an. Warum keine glatte Eins, wofür steht das Minus?«

La Lotse zuckte mit den Schultern, hatte plötzlich das Gefühl, er stünde vorm Jüngsten Gericht und müsste Rechenschaft ablegen.

»Ich bedauere, dass ich kein besserer Ehemann war, was nur zum Teil an meinem Beruf als Seemann lag. Und ich wäre gern ein besserer Vater gewesen. Das ist alles.«

»Vater?«, hakte Hellberg nach.

»Ja, ich habe eine Tochter ... wir sehen uns leider nicht oft.«

»Und jetzt soll ich Mitleid kriegen?«

»Ich denke, das wäre zu viel erwartet.«

Hellberg nickte.

»Sie glauben, ich sei ein grausamer Mensch, weil ich andere erlöse und mit viel Perfektion und Expertise plastiniere. Schön. Was denken Sie denn, was meine ›Opfer‹ ihrem leidigen Leben für eine Note gegeben hätten? Denken Sie, die hätten ihr Leben als sehr gut oder eher als mangelhaft oder ungenügend bezeichnet? Neun Monate auf Schiffen für einen Hungerlohn zu schuften.«

»Ich glaube ganz entschieden, dass es nicht an uns ist, über das Schicksal anderer zu richten«, antwortete *La Lotse*.

Hellberg lächelte.

»Wie süß. Sie sind doch selbst zur See gefahren. Sie müssten es doch eigentlich wissen.«

»Ich weiß lediglich, ich mochte die Männer, sie waren nicht unglücklich. Fanden Halt in ihrem Glauben als Christen. Sie waren fleißig, begehrten nicht auf, schätzten sich glücklich, Geld für ihre Familien zu verdienen. Sie waren bescheiden. Ich mag bescheidene Menschen. Unserem Planeten ginge es deutlich besser, wenn ...«

»Bescheiden!«, unterbrach ihn Hellberg in einem Tonfall, der die andere Bedeutung des Wortes unterstrich. Im Sinne von begrenzt. »Sie sagen es! Was für jämmerliche, erbarmungswürdige, mediokre Existenzen.«

»Und deswegen haben Sie sie aus lauter Mildtätigkeit ermordet? Ist das Ihre Vorstellung von Erbarmen?«

Eine Bemerkung, die Andersen etwas unkontrolliert rausgerutscht war.

»Ich habe diesen Menschen ein gnädiges Ende geschaffen und eine Aufmerksamkeit, die sie sonst nie erhalten hätten.«

»So habe ich das noch gar nicht gesehen«, heuchelte Oke Andersen, als sei er bereit, sich auf die kranke Gedankenwelt Hellbergs einzulassen.

»Aber Sie haben doch meine Präparate aus der Nähe gesehen?«

»Leider nein. Aber das hätte ich gern. Ich gebe zu, dass es mich gewurmt hat, dass ich Ihren ›Bojenmann‹ nicht als Erster entdeckt habe. Luftlinie sind das gerade mal hundertfünfzig Meter vielleicht. Kommen Sie, hier.«

Andersen hatte vor, auf den Balkon zu gehen. Er wollte sehen, ob Hellberg ihm folgen würde. Vielleicht änderte das alles. Er mit seinem Mörder plaudernd auf dem Balkon. Vielleicht stiegen so seine Chancen. Das war eine sehr deutliche Erkenntnis gerade. Sein Lebenswille war größer als sein Todestrieb: seine Tochter, das Tischtennis, Laphroaig, ein gutes Buch, ein gut gelaunter Knudsen, das Rumgeblödel, seine Neugier, Begeisterungsfähigkeit, seine »Rentnerradikalität«, es gab vieles, wofür es sich zu leben lohnte. Er war noch nicht fertig. Noch lange nicht.

* * *

La Lotse überlegte fieberhaft. Irgendeiner List bedurfte es, zumal ihm Hellberg physisch überlegen und noch dazu bewaffnet war. Er erinnerte sich, dass er es mit einem Narzissten zu tun hatte. Schmeicheln konnte helfen.

»Am besten hat mir übrigens Ihr Vergoldeter vor der Elphi gefallen.«

»Ah, ist das so? Das freut mich.«

»Doch, ich fand das regelrecht, nun ja, eher originell als kriminell, wenn man mal davon absieht.«

»Der Mann hieß Nelson. Ich gebe zu, dass es mir nicht leichtfiel, jemanden, den man über Wochen mühselig plastiniert hat, mit Goldlack aus der Dose zu besprühen, als wollte ich eine schlechte Arbeit kaschieren. Aber es war sein Wunsch.«

Oke Andersen blickte irritiert, traute sich dann doch zu fragen: »Sie haben mit den Seeleuten über ihren Tod gesprochen?«

»Mit einigen, ja.«

»Und?«

»Sie waren gefasst. Aber die meisten habe ich erst betäubt und dann erlöst. Nicht jeder tritt ohne Ärger ab. Ich bin übrigens gespannt, ob man mich – außer wegen mehrfachen Mordes – zusätzlich wegen Leichenschändung belangen würde. Was meinen Sie!?«

»Als Staatsanwalt würde ich das vernachlässigen, aber auch nicht erwarten, dass man Ihnen das haftmildernd anrechnet.«

»Haftmildernd!«, sagte Hellberg. »Sie glauben doch selbst nicht, dass ich mich als den irren Matrosenmörder in Handschellen vorführen lasse und den Rest meines Lebens im Knast verbringe? Glauben Sie ernsthaft, das sei mein Plan?«

Hellberg bedeutete Andersen mit einer Geste, wieder hineinzugehen.

»Ich würde«, fuhr er fort, »nicht so profan von Mord, sondern von Erlösung sprechen. Einem Akt der Gnade.«

»Erlösung setzt ein Einverständnis voraus.«

»So, glauben Sie? Halten Sie die Mehrheit der Menschen für so mündig, dass sie wissen, was für sie das Beste ist?«

Oke Andersen nutzte die Gelegenheit, um kurz auf seine spezielle Situation zu sprechen zu kommen.

»Doch. In meinem Fall würde ich das unbedingt bejahen.«

»Ja, Sie vielleicht, Kapitäne mögen es nicht, wenn andere für sie den Kurs abstecken und das Bermudadreieck ansteuern, nicht wahr!?«

La Lotse zuckte mit den Schultern.

»Kapitäne sind alles kleine Könige, deren Hoheitsgebiet das Schiff ist. Denn *Captain's word is law*, nicht wahr?«

»Ich würde mir wünschen, dass ich meine Machtposition nie unbegründet eingesetzt habe.«

»Und an Land? An Land sind Kapitäne mürrische Menschen und Bürger zweiter Klasse, weil ihnen an Land sämtliche Autorität abhandenkommt und die Kommandobrücke fehlt. Nicht wahr!?«

»Sie sprechen von Ihrem Vater.«

»Ich würde ihn eher als meinen Erzeuger bezeichnen … bestenfalls. Ich habe früher jede Menge Befehle bekommen. Das ist wahr. Deshalb weiß ich auch, es gibt Menschen, die sollten keine Kinder kriegen. Sie sagen doch selbst, Sie wären gern ein besserer Vater gewesen.«

»Das ist wahr. Nur verstehe ich nicht, dass Sie dann anderen Kindern ihre Väter ganz genommen haben.«

»Die Filipinos? Kommen Sie, das sind doch keine Menschen, sondern Morlocks, falls Ihnen das noch was sagt. Gesetzlose Lohnsklaven auf ausgeflaggten Schiffen. Das Lumpenproletariat im Untergrund. Im Bauch der Schiffe, damit die Oberschicht in Saus und Braus leben kann. Die ein Zwanzigstel Ihrer Heuer verdient haben, Herr Kapitän, ohne Lebensversicherung und Altersversorgung. Unterste Kaste im weltweiten Kommerz.«

La Lotse überlegte, was er dem entgegnen konnte. Im Wesentlichen sah er das genauso. Nur ohne diese Verachtung.

»Sie klingen wie ein Mörder, der gern ein Erlöser wäre.«

Hellberg machte ein verächtliches Geräusch.

»Sprach Jesus nicht vom Leben als Jammertal? Dem Dasein als Tal der Tränen?«

»Ich bin nicht so bibelfest.«

»Ihr Problem! Genug geplaudert. Angenommen, ich wäre als Ihr Erlöser oder Mörder zu Ihnen gekommen. Wenn Sie einen letzten Wunsch hätten, wie Sie aufgebahrt werden wollten, welcher wäre das!?«

La Lotse musste schlucken, gerade wenn man ein wenig Hoffnung schöpfte, sich mittels Bauchpinselei irgendwie einen Ausweg erarbeiten zu können, pustete Hellberg das kleine Hoffnungslicht aus.

»Keine Ahnung«, sagte Andersen frustriert.

Hellberg ging Richtung Balkontür und fing an, die Gardinen bis auf einen Spalt zuzuziehen.

»Glauben Sie mir, ich habe mich mein ganzes Leben geschämt … für meinen Vater, meine alkoholkranke Mutter, meine Minderwertigkeitskomplexe … kein schöner Zustand.«

Hellberg deutete auf die Gardine:

»Ihr letzter Vorhang, wie soll der aussehen? Irgendein Wunsch, welcher wäre das?«

»Bei allem Respekt: von Ihnen plastiniert zu werden, das sicherlich nicht.«

»Nicht? Finden Sie die Vorstellung so furchtbar? Wenn man seinen eigenen Tod überdauert und nicht stinkend in seine kleinsten Bauteile zersetzt wird. Von wegen Staub zu Staub und Asche zu Asche. Leichensaft, Exkremente, Maden, die in Ihren Augenhöhlen und durch Ihr Gekröse kriechen – das ist die wahre, widerwärtige Fratze des Todes. Ein Fäulnisprozess. Das Ende aller Schönheit – die Krone der Schöpfung – ein Madensack.«

Hellberg schien ergriffen von sich und sagte dann gönnerhaft:

»Sie sind wenigstens ehrlich und haben Haltung. Das gefällt mir. Außerdem erinnern Sie mich an jemanden.«

»So? An wen?«

»Ist sehr lange her. Ein Lehrer aus meiner Schulzeit. Einer der wenigen Menschen, die sich für mich eingesetzt haben. Egal. Setzen Sie sich. Ich gebe Ihnen eine Chance.«

* * *

Kurz darauf spürte *La Lotse* etwas Hartes am Hinterkopf, die Mündung einer 9-Millimeter-Pistole.

»Sie sind ein belesener Mann. Ich schlage ein Quiz vor. Ich werde Ihnen gleich einen Text aufsagen. Wenn Sie uns sagen, von wem das Zitat stammt, lasse ich Sie leben. Dann kommen Sie sozusagen eine Runde weiter.«

Andersen schluckte trocken.

»Sie gewinnen Lebenszeit. Sie haben zwanzig Sekunden Zeit zu antworten … und keinen Joker! Ich rate Ihnen: Hören Sie jetzt gut zu, ich werde den Text nur einmal aufsagen.«

Scheiße. Oke Andersen schloss die Augen. Vielleicht zum

letzten Mal, also für immer, dachte er kurz. Oder war das eine Scheinexekution? Der Druck auf seinen Hinterkopf erhöhte sich. Nicht gerade der Konzentration förderlich. Jeder Kopfschmerz wäre ihm lieber gewesen. Das passte doch nicht zu Hellberg. Wenn er ihn präparieren wollte, dann sicherlich nicht mit einem Loch in der Birne, wo der kalte Wind durchpfiff. Das war nicht sein Stil. Allerdings klang Hellbergs Stimme so, als würde er es ernst meinen.

»Warten Sie, wäre es nicht besser, Sie würden mich als Geisel nehmen und gegen diesen Rosario ...«

»Glauben Sie, die Idee wäre mir nicht selbst gekommen, wenn mir an diesem Idioten Rosario gelegen wäre? Sind Sie bereit?«

Was sollte man darauf antworten?

Hinter sich konnte Andersen hören, wie Hellberg tief einatmete und voller Pathos mit seinem Bariton begann, als stünde er auf einer Bühne:

»Es ist wirklich unglaublich, wie nichtssagend und bedeutungsleer, von außen gesehen, und wie dumpf und besinnungslos, von innen empfunden, das Leben der allermeisten Menschen dahinfließt.«

Pause.

»Es ist ein mattes Sehnen und Quälen, ein träumerisches Taumeln durch die vier Lebensalter hindurch zum Tode, unter Begleitung einer Reihe trivialer Gedanken.«

Punkt.

Und Ende.

Zehn Sekunden Zeit. In einem Anfall von Prüfungsstress langte es gerade mal für den Gedanken, der möglicherweise *La Lotse*s letzter war: Kriege ich den Schuss noch mit? Das Krachen der Schädeldecke? Oder ist es wie bei einem Gewitter, das direkt über einem ist? Wenn Blitz und Donner zusammenfallen. Und dass der Blitz bei ihm in nunmehr neun, acht, sieben Sekunden einzuschlagen drohte …

Sokrates? Nietzsche? Heidegger?

Scheiße. Er kannte diese Zeilen …

Und gerade rechtzeitig schoss Oke Andersen statt einer Kugel die Antwort in den Kopf:

»Schopenhauer. Arthur Schopenhauer«, rief er erschreckend aufgeregt und schämte sich fast im selben Moment über das triumphale Gefühl geschenkter Lebenszeit.

Stille.

Er drehte sich um.

Der Raum war leer.

Gottfried Hellberg war verschwunden.

Vier Wochen später

Die Webseite des Hamburger Polizeimuseums lockte in diesem Jahr mit dem Motto »Hamburgs dunkle Seiten«. Der Besucher erfahre ungeschminkte Wahrheiten über den Arbeitsalltag der Hamburger Kriminalpolizei und grusele sich bei »Mordsgeschichten« zwischen Elbe und Alster.

Im Rahmen der jährlichen »Langen Nacht der Hamburger Museen« war der Eintritt frei und der Andrang entsprechend groß. Ein Schwung von fünfzig bis sechzig Besuchern betrat das Museum. Ein Hauch von Vernissage lag in der Luft. Knudsen lächelte und betrachtete kopfschüttelnd den Flyer des Museums:

Ein echter Streifenwagen und ein Polizeihubschrauber laden zu virtuellen Fahrten und Flügen ein. Kommissare mit langjähriger Berufserfahrung stehen den Besuchern zur Seite und führen durch die Ausstellungen.

Er hatte nur widerwillig zugesagt, nachdem er sich all die Jahre so erfolgreich gedrückt hatte, unbezahlte Überstunden zu machen und den volksnahen Kommissar zu mimen. Besonders nicht seit den Ereignissen um Gottfried Hellberg. Ihr Kollege Carsten Hauber war und blieb verschwunden. Und alle im Präsidium fragten sich, ob und wann und vor allem wie er wieder auftauchen würde. Womöglich als erstarrte, groteske Parodie auf einen Polizeibeamten. Man verdrängte das, so gut es eben ging.

Knudsen las weiter im Flyer vor sich auf dem Tisch:

Im größten Polizeimuseum Deutschlands erleben Besucher hautnah polizeilichen Alltag. Die Exponate geben Antworten darauf, wie und warum sich die Aufgaben und das Selbstverständnis der Hamburger Polizei im Laufe der zwei Jahrhunderte verändert haben. Hier können die Methoden der Kriminaltechnik ausprobiert werden. Tatwaffen, Ton- und Filmaufnahmen demonstrieren, wie Tatverdächtige vorgehen und dokumentieren, wie Kriminalbeamte ermitteln. Geschichte und Gegenwart der Hamburger Polizei werden ebenso spannend erzählt und präsentiert wie die acht spektakulärsten Kriminalfälle der Hansestadt.

Nummer neun wird wohl bald hinzukommen, dachte Knudsen und rekapitulierte kurz: Der Letzte, der Haubers Entführer Hellberg gesehen hatte, war Oke Andersen gewesen. Mann, was war er erleichtert, dass Hellberg *La Lotse* verschont hatte! Warum auch immer. »Siehste, Oke, so was kommt von so was«, hatte Knudsen den Freund angepflaumt. »Fotofalle und Fahndungsbild hin und her. War es das wert, du Heiopei?«

Dann hatte er den Freund fest umarmt.

Was für ein Fall! Der kurze Dienst hier im Museum würde ihn vielleicht etwas ablenken. Knudsen legte den Flyer zurück und ging zu seiner ersten Besuchergruppe, die sich vor den historischen Handschellen versammelt hatte.

Kurze Zeit später mischte sich ein stattlicher Mann im Trenchcoat unter den neuen Schwung der Ankömmlinge. Er schob einen Rollstuhl vor sich her und ging langsam in den Saal, der die größten Verbrechen der Stadt erklärte. Hier war die Säge des Frauenmörders Honka ausgestellt, hier lagen zwei der gefälschten Hitler-Tagebücher, das Miniatur-U-Boot des Kaufhaus-Erpressers Dagobert für die Geldübergabe und die Waffen des brutalen und skrupellosen »St.-Pauli-Killers« Mucki Pinzner.

Die übrigen Besucher beachteten den Mann, der den Rollstuhl schob, nicht weiter. Ein Vater vielleicht, der seinen verunfallten oder behinderten Sohn, Schwager, Neffen oder sonst was durch die Lange Nacht der Hamburger Museen kutschierte.

Ab und an beugte sich der hochgewachsene Mann im innigen Zwiegespräch flüsternd zu seinem Schutzbefohlenen hin, scheinbar im Austausch über das ein oder andere Exponat.

Der Mann im Rollstuhl aber zeigte wenig Reaktion. Er trug Baseballkappe, Kapuzensweatshirt, Jeans und eine verspiegelte Sonnenbrille. Sein fürsorglicher Begleiter ließ ihn schließlich allein im Saal der großen Verbrechen sitzen und ging hinaus. Bewegungslos saß der Mann in seinem Rollstuhl. Eine Frau trat zögerlich heran. »Kann ich Ihnen helfen?«

Der Mann bewegte sich nicht.

Die Frau beugte sich zu ihm hinab.

»Hallo, hören Sie mich? Brauchen Sie Hilfe?«

Dann sah sie, etwas irritiert, wie als einzige Reaktion die Hand und ein Mundwinkel des Mannes leicht zuckten. Begleitet von einem leisen Stöhnen.

* * *

Bevor Gottfried Hellberg das Polizeimuseum verließ, passierte er einen Raum, in dem gerade Thies Knudsen interessierten Zuhörern etwas über Fahndungsmethoden erklärte. Hellberg blieb kurz stehen und blickte eine Weile auf den Rücken des Kommissars.

Knudsen referierte, lustlos, notgedrungen. Aber irgend etwas irritierte ihn.

Da war so ein Gefühl.

Hinter ihm.
Etwas stimmte nicht.
Er drehte sich um.
Nichts.
Er hörte nur das Geräusch einer Tür, die ins Schloss fiel.

ENDE

Nachwort

Liebe Leserinnen und liebe Leser,

wir hoffen, dass Ihnen der erste Fall von Kommissar Knudsen, Dörte Eichhorn und Oke Andersen gefallen hat. Der zweite ist bereits in Arbeit. Ein paar Dinge sollen hier noch erklärt werden. Ein kurzes Making-of des »Bojenmanns« – ein Werkstattbericht: Vielleicht werden Sie sich fragen: Wie zum Kuckuck geht das überhaupt, einen Krimi zu zweit zu schreiben? Nun, die Antwort ist schnell erbracht: Es ging erstaunlich gut. Vier Gehirnhälften denken mehr als zwei. Wir haben zusammen die Idee für dieses Buch geboren (in einer Kantine), den groben Plot festgelegt und dann angefangen zu schreiben. Und so nahm »Der Bojenmann« langsam Gestalt an. Die einzelnen Kapitel haben wir dann jeweils dem anderen geschickt. Jeder hat geändert und erweitert, bis wir beide zufrieden waren. Das ging erstaunlich geschmeidig. Hinzu kam, dass wir beide sehr unterschiedlich schreiben: Einer von uns ist eher der Mann fürs Horizontale, schmückt gern literarisch aus und kann zehn Seiten darüber schreiben, wie sich zwei Leute unterhalten. Und der andere ist eher der Mann für den Plot und fragt beim Schreiben stets: Aber, was passiert denn jetzt? Wie geht es weiter? Wie wär's damit …?

Auch die gemeinsame Recherche war ein Pfund und hat uns großen Spaß gemacht. Das Plastinationszentrum im schönen

Vierlanden entsprang unserer Fantasie. Den unheimlichen, verwaisten Tschechen-Hafen mussten wir nicht erfinden. Es gibt ihn wirklich. Es handelt sich um ein dreißigtausend Quadratmeter großes Gelände, das 1929 im Rahmen des unterzeichneten Versailler Vertrags als Reparationsleistung für neunundneunzig Jahre an die Tschechoslowakei verpachtet wurde, da die Elbe für dieses Binnenland die einzige schiffbare Verbindung zu den Weltmeeren darstellt.

Unvergessen unsere Recherche, als wir uns an diesen unwirtlichen, abgehalfterten Ort schlichen, den man sich als Tatort nicht besser hätte ausdenken können. Schlussendlich waren wir froh, als wir nach der Begehung wieder im Auto saßen und nicht selbst gemeuchelt wurden.

Wir streiften auch zusammen durch Övelgönne, wo Jan Jepsen aufgewachsen ist (im Alten Lotsenhaus!). Sein Blick raus auf die Elbe ist derselbe wie der von Oke Andersen. Von Jans Fenster aus kann man ihn gut sehen: den stummen Bojenmann im Wasser.

Sehr viel angenehmer als der Trip zum Tschechen-Hafen war unser Besuch im Seemannsclub *Duckdalben*, der ebenfalls wirklich existierte. Wir wurden dort überaus freundlich, ja christlich, empfangen, herumgeführt und ausführlich über diese Oase der Ruhe inmitten des hektischen Treibens des Hamburger Hafens informiert. Wir tranken Kaffee im Clubraum mit dem kleinen Shop für alles, was die Seeleute brauchen. Wir bestaunten den Billardtisch, die Tischtennisplatte und den sehr ordentlichen Kicker. Ebenso die internationale Bibliothek im Wintergarten, die Gartenterrasse, das kleine Sportfeld und den Grillplatz. Niemals hätte wir so eine Oase der Menschlichkeit in Sichtweite der Köhlbrandbrücke erwartet. Besonders beeindruckt hat uns der

»Raum der Stille«, ein Andachtsraum für alle großen (und sehr viele kleine Religionen. Daher auch der Name *Godspot*.

Betrieben wird der *Duckdalben* von der *Deutschen Seemannsmission*, und getragen wird er von der Arbeit vieler engagierter haupt- und ehrenamtlicher Menschen. »Wir«, so sagen die Betreiber, »sind im christlichen Glauben und unserer Kirche verwurzelt, leben und arbeiten in langer Verbundenheit innerhalb der Deutschen Seemannsmission in Solidarität mit den Seeleuten.«

Diese Solidarität ist auch bitter nötig. Wir waren bei unseren Recherchen entsetzt, wie prekär die Lage der Seeleute in den Häfen dieser Welt ist. Lange Arbeitszeiten an Bord, sehr kurze Liegezeiten in den Häfen und Einsamkeit prägen das Leben der Seeleute. Psychische Erkrankungen sind nicht selten, wie die »Seafarer Mental Health Study« ergab.

Stefan Krücken, Verleger des kleinen, aber feinen *Ankerherz*-Verlags, befragte für eines seiner Bücher einmal den Seemann Klaus Ricke, einen Kapitän mit legendärem Ruf, der die *Alexander von Humboldt 2* um Kap Hoorn segelte, was er von der modernen Seefahrt hält. Die Antwort des Kapitäns deckt sich mit *La Lotses* Meinung: »Ich empfinde sie als menschenverachtend.« Die Bedingungen, unter denen die einfachen Matrosen arbeiten, erinnerten ihn an »modernen Sklavenhandel«.

Dabei sorgen auch die vielen schlecht bezahlten Seeleute dafür, dass wir so leben und konsumieren können, wie wir es tun. Rund sechzigtausend Handelsschiffe sind auf den Weltmeeren unterwegs, die fast neunzig Prozent aller Exportwaren transportieren. Die Arbeit auf diesen gigantischen Pötten ist hart. Und in Einrichtungen wie dem *Duckdalben* finden die Seeleuten einen kleinen Moment Ruhe und Menschlichkeit und können wieder etwas Kraft tanken.

Sie können sich den *Duckdalben* übrigens mit etwas Glück selbst einmal ansehen.

»Auge in Auge mit den Giganten« heißt eine »etwas andere« Hafenrundfahrt mit Bussen, bei der Besucher u. a. durch den sonst gesperrten Containerhafen mit seinen riesigen Kränen geführt werden. Und eine der Stationen dieser Tour ist – nicht immer, aber sehr oft – der *Duckdalben*. Dort gibt es dann Kaffee und Kuchen. Wenn die Betreiber vorher ihr Okay geben und die Seeleute nicht durch große Gruppen zu sehr gestört werden. Denn an diesem Ort spielen sie endlich einmal die Hauptrolle.

PS: Und ob sie dort einen wie Gottfried Hellberg dabei fürchten müssen – das klärt sich übrigens am Ende von Band zwei.

Jan Jepsen und Kester Schlenz

Das LKA 12, Region Hamburg Altona

Thies Knudsen, leitender Ermittler im LKA, ist geschieden, neigt ein wenig zur Melancholie, nimmt aber seinen Job trotz aller Schattenseiten sehr ernst. Er ist ein guter Chef und stellt sich regelmäßig vor seine Leute, wenn der überaus ehrgeizige Staatsanwalt Rolfing mal wieder übers Ziel hinaus schießt und ungerecht wird.

Dörte Eichhorn, heimlich von Kollegen *Dörte Harry* genannt, ist körperlich sehr fit, betreibt Kampfsport, lebt allein und leidet häufig unter dem Alleinsein. Der Job geht ihr oft an die Nieren. All das Leid und die Bösartigkeit vieler Menschen nimmt sie immer wieder mit nach Hause und grübelt. Einzig ihr Mops Günther vermag sie dann aufzuheitern.

Oke Andersen ist Kommissar Thies Knudsens bester Freund und Mentor. Der pensionierte Lotse lebt in einem kleinen Haus in Övelgönne direkt an der Elbe. Seine ehemaligen Kollegen haben ihm den Spitznamen *La Lotse* verpasst, weil Andersen sich schon immer mit Philosophie befasst hat, die Klassiker kennt und bei Gelegenheit auch gern zitiert. Der Freund ist immer dann zur Stelle, wenn Thies Knudsen in seinem Job nicht weiterkommt. Andersens Blick von außen, sein Wissen und seine Intuition haben Knudsen schon oft geholfen.

Susanne Diercks, genannt »Spusi«, leitet die Spurensicherung im LKA, eine Topkraft mit oft brachialem Humor und kompromissloser Strenge, wenn es um ihren Job geht. Sie liebt allerdings auch die Inszenierung. Jeder soll merken, wie gut sie ist.

Meral Attay ist die Tochter türkischer Einwanderer. Eine ehrgeizige und gute Polizistin. Dörte Eichhorn schätzt sie sehr, findet sie aber gelegentlich etwas überambitioniert.

Carsten Hauber ist das schwarze Schaf im LKA. Ein kleiner Rambo mit rassistischen Tendenzen, der mit seinem Job unzufrieden ist.

Sollte diese Publikation Links auf Websites Dritter enthalten,
so übernehmen wir für deren Inhalte keine Haftung,
da wir uns diese nicht zu eigen machen, sondern lediglich auf
deren Stand zum Zeitpunkt der Erstveröffentlichung verweisen.

Penguin Random House Verlagsgruppe FSC® N001967

1. Auflage
Deutsche Erstausgabe April 2023
Copyright © der Originalausgabe 2023
by btb Verlag, München, in der
Penguin Random House Verlagsgruppe GmbH,
Neumarkter Str. 28, 81673 München
Umschlaggestaltung: semper smile, München
Umschlagmotiv: © Trevillion Images/Silas Manhood;
© shutterstock/Resul Muslu
Satz: Uhl + Massopust, Aalen
Druck und Einband: GGP Media GmbH, Pößneck
RK · Herstellung: sc
Printed in Germany
ISBN 978-3-442-77088-5

www.btb-verlag.de
www.facebook.com/btbverlag

Die Krimireihe um Kommissar Knudsen und seinen alten Freund *La Lotse* geht weiter …

Lesen Sie demnächst:

Er ist eingewickelt wie eine Mumie: In seiner Wohnung in Hamburg-Altona wird ein Toter gefunden. Verdurstet, so hat es den Anschein. An der Zimmerwand eine kryptische Botschaft: »Das Andere der Vernunft«. Was soll das? Kommissar Knudsen, leitender Ermittler des LKA in Altona, tappt im Dunkeln. Und schon bald werden weitere Leichen gefunden – erfroren, vergiftet, eingesperrt in einer dunklen Schreckens-Kammer. Und an den Wänden immer geheimnisvolle Botschaften, die nur schwer zu deuten sind. Gewiss ist nur eins: Ein Serientäter treibt sein Unwesen. Doch wie ihn stoppen, wenn man sein Motiv nicht kennt? Mit Hilfe von Knudsens väterlichem Freund *La Lotse*, einem ehemaligen Hochseekapitän, finden die Beamten schließlich die ausschlaggebende Verbindung zwischen den Opfern. Die Spur führt in die Vergangenheit auf eine einsame Insel in der Elbe. In ein Gebäude, das seine ehemaligen Bewohner nur das kalte Haus nannten …

Und so beginnt der zweite Fall für Kommissar Knudsen und sein Team …

Hier geht's zur Leseprobe >>

UM 21 UHR MUSS IMMER das Licht aus sein. Dann die Dunkelheit. Der große Saal mit den vielen Betten. Das Atmen der anderen. Weinen. Leises Wimmern. Jemand hustet. Draußen an den Wasserbecken schreit ein Waldkauz. Selbst das klingt traurig.

    Er liegt da und zittert. Vor Kälte. Vor Angst. Vor Einsamkeit. Ein grässlicher Dreiklang. In düsterem Moll. Die Grundtonart seines Lebens.

    Von drüben, wo die Älteren wohnen, kommen Schreie. Lauter als sonst. Durch die Wand hindurch hört er ein Klatschen. Jemand wird geschlagen. Mal wieder. Eine Tür fällt ins Schloss. Stille. Tückische Stille. Weil man sich nie sicher sein kann, wem was als Nächstes passiert. Es ist wie bei einem bösartigen Roulette, bei dem jeder hofft, nicht der Gewinner zu sein.

    Er hört Schritte auf dem Gang. Einer der Pfleger? Oder? Er weiß es nicht. Die Schritte kommen auf seinen Schlafsaal zu. Er bewegt sich nicht. Er muss jetzt ganz still sein. Keiner darf mehr sprechen, wenn das Licht aus ist. Er hat solche Angst, die er bis in die Blase spüren kann. Bloß das nicht. Dann ist man erst recht dran.

    Die Tür geht auf. Ein Lichtschimmer. Er kneift die Augen zu. Aber dann öffnet er sie wieder. Er erträgt die Dunkelheit nicht. Er hört ein Räuspern. Ein Mann. Der den Schlafsaal betritt. Der ein paar Schritte geht. Der näher kommt. Er kann das Rasierwasser riechen. Er weiß, wer im Raum ist.